Matthias Bürgel
Schrei nach Rache

MIX
Papier aus verantwortungsvollen Quellen
Paper from responsible sources
FSC® C105338

Weitere Titel des Autors

Dunkler Hass

Über den Autor

Matthias Bürgel, Jahrgang 1970, studierte an der Fachhochschule der Polizei Rechts- und Verwaltungswissenschaften. Als Kriminalhauptkommissar arbeitet er beim Kriminaldauerdienst des Polizeipräsidiums Konstanz. Trotz der menschlichen Abgründe, die er in seiner täglichen Arbeit erfährt, liebt er seit 28 Jahren seinen Beruf. Seine langjährigen Erfahrungen inspirierten ihn zu seinem Psychothriller »Dunkler Hass«, dem ersten Fall für den Fallanalytiker Falk Hagedorn. »Schrei nach Rache« ist der zweite Fall für den querschnittgelähmten Profiler.

MATTHIAS BÜRGEL

SCHREI NACH RACHE

THRILLER

be THRILLED

beTHRILLED

Vollständige ePub-to-Print-Ausgabe des in der Bastei Lübbe AG erschienenen eBooks »Schrei nach Rache« von Matthias Bürgel

beTHRILLED in der Bastei Lübbe AG

Originalausgabe

Textredaktion: Anne Pias
Lektorat/Projektmanagement: Rebecca Schaarschmidt
Covergestaltung: Guter Punkt, München unter Verwendung von Motiven von © serikbaib/Adobe Stock; © amber_85/shutterstock.com; © jchizhe/Adobe Stock; © Anneke/Adobe Stock
Satz: 3w+p GmbH, Rimpar
Druck: Books on Demand GmbH, Norderstedt

ISBN 978-3-7413-0230-5

be-thrilled.de
lesejury.de

Teil 1

»Nicht, wer zuerst die Waffen ergreift, ist Anstifter des Unheils, sondern wer dazu nötigt.«

Niccolò Machiavelli

Prolog

21. Mai – Stuttgart

Diffus spiegelte sich sein fahles Gesicht im matt schimmernden Monitor, vor dem er saß. Rot geränderte Augen starrten ihn ausdruckslos an. Eine hässliche daumendicke Schramme zog sich quer über seine Stirn, und seine für gewöhnlich lockige Mähne klebte konturlos am Schädel. Ein grau melierter Sechstagebart vervollständigte das ungepflegte Bild. Er sah aus wie ein Penner.

Trotz des kühlenden Luftstroms, den die leise brummende Klimaanlage kontinuierlich ausblies, klebte ihm das Hemd am Rücken. Aber was noch schlimmer war, er hatte sich eingenässt. Nicht sehr stark, aber ein deutlich sichtbarer Fleck zeichnete sich dunkel im Schritt seiner viel zu weit gewordenen Jeans ab, weshalb er seine Jacke so über dem Schoß drapiert hatte, dass es nicht für jeden offensichtlich war.

Unter normalen Umständen konnte er seinen Harndrang gut kontrollieren. Wenn er zu viel Stress hatte oder zu wenig Schlaf bekam, misslang ihm das zuweilen. Eine Symptomatik seiner partiellen Querschnittslähmung, mit der er seit fünf Jahren leben musste. Und in den letzten Tagen war nichts, aber auch überhaupt nichts normal gelaufen.

Anfangs war ihm das unendlich peinlich gewesen, wenn es passiert war. Egal, was die Therapeuten einem erzählten, das war etwas, woran man sich nie gewöhnte. Man akzeptierte es, lernte zwangsläufig, damit zu leben, und arrangierte sich so gut wie möglich.

Auf dem dunkel hinterlegten Monitorbild vor ihm tanzten grüne Symbole und Zahlenreihen in chaotischer Reihenfolge, deren Bedeutung sich ihm nicht erschloss. Blinkende Punkte, Kreise, Rauten, Pfeile, deren Positionen sich ständig änderten, sich gelegentlich überlagerten und dann sogleich wieder auseinanderdrifteten.

Ein junger Fluglotse, der ihn am Haupteingang zur Flugsicherung empfangen hatte, hatte ihn hierher verfrachtet, weil es der einzig freie Platz im Raum des Towers war. Obwohl alle Anwesenden hoch konzentriert arbeiteten, war die Anspannung beinahe physisch greifbar. Hagedorn fühlte sich, als würde er im Inneren eines Faradaykäfigs sitzen. Umgeben von einem elektrostatischen Feld, das die Härchen seiner Unterarme aufrichtete und sich jederzeit blitzartig zu entladen drohte.

Außer dem Leiter der Flugsicherung befanden sich mit ihm noch fünf weitere Fluglotsen im Tower. Hagedorn musterte die besorgten Gesichter der Männer und Frauen. Gewiss hatten sie alle in ihrer Ausbildung die Abläufe solcher Szenarien wieder und wieder trainiert, doch niemand hatte sicherlich daran glauben wollen, dass es einmal Realität werden könnte.

Seit Flug PinLine 650, von Tampere nach Stuttgart, in den deutschen Luftraum eingetreten war, gab es keinen Kontakt mehr. Der ComLoss, der Verlust der Kommunikationsverbindung zu einem Flugzeug, kam nicht selten vor. Manchmal war er einfach nur auf ein technisches, viel öfter jedoch auf menschliches Versagen zurückzuführen, hatte ihm der junge Fluglotse erklärt. Eine technische Ursache hatte man diesmal ausgeschlossen.

Dennoch gelang es nicht, Funkkontakt zur Cockpitcrew herzustellen.

Zwanzig Minuten nach dem Start in Finnland war der Funkkontakt abgebrochen, und das Renegade-Protokoll war in Kraft gesetzt worden. Eine Konsequenz der Terroranschläge vom 11. September 2001. Sollte der Verdacht oder die Gewissheit bestehen, dass ein Flugzeug als Waffe in ein definiertes Ziel gesteuert werden soll, war auf nationaler Ebene die Möglichkeit geschaffen worden, das Flugzeug abzuschießen.

Das Nationale Lage- und Führungszentrum für Sicherheit im Luftraum mit Sitz in Uedem hatte vor fünfundvierzig Minuten die Kontrolle über den deutschen Luftraum und Flug 650 übernommen. Eine der ersten Anweisungen des NLFZ bestand darin, eine Alarmrotte des Eurofighter-Jagdgeschwaders 71 vom Luftwaffenstützpunkt Wittmund aufsteigen und auf Abfangkurs gehen zu lassen.

Kaum jemand wusste, dass die Alarmrotte im vergangenen Jahr über fünfhundertmal aufgestiegen und auf Abfangkurs gegangen war. Acht davon waren scharfe Einsätze, also solche, bei denen die Piloten die Waffensysteme ihrer Kampfjets aktiviert hatten.

Der erste visuelle Kontakt des führenden Alarmrottenpilots kurz vor Usedom bestätigte, dass die Cockpitcrew nicht reagierte, obwohl er mit dem Abschuss zweier Täuschkörper deren Aufmerksamkeit zu erregen versucht hatte.

Wilde Spekulationen machten die Runde, ob die Crew aufgrund eines plötzlichen Druckabfalls im Cockpit und des daraus resultierenden Sauerstoffmangels die Besinnung verloren haben könnte.

Kurz nach einundzwanzig Uhr hatte zwischen der Flugsicherung Berlin und Flug 650 ein kurzer Funkkontakt bestanden, den man sogleich in den Tower nach Stuttgart weiterleitete. Hagedorn hatte sich den digitalen Mitschnitt angehört und glaubte zu ahnen, wer sich, wenngleich versehentlich, am Funkgerät zu schaffen gemacht hatte.

Hagedorn wischte sich mit dem Rücken der bandagierten Hand eine Schweißperle von der Stirn, als es plötzlich in seinem Headset zu knacken und zu rauschen begann.

»PinLine six-five-zero, melden Sie sich! PinLine six-five-zero, hier ist die Flugkontrolle des NLFZ, antworten Sie!«

Hagedorn hielt die Luft an und lauschte gebannt dem statischen Rauschen in seinem Kopfhörer. Es musste ihm gelingen, irgendwie die Gesprächsführung zu übernehmen, die Verhandlungen, wenn es denn dazu käme, zu dominieren und, was das Wichtigste war, eine persönliche Beziehung herzustellen.

»PinLine six-five-zero! PinLine six-five-zero, hier spricht

das Führungszentrum für nationale Flugsicherheit, antworten Sie, verdammt noch mal!«

Nichts! Keine Reaktion.

Hagedorn wischte sich seine schweißnassen Handflächen an der Hose ab und warf einen raschen Blick auf die Digitaluhr in der Konsole vor ihm. Bisher waren Geschwindigkeit und Flughöhe konstant beibehalten worden. Wenn sich daran nichts änderte, würde die Maschine in weniger als fünfundvierzig Minuten Stuttgart erreichen, wenn sie nicht vorher über weniger dicht besiedeltem Gebiet vom Himmel geholt würde. Dann würden Stahl, Aluminium, Glas, aber auch Leiber in Abertausende Fetzen zerrissen werden, ehe sie im Umkreis mehrerer Quadratkilometer brennend der Erde entgegenstürzten.

Hagedorn hatte diesen Albtraum schon einmal erlebt. Als am ersten Juli 2002 zwei Flugzeuge über dem Bodensee in über zehntausend Metern Höhe kollidiert und abgestürzt waren, war er als psychologischer Berater der Einsatzkräfte und einige Tage später als Betreuer für die Angehörigen der Opfer im Einsatz gewesen. Einundsiebzig Menschen, die meisten davon Kinder, hatten bei der Kollision ihr Leben verloren.

Bevor er die ersten Gespräche mit den eingesetzten Polizeikräften führte, hatte er sich am Absturzort einen Überblick verschafft. Viele Monate verfolgten ihn die schrecklich entstellten Leiber in seinen Träumen.

Sein Blick huschte zur Uhr. Es blieb ihm nicht mehr viel Zeit, die Katastrophe zu verhindern. Das Leben von hundertsieben Menschen stand auf dem Spiel. Hagedorn hatte unlängst schon einmal versagt. Das durfte nicht wieder geschehen. Wütend hieb er mit der Faust auf die Armlehne des Rollstuhls.

Seine Niedergeschlagenheit, seine Hoffnungslosigkeit, wich einer verbissenen Entschlossenheit. Sollte der Funkkontakt wieder zustande kommen, würde er alles daransetzen, das unvermeidlich Scheinende abzuwenden.

Und dabei ging es ihm nicht nur allein um die hundertsechs fremden Passagiere, sondern besonders um den einen, der ihm alles bedeutete und der ebenfalls an Bord dieses unglückseligen Flugzeugs saß.

Kapitel 1

2. Mai – Konstanz

Wutschnaubend fegte Hagedorn einen Stapel Papier vom Schreibtisch, das wie welkes Laub raschelnd zu Boden segelte und sich im gesamten Raum verteilte. Egal, wie er es drehte und wendete, es sah nicht gut aus. Dass es nicht einfach sein würde, bis er sich etabliert hatte, war ihm von Anfang an klar gewesen. Nur, dass es sich so schleppend entwickeln könnte, damit hatte er nicht gerechnet. Ein weiterer Monat, in dem er Jasmins Lohn und die Fixkosten von seinem Privatvermögen würde bestreiten müssen.

Mit dem Handballen wischte sich Hagedorn über die Stirn und stellte murmelnd eine überschlägige Berechnung an. Drei, allerhöchstens vier Monate würde er noch überbrücken können. Danach wäre auch seine eiserne Reserve aufgebraucht. Sollte er es überhaupt so weit kommen lassen? Wäre es nicht vernünftiger, gleich die Segel zu streichen?

Er hatte sich in den Kopf gesetzt, Menschen zu therapieren, die wirklich Hilfe benötigten. Opfer schwerer Gewalttaten, schwersttraumatisierte Unfallopfer, Menschen, die, so wie er selbst, einen tödlichen Angriff überlebt hatten. Genau darauf hatte er sich spezialisiert. Die Behandlung depressiver, ängstlicher Menschen, Zwangsneurotiker, Essgestörter oder psychosomatisch Erkrankter lag ihm einfach nicht, obwohl Hagedorn während seiner dreijährigen Praxisausbildung viel mit solchen Patienten gearbeitet hatte.

»Nein«, sagte er entschlossen. Er musste sich und der Praxis einfach Zeit geben.

So leicht gibst du dich nicht geschlagen. Du ziehst das jetzt durch, schwor er sich selbst.

Gleich morgen früh würde er Jasmin anweisen, die Quartalsabrechnungen für die Krankenkassen zügig abzuschließen und bei den selbst zahlenden Patienten, die säumig waren, den Druck zu erhöhen. Außerdem würde er sie bitten, Möglichkeiten und Kosten für eine sinnvolle Werbung in Erfahrung zu bringen.

Jasmin war eine quirlige, aufgeweckte junge Frau, die seine Korrespondenz und was sonst so in der Praxis anfiel, mehr als zufriedenstellend erledigte. Überdies war sie kreativ und sehr versiert, was die sozialen Medien betraf. Hagedorn war sich sicher, dass er die Werbung in Jasmins vertrauensvolle Hände geben konnte.

Wenngleich sie ihm zu Beginn mit ihrer oft überbordenden Vitalität etwas auf die Nerven gegangen war, so hatte er sich doch in den vergangenen sechs Monaten so sehr an sie gewöhnt, dass er sie nicht mehr würde missen wollen. Wenn die Praxis nicht lief, würde er es sehr bedauern, sie nach so kurzer Zeit wieder auf die Straße setzen zu müssen.

Er zog am Joystick in der Konsole seiner Armlehne und stieß sich mit dem Rollstuhl, dessen Elektromotor sich leise summend in Bewegung setzte, von der Schreibtischkante zurück. Ächzend beugte er sich nach vorn, um eines der verstreuten Blätter Papier aufzuheben, ließ es dann aber sein.

Er schüttelte seinen massigen Schädel. Jasmin würde ihm die Unordnung nachsehen, trotzdem würde sie ihn mit einem Grinsen wieder einmal für seine Unbeherrschtheit schelten.

Frustriert schnappte er sich seine Jacke und rollte aus dem Büro hinaus in die nachmittägliche milde Maisonne.

Mit spitzen Fingern zupfte er ein Stofftaschentuch aus der Brusttasche seiner Jacke und rieb damit über das glänzende Messingschild, das neben der Eingangstür mit schwarz eloxierten Schrauben angebracht war.

»F. Hagedorn – Psychotherapeut« war darauf zu lesen.

Das Schild war genauso neu wie der Titel, auf den er drei Jahre lang hingearbeitet hatte. Würde das alles bald schon bedeutungslos sein? Auf gar keinen Fall!

Hagedorn wendete den Rollstuhl um die eigene Achse und fuhr die Marktstätte Richtung Uferpromenade hinab.

»Nicht schon wieder!«, brüllte Hagedorn, begleitet von einigen unflätigen Flüchen und Verwünschungen, als er zwei Stunden später in den Hausflur rollte und das Chaos erblickte.

Er hatte sich im Café Konzil noch ein Kännchen Kaffee und ein Stück Käsekuchen gegönnt.

»Wo steckst du, du Lump!«

Überall lag Füllmaterial aus einem Sofakissen, das wie gewaltige Schneeflocken den Fußboden bedeckte.

Ich bringe ihn um, diesen Hund.

Nur für ein paar Tage, hatte sie gemeint. Er sei auch ganz lieb und pflegeleicht, hatte sie gemeint. Außerdem täte Hagedorn ein wenig Gesellschaft ganz gut, hatte sie gemeint.

Karina, seine Tochter, war mittlerweile eine gefragte Schauspielerin. Und obwohl sie sich gut verstanden, was nicht immer so gewesen war, stand sie kurz davor, seine ohnehin nur ansatzweise vorhandene Gutmütigkeit überzustrapazieren, wenn sie ihren Hund nicht bald wieder abholte.

Murrend setzte er sein Gefährt in Bewegung, wodurch die Riesenschneeflocken auseinanderstoben.

Hoffentlich hat er nirgendwo hingepinkelt oder Schlimmeres, ging es ihm durch den Kopf, als er den Gang bis zur Küche hinunterfuhr.

Der zehnjährige Golden Retriever lag, als könnte er kein Wässerchen trüben, den Kopf zwischen den Vorderläufen auf dem mit Terrakotta gefliesten Küchenboden. Offenbar hielt er es nicht einmal für nötig, den Kopf zu heben.

Nur seine Augen wandten sich Hagedorn zu, als wollte sein vorwurfsvoller Blick sagen: Ach, bist du auch endlich mal zu Hause!

Hagedorn konnte ihm nicht wirklich böse sein. Der Hund musste ja auf dumme Gedanken kommen, sooft wie er ihn allein ließ. Vielleicht würde er Sam morgen mit in die Praxis nehmen.

»Na, komm schon! Hopp! Geh in den Garten«, sagte er und öffnete die Terrassentür.

Träge erhob sich Sam und trottete hinaus, wo er am nächstgelegenen Busch das Bein hob und sich erleichterte.

Seiner Tochter gegenüber würde Hagedorn das niemals zugeben, aber die Gesellschaft dieses Hundes war vielleicht doch nicht so übel.

Sam sah für Hagedorn nicht wie ein Sam aus, abgesehen davon mochte er den Namen nicht besonders. In manchen Momenten sah er einen gewissen Schalk in seinen rehbraunen Augen aufblitzen, weshalb er ihn nur »Lump« nannte. Dem Hund schien das herzlich egal zu sein, da er sowohl auf »Sam« wie auf den Namen »Lump« zu hören schien. Mal mehr, mal weniger.

Sechs Monate waren vergangen, seit er sein Haus in Stuttgart, Bad Cannstatt zu einem unverschämt guten Preis verkauft hatte. Den Erlös hatte er in ein schmuckes Häuschen im Konstanzer Musikerviertel gesteckt. Nur kleinere Umbaumaßnahmen waren nötig gewesen, um es behindertengerecht zu gestalten, dennoch hatte er sich von der Bank noch eine ordentliche Summe leihen müssen.

Unter normalen Umständen wäre er niemals bereit gewesen, mehr als eine Dreiviertelmillion Euro für ein Haus auszugeben, aber er wollte, nachdem er sich vor fast vier Jahren in die Landschaft verliebt hatte, unbedingt an den Bodensee zurück.

Obwohl etwas kleiner als sein altes Haus, bot es wesentlich mehr Gestaltungsmöglichkeiten und hatte sich leichter für seine Bedürfnisse umbauen lassen. Die Badewanne hatte er demontieren und gegen eine barrierefreie Dusche ersetzen lassen.

Ebenso hatte er einen rollstuhlgeeigneten Treppenlift einbauen lassen, der eine ordentliche Stange Geld gekostet hatte. Der Architekt, der die Umbaumaßnahmen geplant und geleitet hatte, wollte Bad und Schlafzimmer ins Erdgeschoss verlegen, was aber zulasten des großen Wohnzimmers gegangen wäre, und das vorhandene Gäste-WC hätte entsprechend vergrößert werden müssen. Hagedorn hatte sich bewusst dagegen entschieden.

Gerade das Wohnzimmer war eines der Glanzpunkte des Hauses. Versehen mit einer beinahe über die gesamte Länge des Raumes verlaufenden Fensterfront, hatte er hier Sicht auf den Bodensee. Der Raum maß über vierzig Quadratmeter und war während des ganzen Tages lichtdurchflutet. Über eine breite Schiebetür gelangte er mit dem Rollstuhl bequem auf die mit Bangkirai-Holz belegte Terrasse. Außer dass er das Schiffsdielenparkett hatte aufbereiten lassen, hatte er in diesem Raum so gut wie keine Veränderungen vornehmen lassen.

Dass sich das Schlafzimmer, Bad und Büro nun im Dachgeschoss befanden, tat seiner Freude an der neuen Behausung keinen Abbruch.

Den Schritt, sein altes Leben in Stuttgart aufzugeben, hatte er nicht bereut. Schon während der Wintermonate hatte er mit dem Rollstuhl die nähere Umgebung erkundet. Nun genoss er die frühlingshaft milden Nachmittage am Ufer der Konstanzer Bucht.

Kurz überlegte Hagedorn, ob er zum Essen auf die Terrasse des Casino-Restaurants gehen sollte, entschied sich aber dagegen. Sparsamkeit war im Moment angebracht, zumindest so lange, bis die Durststrecke überwunden wäre. Und er zweifelte nicht daran, dass es sehr bald mit der Praxis aufwärtsgehen würde. Aber vielleicht sollte er sich doch einem breiteren Patientenkreis öffnen?

Sam stand mit geneigtem Kopf neben ihm. Aufmerksam sah er ihn an, als könnte er seine Gedanken hören.

Hagedorn schob eine Aufbackpizza in den Backofen, ehe er sich erweichen ließ, Sams Lieblingsspielzeug, einen einäugigen, speicheltriefenden Teddybären, den Sam ihm vor die Füße gelegt hatte, quer durch den Garten zu werfen. Sam jagte hinterher und brachte ihn freudig zurück.

Gerade als Hagedorn das Stofftier mit spitzen Fingern aufgehoben hatte und zu einem neuerlichen Wurf ausholte, erklang die Big-Ben-Tonfolge aus dem Hausflur. Die Klingel war das Einzige, was er aus seinem alten Haus mitgenommen hatte. Kraftvoll schleuderte er den Teddy, so weit es ging, in den Garten hinaus, fest entschlossen, das Läuten zu ignorieren. Weder standen irgendwelche Termine an, noch erwartete er Besuch.

»Herrgott noch mal!«, fluchte er.

Er ärgerte sich, dass er mit den Umbaumaßnahmen keine Gegensprechanlage hatte installieren lassen. Innerlich stellte er sich gerade darauf ein, zum hundertsten Mal einen dieser lästigen Paketzusteller abzuwimmeln, der ihn bitten würde, für seine Nachbarn ein Päckchen anzunehmen, als er das Blaulicht bemerkte, welches trotz des Tageslichts Blitze durch den Glaseinsatz der Haustür warf. Ungehalten riss er die Türe auf.

»Ihr habt mir gerade noch gefehlt«, bellte er den zwei Uniformierten entgegen, die gehetzt und überrascht zugleich auf ihn niederblickten.

Der jüngere der beiden Beamten fing sich schneller als sein Kollege. »Guten Tag, Herr Hagedorn«, begrüßte der ihn sichtlich verunsichert.

»Sie müssen uns begleiten. Ich habe den Auftrag …«

»Müssen muss ich gar nichts«, fiel Hagedorn ihm ins Wort. »Und solange ihr mir nicht sagt, worum es geht, schon zweimal nicht.«

Der ältere trat unruhig von einem Bein auf das andere und ergriff nun das Wort: »Es geht um einen Patienten von Ihnen. Mike Engler.«

Widerwillig war Hagedorn den beiden Beamten zum VW-Bus gefolgt, den ihm das Präsidium geschickt hatte. Nicht ohne Genugtuung hatte er beobachtet, wie sie sich mühten, seinen elektrischen Rollstuhl einzuladen, nachdem er sich auf den Beifahrersitz gehievt und sich angeschnallt hatte.

Schon vor Monaten hatte er sich einen wesentlich leichteren und kompakteren Standardrollstuhl besorgt, den man bequem zusammenklappen und transportieren konnte. Es hätte keinen Aufwand bedeutet, den Rollstuhl zu wechseln, aber irgendwie wollte Hagedorn den beiden Polizisten den Gefallen nicht tun.

Immer noch nach Atem ringend, hatte der ältere der Uniformierten auf einer der mit Kunstleder überzogenen Sitzbänke im hinteren Teil des Fahrgastraumes Platz genommen. Dieser war abgetrennt und nur durch einen schmalen Schiebeglaseinsatz einsehbar. Hagedorn mutmaßte, dass dies eine Art Gefangenentransportbus war, den man vornehmlich für eine sturzbetrunkene oder besonders renitente Klientel einsetzte. Der latente Geruch von Erbrochenem und Urin bestätigte seine Vermutung.

»Mein Name ist Stegner«, brüllte der ältere der beiden Beamten, dessen vor Anstrengung immer noch hochrotes Gesicht in der schmalen Öffnung des Glaseinsatzes erschienen war, gegen den Lärm des Martinshorns an. »Das ist mein Kollege Mang«, fuhr er fort und deutete mit dem Kopf Richtung Fahrer.

Mang nickte Hagedorn knapp, aber freundlich zu und bretterte mit Blaulicht und Martinshorn in halsbrecherischem Tempo weiter unbeirrt durch die Konstanzer Innenstadt. Die Fahrt ging in Richtung des Stadtteils Wollmatingen.

Hagedorn hatte alle Mühe, sich festzuhalten. Mehr als einmal überprüfte er den Sitz seines Sicherheitsgurtes und versuchte, ihn straffer zu ziehen, als er ohnehin schon über seiner breiten Brust spannte.

Verwundert stellte er fest, dass er bei mehr als einer Gelegenheit, bei der Mang in die Bremsen stieg, den Impuls verspürte, sich mit den Beinen in den Sitz zu stemmen. Nur dass seine Beine mit diesem Impuls nichts anzufangen wussten. Stattdessen pendelten sie nutzlos im Fußraum vor ihm, träge der Fliehkraft nach rechts oder links folgend, wenn der Fahrer mit quietschenden Reifen eine Kurve durchfuhr.

»Was ist denn jetzt eigentlich los?«, erkundigte sich Hagedorn bei Stegner.

»Ich weiß nur, dass Engler eine Bank überfallen, Geiseln genommen hat und ich Sie zur Bank bringen soll«, sagte Stegner achselzuckend. »Mehr hat man mir nicht gesagt. Wir werden aber in weniger als zwei Minuten am Einsatzort sein.«

»Arno Vissmann, Leiter der Verhandlungsgruppe«, stellte sich ihm der Mittfünfziger vor. Sein bereits lichter werdendes graues Haar stand in alle Richtungen ab, als hätte er es sich erst vor wenigen Minuten gerauft. Ein penetranter Knoblauchgeruch ging von ihm aus.

Hagedorn verzog angewidert das Gesicht.

»Döner mit Knoblauchsoße«, entschuldigte sich Vissmann beiläufig, dem Hagedorns Grimasse offensichtlich nicht entgangen war.

Hagedorns Blick glitt von der kleinen Bankfiliale, in der sich Mike Engler verschanzt hatte, über die angrenzenden und die gegenüberliegenden Gebäude.

Ihm waren die beiden Scharfschützen des Spezialeinsatzkommandos nicht entgangen. Einer hatte sich auf dem Flachdach eines Bürogebäudes, der andere hinter dem offenen Fenster einer Wohnung in Stellung gebracht. Einem weniger geübten Auge wären die beiden Präzisionsschützen sicherlich nicht aufgefallen.

Hagedorn überkam ein mulmiges Gefühl.

»Können wir?« Vissmanns Stimme riss ihn in die Realität zurück.

»Äh, klar!« Hagedorn folgte Vissmann zu einem etwas abseits abgestellten Einsatzleitwagen.

Ein halbes Dutzend uniformierter und ziviler Beamter stand über mehrere auf einem Klapptisch ausgebreitete Grundrisspläne gebeugt und beratschlagte.

Keine gute Ausgangssituation, wie Hagedorn fand. Anscheinend waren die Bemühungen, Engler zur Aufgabe zu bewegen, gescheitert. Nun diskutierte man die letzte noch verbliebene Option: das Gebäude zu stürmen und den

Geiselnehmer zu überwältigen, was in den allermeisten Fällen tödlich für den Geiselnehmer endete.

Rasch stellte Vissmann die anwesenden Personen vor, von denen sich Hagedorn nicht einen Namen merken mochte.

»Sie haben mir immer noch nicht verraten, was ich hier eigentlich soll, Vissmann!«

Verlegen knetete Vissmann seine Hände. »Es ist so ...«, druckste er herum. »Wir haben mit Englers Hausarzt gesprochen. Von ihm erfuhren wir, dass er bei Ihnen in Therapie ist.«

»War«, korrigierte Hagedorn barsch.

»Okay, war! Wir haben uns gefragt, ob Sie uns etwas über Engler sagen könnten, was uns hilft, seinen aktuellen psychischen Zustand besser beurteilen zu können.«

»Sie erwarten doch wohl nicht, dass ich gegen meine Schweigepflicht verstoße«, sagte Hagedorn entrüstet.

Vissmann schien mit dieser Antwort gerechnet zu haben, da er Hagedorns Einwand nur mit einem gleichgültigen Achselzucken kommentierte.

»Einen Versuch war es wert! Ich hatte gehofft, Sie wären kooperativer.«

»Wieso? Weil ich ein Ex-Kollege bin? War das so in etwa Ihr Gedankengang?«

Vissmann ging darauf nicht ein, sondern wandte seinen Blick zu der kleinen Bankfiliale, die kaum fünfzig Meter entfernt auf der gegenüberliegenden Straßenseite lag.

»Lassen Sie mich mit ihm reden, Vissmann!«

»Würde ich gerne. Aber Engler hat sein Mobiltelefon ausgeschaltet und die bankinternen Telefonleitungen unterbrochen.«

»Was ist eigentlich genau vorgefallen?«

»Schwer zu sagen. Nach allem, was wir dem wirren Gebrüll Englers entnommen haben, konnte er kein Geld von seinem Konto abheben. Laut einer Zeugin hat er die Filiale wutschnaubend verlassen und ist zwanzig Minuten später zurückgekehrt. Um den Bauch soll er eine Art Sprengstoffgürtel tragen. Zumindest glaubte die Zeugin, einige lose Drähte unter seiner Jacke erkannt zu haben.«

»Pff!«, schnaubte Bannert. »Das glaube ich nicht! Wie und wo soll er sich in der Kürze der Zeit eine Bombe beschafft haben?«

»Ich sagte Ihnen ja. Mehr wissen wir leider auch noch nicht.«

»Hat er Forderungen gestellt?«, erkundigte sich Hagedorn.

»Nein, keine.«

»Hm. Okay.« Hagedorn rieb sich die Nase und dachte einen Augenblick darüber nach, was er Vissmann über Engler sagen konnte, ohne dass ihm jemand daraus einen Strick würde drehen können.

»Trotz seiner Vorgeschichte ist er nicht der Typ, der zu Gewalt neigt. Einmal abgesehen von seinen selbstzerstörerischen Neigungen. Ich muss mit ihm sprechen«, drängte Hagedorn. »Machen Sie das irgendwie möglich!«

»Ich halte das für keine gute Idee. Aber ich will sehen, was ich machen kann«, erwiderte Vissmann und wandte sich dem SEK-Kommandoführer zu, dem er mit einer knappen Handbewegung bedeutete, ihm zu folgen.

Hagedorn beobachtete Vissmann und den leitenden SEK-Mann, als sie sich einige Meter entfernten und miteinander sprachen.

Obwohl es bald dämmern würde, war es immer noch sehr mild für einen Tag Anfang Mai. Er streifte sich die dünne Strickjacke ab, die er sonst nur zu Hause zu tragen pflegte. Wenn Engler die Kommunikation gekappt hatte, würden der Polizei nicht allzu viele Optionen bleiben. Das Spezialeinsatzkommando würde die Bank stürmen. Möglich, dass sie damit bis zum Einbruch der Dunkelheit warten würden.

Das SEK würde sich einen taktischen Vorteil verschaffen und das Gebäude vom Stromnetz trennen, sodass es in völliger Dunkelheit liegen würde, um dann selbst Restlichtverstärker zum Einsatz zu bringen.

Hagedorn wusste nicht, was Englers Verhalten ausgelöst

hatte. Während seines klinischen Praktikums hatte er über zwei Jahre mit Mike Engler gearbeitet. In dem jungen Mann schlummerte eine Unmenge Wut und Zorn, welche er bislang immer nur gegen sich selbst gerichtet hatte. Jahrelanger sexueller Missbrauch hatte das sensible Kind, den sensiblen Teenager, regelrecht zerbrochen.

Seit seinem dreizehnten Lebensjahr schluckte, spritzte, schnüffelte, inhalierte und schniefte Engler alles, was er in die Finger bekommen konnte, um der Realität zu entfliehen. Sein Strafregisterauszug war ellenlang, und dennoch war er anderen gegenüber nie gewalttätig geworden.

Hagedorn musste etwas unternehmen, wollte er den jungen Mann retten.

»Hagedorn, wo wollen Sie hin?«

Augenblicklich brach Hektik unter den Einsatzkräften aus. Hagedorn ignorierte das wütende Gebrüll Vissmanns und des SEK-Kommandoführers und beschleunigte sein Gefährt.

»Hagedorn, Sie verdammter Sturkopf! Kommen Sie sofort zurück!«

Er hob den linken Arm und zeigte Vissmann über die Schulter den Mittelfinger, während er mit der maximalen Geschwindigkeit, zu der sein Elektrorollstuhl in der Lage war, auf den Haupteingang der Bankfiliale zuhielt. Hagedorn blieb kaum Zeit, sich darüber zu wundern, dass Engler die automatischen Schiebetüren nicht durch einen Bankangestellten hatte verriegeln lassen, als die Türen viel zu langsam aufglitten und er krachend den rechten Flügel streifte, der bedrohlich hin und her schwang.

Der junge hagere Kerl fuhr erschrocken zusammen und wirbelte um die eigene Achse. Überrascht blickte Engler in Hagedorns Gesicht, der schwer atmend, als hätte er einen Hundert-Meter-Lauf absolviert, seinen Elektrorollstuhl zum Stillstand brachte.

»Was machen Sie denn hier?«, schrie er ihn an. »Machen Sie, dass Sie wegkommen!«

Hagedorn hob beschwichtigend die Arme. »Mike, beruhige dich! Sieh her, ich bin unbewaffnet«, sagte Hagedorn und schwenkte sichtbar seine Hände, während er Engler dabei nicht aus den Augen ließ.

Englers Augen huschten unstet zwischen ihm und dem Eingang, dessen Schiebetüren immer noch leicht vibrierten, hin und her. »Verdammt! Was wollen Sie?«

»In erster Linie will ich dir helfen, Mike.«

Engler stand vor einem der beiden Bankschalter und kaute nervös auf einem Daumennagel. »Helfen?« Er schnaubte verächtlich. »Ich wüsste nicht, wie Sie mir helfen könnten.«

»Mike, hör zu! Noch ist nichts passiert, was sich nicht aus der Welt schaffen ließe.«

»Sie haben doch keine Ahnung, Mann!«, schrie Engler. »Ich habe noch eine Bewährung offen. Glauben Sie, ich kann hier einfach so rausspazieren, und dann lassen die mich laufen? Wie dämlich sind Sie eigentlich?« Engler spähte nervös durch das mit Vertikaljalousien verhängte Schaufenster nach draußen.

Hagedorn ließ seinen Blick in den hinteren Teil des Schalterraums gleiten. Eine kleine Filiale, wie man sie nur noch in einigen Vororten oder auf dem Land fand und wo man Bargeldabhebungen über dreitausend Euro einen Tag vorher anmelden musste. Der Schalterraum war kaum größer als sein Wohnzimmer. Hinter zwei frei stehenden Schaltern hing eine altertümlich aussehende Überwachungskamera an der Decke. Links davon befand sich ein winziges verglastes Kabuff mit einem raumfüllenden Schreibtisch.

An der Wand, unmittelbar unter dem Kameraungetüm, entdeckte Hagedorn eine junge Frau und einen etwas älteren, schon ergrauten Mann – vermutlich der Filialleiter und eine Auszubildende.

Beide saßen mit angezogenen Beinen zusammengekauert an die Wand gelehnt. Blut und Rotz troff aus der dick angeschwollenen Nase des Mannes. Hagedorn mutmaßte, dass Engler ihm ordentlich eine verpasst hatte.

Sein Rollstuhl setzte sich summend in Bewegung, und er näherte sich Engler.

»Was ist eigentlich los?«, hob Hagedorn sanfter an.

»Was los ist? Der Wichser dahinten will mir kein Geld mehr geben.« Englers Zeigefinger stach wütend in die Richtung des Filialleiters. »Ich hatte immer ein Überziehungslimit von fünfhundert Euro. Obwohl ich erst hundertfünfzig Euro in den Miesen bin, will mir der Fettsack kein Geld mehr geben.«

»Hey!«, rief Hagedorn dem Mann zu. »Wie ist Ihr Name?«

»Breyer. Horst Breyer«, näselte der Mann gepresst hervor.

Hagedorn musterte den Mann. »Sind Sie der Filialleiter?«

Sein schütteres und akkurat auf eine Schädelseite gescheiteltes Haar hüpfte auf und ab, als er beflissen nickte. Breyer trug eine schlecht gebügelte graue Bundfaltenhose und ein geschmackloses grünes Hemd, das sich über seinem feisten Wanst spannte. Ausgedehnte Schweißränder hatten sich unter seinen Achselhöhlen gebildet. Hagedorn maß den Mann und kam zu dem Schluss, dass er ihn nicht mochte.

Er kannte die Sorte Mensch. Ein kleiner gescheiterter Bankangestellter, dessen Karriereträume, irgendwann eine eigene Abteilung zu übernehmen, zerplatzt waren, gefangen in einer unbedeutenden Filiale weit weg vom Haupthaus. Ausgestattet mit einem Minimum an Entscheidungsbefugnis und Macht, die er Schwächeren gegenüber nur allzu gern ausspielte.

»Zu Ihnen komme ich noch!«, spie ihm Hagedorn kopfschüttelnd entgegen und wandte sich erneut Engler zu. Hagedorn empfand kein Mitleid mit Breyer. Schließlich war er nicht ganz unschuldig an der Misere. »Mike, sieh mich an!«

Engler lugte erneut nervös durch die Lamellen hindurch, die er mit zwei Finger vorsichtig auseinandergespreizt hatte.

»Mike!«, wiederholte Hagedorn nachdrücklicher.

Engler fuhr zusammen und warf ihm einen wütenden Blick über die Schulter zu.

»Was trägst du unter deiner Jacke?«, wollte Hagedorn wissen.

»Was?«

»Ich möchte sehen, was du unter deiner Jacke hast.«

Engler schien nicht zu verstehen, worauf Hagedorn eigentlich hinauswollte, hob aber den Saum seines Hoodies und drehte sich einmal um die eigene Achse.

»Was soll ich denn unter der Jacke tragen? Sind Sie irre, Mann?«

»Und was sind das für Kabel?«

Erst jetzt schien Engler zu verstehen. »Das sind die Kabel von meinem iPod-Kopfhörer, Sie Spacko! Was dachten Sie denn?«

»Was ich denke, ist völlig egal. Mach dir mal lieber Gedanken, was die da draußen denken«, antwortete Hagedorn und deutete mit dem Daumen hinter sich.

Der geriffelte schwarze Messergriff, der aus Englers vorderem Hosenbund ragte, war Hagedorn nicht entgangen, er vermied es jedoch, allzu auffällig hinzusehen.

»Mike, komm schon. Gib mir das Messer, und lass uns zusammen rausgehen. Ich verspreche, dir wird nichts geschehen.«

»Nicht, bevor mir das Arschloch da hinten meine Kohle gibt.« In Englers weinerlicher Stimme schwang Wut und Frustration mit.

Angstvoll zog der Filialleiter den Kopf zwischen die Schultern und wirkte dadurch noch jämmerlicher.

»Wie soll ich denn über die Runden kommen? Wovon soll ich Essen kaufen? Hm? Sag mir das, du Wichser!«, spie Engler dem ängstlich zitternden Banker entgegen.

Hagedorn musste verhindern, dass er sich weiter in Rage redete. »Wie viel brauchst du denn, um über den Monat zu kommen?«, fragte Hagedorn ruhig.

Engler sah Hagedorn verdutzt an. »Äh, ich weiß nicht. Zweihundertfünfzig sollten reichen. Wieso? Wollen Sie mir das Geld geben?«

»Wenn du mir versprichst, mir das Messer zu geben und mit mir nach draußen zu kommen, geb ich dir das Geld. Natürlich nur geliehen«, fügte Hagedorn gönnerhaft grinsend hinzu.

»Komiker!« Engler schnaubte. Er spähte erneut durch die Jalousien und schien mit sich zu ringen.

Langsam wandte er sich vom Fenster weg und sah unsicher auf Hagedorn hinunter.

»Ich verspreche dir, dass ich dich nicht alleinlasse«, bekräftigte Hagedorn. »Ein Freund von mir ist ein ziemlich guter Strafverteidiger. Ich werde ihn bitten, deinen Fall zu übernehmen.« Hagedorn neigte den Kopf, um das Gesicht des jungen Mannes besser zu sehen. »Mike? Haben wir einen Deal?«

Allmählich entspannten sich Englers Gesichtszüge, und Hagedorn sah, wie dessen Widerstand zu bröckeln begann.

Vorsichtig streckte Hagedorn seine Hand nach dem Messer aus, das Engler zögerlich aus seinem Hosenbund zog.

Plötzlich ließ ein ohrenbetäubender Knall die Luft erzittern. Winzige scharfkantige Glaswürfelchen stoben in alle Richtungen, fraßen sich in Hagedorns Stirn und Wangen. Zwei kleinere Explosionen folgten, und beißender Rauch hüllte ihn sogleich ein.

Durch den Tränenschleier hindurch sah Hagedorn nur schemenhaft, wie zwei schwarz gekleidete und schwer bewaffnete Hünen sich durch die gesprengte Schaufensterscheibe zwängten und sich auf Engler warfen.

Sie rissen ihn samt der Jalousienleiste mit sich zu Boden.

Keinerlei Gegenwehr, kein Aufschrei, nicht einmal ein Stöhnen war zu hören, als sich unter dem schmächtigen jungen Mann, der nun seltsam verkrümmt unter den Einsatzbeamten lag, eine dicke, zähe Blutlache auszubreiten begann.

»Ihr Idioten! Ihr verdammten Idioten!«, brüllte Hagedorn.

Kapitel 2

2. Mai – Stuttgart, Flughafen

Mit einer Mischung aus Abscheu und Neugier beugte sich Nadine Adler dicht über den männlichen Leichnam. Der Mann mochte höchstens vierzig Jahre alt geworden sein. Ein teuer aussehender Designeranzug, Lackschuhe und streng nach hinten gestylte Haare erinnerten sie an einen aalglatten Geschäftstypen. Vielleicht ein Banker oder Börsenheini. Der Duft eines teuren Aftershaves haftete dem Toten an.

Eine so gut duftende Leiche ist mir auch noch nie untergekommen, ging ihr durch den Kopf.

Prüfend glitt ihr Blick über das grausam entstellte Gesicht. Häme und Boshaftigkeit lagen darin, was darauf hindeutete, dass die ihm beigebrachten Stichverletzungen Gesichtsnerven durchtrennt hatten, die den Mund widernatürlich entstellten. Wo die Augen sein sollten, klafften zwei dunkle, blutige Krater.

Ohne den Blick von dem Toten abzuwenden, begann sie zu sprechen: »Was denkst du, wie lange ist er schon tot?« Ihre Stimme hallte von den weiß gekachelten Fliesen wider.

»Noch keine drei Stunden«, bekam sie zur Antwort. Ihr Kriminaltechniker steckte in einem weißen Einwegoverall. Die Kapuze hatte er tief ins Gesicht gezogen, und er trug einen Mundschutz. Gerade beschriftete er mehrere Spurentüten.

Adler erhob sich und trat zurück. Sie zog sich die schwarzen Latexhandschuhe von den Händen, die dabei ein schnalzendes Geräusch von sich gaben, und entsorgte sie in einem bereitgestellten Müllsack.

»Todesursache?«

»Lässt sich so nicht genau bestimmen«, antwortete der Kriminaltechniker achselzuckend. »Das muss die Obduktion klären. Ich habe im Oberkörper, im Hals- und Gesichtsbereich insgesamt neunzehn Einstiche gezählt. Jedoch dürften die wenigsten davon unmittelbar tödlich gewesen sein. Nagel mich nicht fest, aber ich würde vermuten, dass mindestens zwei der Einstiche im Brustbereich einen oder beide Lungenflügel kollabieren ließen.«

»Wenig Blut, oder nicht?«, fragte Adler verwundert.

»Richtig. Das ist aber nicht ungewöhnlich. Sehr wahrscheinlich war inneres Verbluten und/oder Ersticken die Todesursache.«

»Kannst du mir zum Tatwerkzeug was sagen?«, fuhr sie fort, als sie sich die Füßlinge abstreifte und sich aus dem Einwegoverall pellte.

Der KT-Mann rieb sich umständlich mit dem Rücken der behandschuhten Hand die Nase. »Hm, genau weiß ich es nicht. Aber die Stichkanäle sind nicht sehr breit. Maximal elf Millimeter. Die Wundränder sind sauber und glatt. Vielleicht ein beidseitig geschliffenes Stilett. Weiß nicht. Wir müssen warten, bis die Tiefe des Stichkanals bekannt ist. Könnte aber alles Mögliche gewesen sein.«

»Okay. Danke dir. Sorgst du dafür, dass der Tote heute noch in die Obduktion geht?«

»Na klar! Nach der mündlichen Anordnung der Staatsanwaltschaft habe ich uns in der Gerichtsmedizin schon vorangemeldet. Spätestens heute Nachmittag wissen wir mehr.«

»Ah ja …«, hob sie an, als sie sich schon zum Gehen wandte. »Die Zeugin, die die Leiche entdeckt hat – wo ist die?«

»Lindemann ist mit ihr zum Flughafenposten gegangen und vernimmt sie dort.«

»Sehr gut! Also dann, bis später!«, sagte sie zum Abschied und eilte aus der Toilette.

Im Gehen schlüpfte Nadine Adler in ihre Blousonjacke und band den Pferdeschwanz neu, der sich beim Ausziehen des Einwegoveralls gelöst hatte.

Sie orientierte sich an den Hinweisschildern und schlug den Weg zum Polizeiposten der Landespolizei am Flughafen

Stuttgart ein. Mehrere Behörden teilten sich die Souveränität am Flughafen. Die Bundespolizei hatte die grenzpolizeilichen Aufgaben wahrzunehmen, die Zollbehörde war für den Warenverkehr zuständig und für die restlichen Belange die Landespolizei.

Nadine Adler wunderte sich, dass Lindemann die Zeugin nicht zur viel näher gelegenen Flughafeninspektion der Bundespolizei verbracht hatte, anstatt mit ihr durch den halben Flughafen zu marschieren. Ihr Praxisausbilder hatte ihr, als sie als junge Kommissarin aufs Innenstadtrevier versetzt worden war, erklärt, dass die Bundespolizisten am Flughafen es nicht so gern sahen, wenn Landesbehörden sich in ihren Büros einnisteten, und sei es nur für ein paar Stunden.

Persönliche Befindlichkeiten, für die Adler keinerlei Verständnis aufbrachte. Natürlich hatten sie unterschiedliche Zuständigkeiten und Kompetenzen. Aber sie alle waren bei der Polizei und dienten ein und demselben Zweck.

Erst nach dem zweiten Versuch war es ihr gelungen, ihre Haare in einem einigermaßen ansehnlichen Pferdeschwanz zu bändigen.

Kritisch betrachtete sie sich im Schaufenster eines verdunkelten Reisebüros. Für die Begutachtung eines Tatorts, an dem ein Mensch niedergemetzelt wurde, und für längere Fußmärsche trug sie heute definitiv das falsche Outfit.

Als der Anruf sie erreicht hatte, dass es einen weiteren Mord gegeben hatte, war sie auf dem Rückweg von einer Besprechung gewesen und nur fünfzehn Minuten vom Flughafen entfernt. Mit Blaulicht und Martinshorn hatte sie sich den Weg nach Filderstadt gebahnt, was ihr eine fast diebische Freude bereitet hatte. Leider kam sie aufgrund ihrer Position kaum mehr in den Genuss einer rasanten Einsatzfahrt.

Als Adler am Polizeiposten angekommen war, musterte der altgediente Polizeihauptmeister ungläubig ihren Dienstausweis, der sie als Kriminalrätin des Landeskriminalamtes auswies, ehe sich die Schleusentür summend entriegelte und er ihr Eintritt gewährte.

»Ich suche meinen Kollegen Lindemann«, antwortete Adler, nachdem er sich nach ihrem Begehr erkundigt hatte.

Er bedeutete ihr zu folgen.

Adler musterte verstohlen das Profil des Kollegen, in dessen buschigem Oberlippenbart sich einige Brotkrumen verirrt hatten. Er trug eine filigrane Brille mit runden Gläsern, die ihm auf die Nasenspitze gerutscht war. Sein Anblick erinnerte sie an eine Kindersendung. Angestrengt überlegte sie, wie sie hieß.

Wortlos und ohne Eile führte er Adler durch ein Gewirr aus Gängen, vorbei an Kopierern, Druckern, altertümlich anmutenden Faxgeräten, einer Arrestzelle und mehreren Büros, in denen emsig auf Tastaturen geklappert wurde, bis zu einem verglasten Raum, vor dem er abrupt hielt.

Meister Eder! Er sah aus wie Meister Eder in Uniform, schoss es Adler plötzlich durch den Kopf. Als Kind hatte sie mehr auf die japanischen Anime-Serien gestanden.

Wenn sie gelegentlich die Wochenenden bei ihrer Oma verbracht hatte, hatte jedoch Oma das Programm festgelegt. Wie der Schauspieler hieß, wusste sie nicht mehr, aber nun kam ihr auch der Titel der Kinderserie wieder ins Gedächtnis. Meister Eder und sein Pumuckl.

Den richtig coolen Serien, wie Kim Possible oder Avatar – Der Herr der Elemente, konnte Oma nichts abgewinnen. Es gab so unglaublich viele Dinge, die sie unauslöschlich mit ihrer Oma assoziierte. Neben Marmorkuchen, Zimtsternen, Maoam-Kaubonbons war Pumuckl eines davon.

Meister Eder tippte sich an eine imaginäre Schildmütze und empfahl sich.

Adler murmelte ihren Dank und wandte sich der Scheibe zu. In dem Raum saß in sich zusammengesunken eine junge Frau auf einem Drehstuhl und schnäuzte sich geräuschvoll in ein Kleenex, von denen sie schon große Mengen verbraucht hatte, dem Berg, der sich vor ihr auftürmte, nach zu urteilen. Es war offenkundig, dass der Fund des Toten sie stark mitnahm. Tränen kullerten über ihre Wangen, und sie zitterte.

Lindemann saß ihr mit überschlagenen Beinen gegenüber und wartete geduldig, bis sie wieder in der Lage war zu sprechen.

Er hatte Adler bemerkt und deutete durch die Scheibe ein Nicken an.

Sie hatte nicht die Absicht, den Raum zu betreten und die Vernehmung zu stören.

Lindemann war seit vielen Jahren am LKA und hatte sich durch sein besonders empathisches Vorgehen und sein Fingerspitzengefühl bei Verhören einen Namen gemacht.

In wenigen Stunden würde ihr das Protokoll der Vernehmung vorliegen. Sie tippte auf die Smartwatch an ihrem Handgelenk. Es war kurz nach drei Uhr. Ins Amt zu fahren würde im Moment nicht viel Sinn ergeben, da sie nichts tun konnte. Ihr Team war gut. Alle wussten, was zu tun war, und in spätestens ein paar Stunden lägen ihr auch die ersten zusammenfassenden Berichte vor.

Sie verließ den Flughafen und fuhr nach Hause.

Kapitel 3

12. Mai – 30 Kilometer östlich von Berlin

Routiniert wickelte sie den Funkverkehr mit dem Tower Strausberg ab.

»Delta-India-Lima, make long landing, wind two eighty, eight knots, cleared to land runway zero six«, klang es verrauscht aus dem Kopfhörer.

Sie bestätigte und drehte langsam bei. Sie würde die Maschine sorgfältig gegen den Seitenwind austrimmen müssen, um eine saubere Landung hinzulegen.

Ruhig. Bleib ganz ruhig!, sagte sie sich. Das ist schließlich nicht deine erste Landung bei Seitenwind.

Für einen kurzen Augenblick schloss sie die Augen, atmete tief in den Bauch und fokussierte sich.

Die Diamond DA 20 war eine kleine einmotorige Maschine, die easy zu händeln war, unglücklicherweise war sie auch sehr leicht und windempfindlich. Vierzig Flugstunden hatte sie nun auf ihr absolviert. So gern sie das kleine, agile Flugzeug flog, so sehr freute sich nun auf die etwas größere und robustere Cessna 172, in der sie weitere fünf Stunden zu absolvieren hatte.

Erst mit diesem Erfüllungsstand war sie zur theoretischen Prüfung der Privatpilotenlizenz in Schönefeld zugelassen worden. Einhundertzwanzig Theoriestunden, davon neunzig im Selbststudium, hatte sie zu bewältigen gehabt. Und im Vergleich dazu war das Bestehen der Flugfunklizenz ein Klacks gewesen.

Lange hatte sie darüber nachgedacht, sich für die Ausbildung zur Pilotin bei ihrer Airline zu bewerben. Was aber, wenn man sie abgelehnt hätte? Sie das Auswahlverfahren nicht bestanden oder die Abschlussprüfung versaut hätte?

Nein, diese Blöße wollte sie sich nicht geben. Niemand sollte etwas davon erfahren, deshalb hatte sie sich für eine private Luftfahrtschule entschieden. Monatelang hatte sie sich auf die Aufnahmeprüfung vorbereitet, bei der im Wesentlichen die Englisch-, Mathematik- und Physikkenntnisse abgeprüft wurden. Der Aufbau der theoretischen Pilotenausbildung war modular als Fernkurs angelegt, was ihr die Möglichkeit bot, die Ausbildung neben ihrer Berufstätigkeit als Flugbegleiterin zu bewerkstelligen.

Seit zwei Jahren hatte sie als Purserin die Leitung des Kabinenpersonals inne. Trotz der Verantwortung und des Spaßes, den sie immer noch bei der Arbeit hatte, wusste sie, dass es nicht das war, was sie bis zu ihrer Rente würde machen wollen.

Die Theorieprüfung hatte sie innerhalb von achtzehn Monaten abschließen müssen, den praktischen Teil konnte sie danach flexibler gestalten. Zumal die Maschinen, auf denen sie ihre Pflichtflugstunden absolvieren musste, und die Flugsimulatoren nicht immer verfügbar waren. Beim jetzigen Tempo rechnete sie damit, in knapp zwei Jahren die Ausbildung beendet zu haben.

Mit dem Zeigefinger strich sie sich eine schwarze Haarsträhne hinter ihr Ohr, während sie konzentriert die Instrumente vor sich im Auge behielt. Anflugwinkel, Geschwindigkeit, Sinkrate, Neigung und Ausrichtung zur Piste waren perfekt. Die Sicht war hervorragend.

Nach und nach verringerte sie die Motorleistung, und das kleine Flugzeug verlor konstant an Höhe. Sie spürte im Steuerhorn, wie der Wind an dem Fluggerät zerrte. Leicht schwankend und quietschend setzte das Fahrwerk auf der Piste auf.

Sie war sehr zufrieden mit sich. Hoffentlich würde ihr Fluglehrer das genauso sehen und sie für die nächstgrößere Maschine zulassen.

»In Anbetracht der Crosswinde eine butterweiche Landung«, lobte er sie. »Herzlichen Glückwunsch, Frau Sander! Wir sehen uns dann im Cockpit der Cessna.«

Sie jubelte innerlich. Wieder war sie ihrem Ziel einen Schritt näher gekommen.

Kapitel 4

12. Mai – Filderstadt

Ein linker Jab, dann ein Aufwärtshaken mit der Rechten. Sie legte all ihre Kraft in diesen Schlag. Feuerte weitere Salven hinterher, verlagerte dabei unmerklich ihr Körpergewicht und ließ ihr rechtes Bein zu einem gewaltigen Sidekick nach oben schnellen, der hart und kraftvoll sein Ziel traf.

Der Mann in dem Vollkontaktanzug taumelte und schüttelte benommen den behelmten Kopf. »Stopp! Hör auf!«, erklang es dumpf unter der schwarzen Maske hervor. Er hatte die Arme beschwichtigend nach vorn erhoben und war einen Schritt zurückgewichen.

Sie atmete schwer. Ihre Arm- und Beinmuskulatur brannte wie Feuer.

»Was ist denn los mit dir?«, fragte ihr Sparringspartner vorwurfsvoll, der in dem Anzug wie das Michelin-Männchen aussah.

Der vierteilige, mit dicken Schaumstoffeinlagen versehene Schutzanzug bot hervorragende Dämpfungseigenschaften, dennoch blieben besonders harte Schläge oder Tritte nicht immer folgenlos. Und offenbar hatte sie härter getroffen als beabsichtigt.

Er riss sich den Helm vom Kopf und sah sie anklagend an. »Musst du immer so brachial angreifen?«

Matt und kraftlos baumelten ihre Arme an den Körperseiten. Der Schweiß rann über ihr gerötetes Gesicht, und sie leckte sich mit der Zungenspitze die salzigen Lippen. Dann spuckte sie den Zahnschutz in ihre offene Hand. »Was regst du dich so auf?«

»Ich rege mich über deinen Angriff auf. Deine Technik ist hervorragend, deine Kombinationen sind spitze, aber ich habe dir schon gefühlt eine Million Mal gesagt, du sollst nicht mit Wut in den Angriff gehen. Versuche deine innere Ruhe zu bewahren, Karina. Überlegt, beherrscht – nicht wild drauflosprügelnd.«

Nicht zum ersten Mal musste sie sich diese Standpauke anhören. Im Prinzip mochte ihr Trainer damit auch völlig recht haben, aber es gelang ihr einfach nicht, die Bilder aus ihrem Kopf zu verdrängen. Bereits nach den ersten Schlägen flammten sie in ihrem Geist auf. Vorbeihuschende Gesichter derer, die ihr wehgetan hatten, die sie verletzt und gedemütigt hatten. Zu schnell verblassten die Schemen jedoch, nach denen sie rasend zu treten und schlagen versuchte, als dass sie einen davon hätte treffen können.

Immer noch schwer atmend blähte sie die Backen und blies die Luft aus der Lunge. »Ich weiß«, gestand sie kleinlaut. »Du hast ja recht. Es tut mir leid. Hab ich dich hart getroffen? Geht's wieder?«

»Mach dir darüber mal keine Gedanken. Aber für heute reicht es«, antwortete er und begann die Klettverschlüsse des Körperschutzanzugs aufzureißen. »Ehrlich, Karina, du musst lernen, deine Emotionen zu beherrschen. Bis nächste Woche?«

»Ja, bis nächste Woche.«

Frustriert riss sie sich die Zehn-Unzen-Handschuhe von den Händen und stapfte zu den Umkleideräumen.

Wenige Minuten später ließ sie sich, die Hände gegen die gekachelte Wand gestützt, das heiße Wasser über ihren Kopf plätschern.

Sie prustete wie ein Wal das Wasser aus, das ihr übers Gesicht in den Mund lief. Wasserdampf waberte durch den Raum und vernebelte die Sicht.

Wieder einmal hatte sie sich völlig verausgabt. Ihre Muskeln würden es ihr verübeln und es sie die nächsten Tage schmerzhaft spüren lassen.

Drei Jahre trainierte sie nun schon Mixed Martial Arts. Karate, was sie in ihrer Jugendzeit exzessiv betrieben hatte, war ihr zu wenig effektiv und hatte sich in einem echten Kampf als wirkungslos erwiesen. Eine schmerzhafte Erfahrung, die schon einige Jahre zurücklag. Seitdem hatte sie einige andere Kampfstile ausprobiert.

Auf dem Nachhauseweg in die Heugasse, wo sie sich seit knapp zwei Jahren eine Wohnung mit einer Flugbegleiterin teilte, war sie zufällig an einer MMA-Kampfschule vorbeigeschlendert. Spontan hatte sie das Dojo betreten und für den nächsten Tag ein Probetraining vereinbart.

Die Preise für das Gruppentraining waren moderat, und es lag praktischerweise nur knapp fünf Gehminuten von ihrer Wohnung entfernt. Sooft es ihre Zeit zuließ, vereinbarte sie mit dem Leiter der Kampfschule Einzelstunden. Sechzig Euro die Stunde waren kein Pappenstiel, aber um ein Vielfaches effizienter, als wenn sie in einer größeren Gruppe trainiert hätte. Mittlerweile hatte sie beachtliche Fortschritte gemacht.

Tanju, der Leiter der Schule, war Mongole. Immer wieder versuchte er, sie dazu zu bewegen, an Vollkontaktwettbewerben teilzunehmen. Einmal hatte er sie ohne ihr Wissen für ein lokales Turnier angemeldet. Weder stand ihr der Sinn danach, sich mit anderen zu messen, noch, sich für eine schnöde Medaille grün und blau prügeln zu lassen. Sie hatte dankend darauf verzichtet. Ihre Intention war eine andere. Sie brauchte ein Ventil für ihre unkontrollierbare Wut.

Neulich hatte sie eine Kindergruppe in den Umkleideräumen des Dojos darüber tuscheln hören, dass Tanju in einem Shaolinkloster aufgewachsen sei. Außerdem beherrsche er den Dim Mak, einen geheimen und absolut tödlichen Schlag gegen Nervenpunkte. Karina hatte geschmunzelt.

Zugegeben, Tanju betrieb seit über dreißig Jahren Kampfsport, und sie zweifelte keine Sekunde, dass Tanjus Fertigkeiten tödlich sein konnten. Jedoch war sie nie einem friedfertigeren Menschen als ihm begegnet. Jede seiner Bewegungen war bedächtig. Ständig trug er ein gütiges Lächeln im Gesicht. Einmal hatte er ihr verraten, dass auch er viele Jahre seine eigenen Dämonen zu bekämpfen hatte und lernen musste, damit umzugehen. Heute ruhte Tanju in sich selbst, und darum beneidete ihn Karina.

»Hey, bin wieder da!«, rief sie den Flur hinunter, als sie sich die Jacke von der Schulter streifte und an einen freien Haken der Garderobe hängte. Schon von der Jakobuskirche aus hatte sie den Lichtschein im Wohnzimmer gesehen. Nita war offenbar schon früher als erwartet nach Hause gekommen.

Sie saß auf der Couch und hatte die Beine überschlagen. In eine Decke gewickelt, trank sie aus einer riesigen Snoopy-Tasse Tee. »Hey! Na, wie war das Training?«

»Anstrengend, aber gut!«

Nita wies mit der freien Hand auf den Platz neben sich. »Komm, setz dich zu mir.«

»Lass mich nur schnell einen Tee holen«.

Karina entnahm dem Teekästchen einen Beutel grünen Tee mit Matcha, goss heißes Wasser in eine Tasse und ging zur Couch hinüber. »Wann bist du angekommen?«, erkundigte sich Karina. Sie streifte ihre Slipper ab und ließ sich stöhnend auf die Couch fallen.

»Oje! Hast du es wieder übertrieben heute?«

Karina grinste schief. »Klar, was sonst. Erzähl, wie war dein Flug?«

»Ich hab bestanden«, schrie Nita und rüttelte so heftig an Carinas Schulter, dass beinahe das heiße Teewasser über ihre Tasse geschwappt wäre. »Ab nächster Woche darf ich auf der Cessna fliegen. Ist das nicht toll?«

»Herzlichen Glückwunsch! Ich freu mich total für dich. Wann geht's los?«

»Weiß ich noch nicht. Den Termin müssen wir erst noch ausmachen. Ich hoffe, das passt nächste Woche mit meinem Flugplan.«

Karina fischte den Teebeutel aus ihrer Tasse, legte ihn in die Schale, in der schon Nitas Teebeutel dampfend auskühlte, und blies zitternde Ringe in ihre Tasse.

»Seit wann bist du wieder in Deutschland?«, erkundigte

sich Nita, während sie ihre langen schwarzen Haare zu einem Dutt verknotete.

»Um halb eins bin ich in Stuttgart gelandet.«

»War der Flug okay?«

»Ja. War in Ordnung.«

Nita warf ihr einen kritischen Seitenblick zu. »Was ist los? War irgendwas?«

Karina nippte an ihrem Tee. »Nein, alles gut. Der Flug war prima«, antwortete sie ausweichend.

Nita rückte näher zu Karina. »Hey, ich kenne dich doch. Irgendwas ist vorgefallen.«

Karina kannte Nita mittlerweile ebenso gut und wusste, dass sie keine Ruhe geben würde, bevor sie ihr nicht erzählt hatte, was während des Fluges passiert war. »Ach, da war so ein komischer Typ. Eigentlich sah er richtig gut aus.«

Jetzt wurde Nita hellhörig. »Hattet ihr die Plätze nebeneinander?«

»Nee, eigentlich sollte der Platz neben mir frei sein. Kurz vor dem Start hat sich der Typ einfach neben mich gesetzt und mich vollgelabert. Ich wollte meine Ruhe haben.«

»Und dann?«, drängte Nita.

»Nix und dann! Der Typ hat einfach nur genervt. Das war so ein Ich-bin-so-unwiderstehlich-Typ. Du weißt, was ich meine? Stell dir vor, irgendwann hat der mir doch glatt vorgeschlagen, mit ihm auf die Toilette zu verschwinden. Ob ich schon mal über den Wolken gevögelt hätte. So ein Arschloch!«

»Du hast dann hoffentlich gleich der Kabinencrew Bescheid gesagt?«

»Hm, nein.«

»Ach, Karina!«, sagte Nita vorwurfsvoll.

»Ich hab den Typen einfach ignoriert, bis er seine Hand auf meinen Oberschenkel gelegt hat.«

Nita sog scharf die Luft ein. »Das ist nicht wahr, oder? Wie hast du reagiert?«

»Ich habe ihm gesagt, dass ich ihm jeden einzelnen Finger

breche, wenn er seine schmierigen Wichsfinger nicht sofort wegnimmt.«

Nita warf den Kopf in den Nacken und lachte schallend. »Tut mir leid, Süße«, sagte sie. »Ich habe nur gerade versucht, mir sein Gesicht vorzustellen.«

Karina wartete, bis Nita sich wieder beruhigt hatte, und fuhr dann fort: »Der Typ ist richtig fies geworden. Hat seine Sachen geschnappt, sich umgesetzt und mich als dreckige Schlampe bezeichnet.«

»Kannte dich der Typ? Ich meine, hat er dich als Schauspielerin erkannt?«

Karina zuckte überfragt mit den Schultern. »Keine Ahnung. Aber er scheint mehrmals die Woche nach Hamburg zu fliegen. Zumindest glaube ich, dass er so etwas erwähnt hatte. Ist ja auch egal!«

»Karina, das hättest du dir nicht bieten lassen dürfen«, tadelte Nita. »Das nächste Mal musst du so etwas der Kabinencrew sagen. So ein Verhalten von Fluggästen toleriert meine Fluggesellschaft nicht. Und die Bordcrew erst recht nicht.«

»Ach ...« Karina vollführte eine wegwischende Handbewegung. »Auch nur eines von vielen Arschlöchern, die über diesen Planeten wandeln. Diese Sorte Mann stirbt eben nie aus.«

Nita schien sich damit zufriedenzugeben und griff nach der Fernbedienung des Fernsehers. »Lust auf eine Folge Bachelor?«

Karina war nach vielem zumute, aber Der Bachelor stand ganz weit unten auf ihrer Liste.

»Okay. Warum nicht«, sagte sie trotzdem.

Die Wut auf diesen Typen schwelte schon den ganzen Tag in ihr. Weder das beinharte Training noch die Tatsache, dass sie Nita davon erzählt hatte, brachten den Zorn in ihr zum Verklingen. An Bord des Flugzeugs von PinLine Air hatte sie eine so rasende, beißende Wut verspürt. Es wäre so einfach gewesen. Mit einem einzigen, gezielten Schlag hätte sie diesem

Arschloch den Kehlkopf und das Zungenbein einschlagen können.

In dieser Nacht sah sie ihn in ihren Träumen. Wie er röchelnd seine Kehle umklammerte. Wie sich seine Lippen blau zu färben begannen, die Augäpfel hervortraten bei dem verzweifelten Versuch, Luft in seine Lunge zu pumpen. Sein überraschter Blick, der sich langsam einzutrüben begann. Sie sah seine Lippen, die vergeblich versuchten, einen Hilferuf zu formen. Bis schließlich sein Blick brach und er tot in sich zusammensackte.

Noch niemals zuvor hatte sie eine solch tiefe Genugtuung verspürt. Es war ein wunderbarer Traum.

Kapitel 5

15. Mai – Hamburg

Ungehalten verpasste er dem Vordersitz einen Tritt, als der Mann, der in ihm saß, gerade im Begriff war, die Lehne nach hinten zu klappen.

»Das ist jetzt nicht Ihr Ernst, oder?«, maulte er. »Ich muss hier arbeiten. Stellen Sie gefälligst die Lehne wieder aufrecht.«

Noch ehe der Vordermann etwas erwidern konnte, war eine Flugbegleiterin zur Stelle, um die Gemüter zu beruhigen.

»Darf ich Ihnen etwas zu trinken bringen?«, fragte sie höflich lächelnd an beide gewandt.

Sein Blick streifte neugierig über ihren Körper und verharrte unverhohlen in ihrem Schritt.

»Klar, Süße! Bringen Sie mir einen Tomatensaft. Aber bio, wenn ich bitten darf!«

Sein Vordermann lehnte dankend ab.

Sie nickte freundlich.

Während die Flugbegleiterin sich geschickt durch den Gang zurück zur Bordküche schlängelte, stierte er auf ihr Hinterteil und stellte sich vor, wie er sie hart von hinten nehmen würde, wenn er nur die Gelegenheit dazu bekäme. Wäre nicht das erste Mal, dass er in einem Hotel mit einer Saftschubse vögelte. Einmal sogar hatte er es mit einer Flugbegleiterin gleich im Leihwagen auf dem Deck des Parkhauses getrieben.

Er rückte seine Krawatte zurecht und warf einen raschen Blick auf seine sündhaft teure Patek Philippe am Handgelenk.

Die wenigsten Frauen konnten ihm widerstehen, und die Willigen nahm er reihenweise, ohne je eine davon wiederzusehen, geschweige denn sich an ihren Namen zu erinnern. Warum auch?

Er sah gut aus und verkörperte alles, was einen jungen, dynamischen und erfolgreichen Unternehmensberater auszeichnete, und wenn er wollte, konnte er überaus charmant sein. Aber Zeit für eine feste Beziehung hatte er nicht. Er wollte sie sich auch nicht nehmen. Jetzt war seine Zeit, jetzt schwamm er auf der Welle des Erfolgs, und diese Welle wollte er reiten, solange sie nicht in der Brandung brach. Eine feste Beziehung oder gar eine Familie stünden ihm dabei nur im Weg.

Das Meeting in Frankfurt war ganz und gar nicht nach seinem Geschmack verlaufen. Mehr als zwei Dutzend Stunden hatte er bereits in diesen Mandanten investiert und dem Geschäftsführer ein vielversprechendes Optimierungskonzept für die firmeninternen Prozessabläufe unterbreitet. Der Aufsichtsrat hatte es heute jedoch abgelehnt, was bedeutete, dass ihm ein sechsstelliges Honorar durch die Lappen ging.

Frustriert und gereizt klappte er die Hülle auf sein Tablet und stopfte es in seinen schmalen ledernen Aktenkoffer, als die Stewardess zurückkehrte und den bestellen Tomatensaft, zusammen mit einer Serviette, vor ihm abstellte. Lüstern starrte er ihr ins Dekolleté, als sie sich dabei leicht nach vorn beugte.

»Geile Unterwäsche«, hauchte er in ihr Ohr und strich dabei mit dem Finger über ihren Unterarm. »Die würde ich dir später gerne vom Leib reißen.«

Hastig zog sie ihren Arm zurück und warf ihm einen eisigen Blick zu.

»Na, dann halt nicht.« Sein Lächeln war überheblich und selbstgefällig. »Schade, du ahnst nicht, was dir entgeht.«

Ebenso schnell, wie sie gekommen war, trippelte die Flugbegleiterin den Mittelgang zurück.

»Sie sind ein widerwärtiger Mensch, wissen Sie das?« Sein Vordersitzer hatte sich umgedreht und warf ihm über den Rand der Rückenlehne einen verächtlichen Blick zu. »Sie haben offenbar keine Kinderstube genossen. Ihnen sollte man dringend Anstand beibringen.«

»Und wer soll das übernehmen? Du, Opa?« Er beugte sich drohend dem älteren Mann entgegen. »Dreh dich schleunigst um, und halt ja deine Klappe, Alter. Sonst lernst du mich kennen!«

Eingeschüchtert gab dieser klein bei und nahm seine Sitzposition wieder ein.

»Penner!« Ein hämisches Grinsen umspielte seinen Mund.

Das Mandat in Stuttgart war mit der heutigen Niederlage zwar hinfällig geworden, und bei der Flugbegleiterin war er eiskalt abgeblitzt, aber ganz egal, wie der Tag bisher verlaufen war, er würde ihn auf keinen Fall ungefickt beenden. Der Abend war noch jung, und sein morgiger Termin war erst für den späten Nachmittag angesetzt. Gleich nach Bezug seines Hotelzimmers im Grand Elysee würde er einen der angesagten Hamburger Clubs besuchen. Dort würde er fündig werden. Daran hegte er keine Zweifel. Er griff nach dem Tomatensaft und leerte das halbe Glas in einem Zug.

Als die Maschine zwanzig Minuten später in Hamburg landete, fühlte er sich matt. Eine bleierne Müdigkeit hatte ihn ergriffen. Aufgrund der Nachtflugbeschränkungen war seine Maschine eine der letzten gelandeten, weshalb es ihn nicht sonderlich überraschte, nur wenigen Menschen im Ankunftsterminal zu begegnen. Zielstrebig hielt er auf eine Toilette zu, um sich dort ein wenig frisch zu machen.

Den Aktenkoffer stellte er neben sich auf den Boden und krempelte die Ärmel seines Hemdes hoch, nachdem er das Jackett abgestreift hatte. Den Kopf wiegend, betrachtete er sein Spiegelbild.

Alter, siehst du müde aus!

Sein Leben bestand überwiegend aus Arbeit, Terminen und wieder Arbeit. Doch da der heutige Tag bei Weitem nicht so anstrengend gewesen war, konnte er sich seine Müdigkeit nicht erklären. Kurz überlegte er, wann er sich zuletzt einen richtigen Urlaub gegönnt hatte, konnte sich aber nicht daran erinnern.

»Scheiße«, murmelte er und schüttelte den Kopf. Später im Club werde ich mir einen ordentlichen Drink und ein Näschen

Koks reinziehen. Das wird mich auf jeden Fall wieder fit machen. Bitches, ich komme!

Vornübergebeugt schöpfte er sich mit beiden Händen eiskaltes Wasser ins Gesicht, spülte den Mund und spuckte aus. Als er sich wieder aufrichtete und nach dem Handtuchroller umdrehen wollte, traf ihn etwas hart an der Kehle.

Sein überraschter Aufschrei erstarb in seinem Hals. Nur ein gurgelndes Keuchen vermochte aus seiner Kehle zu dringen, die er mit beiden Händen krampfhaft umklammerte.

Fast augenblicklich schmeckte er sein eigenes Blut, spürte, wie es seine Lunge zu füllen begann. Er rang verzweifelt nach Atem und streckte mit aufgerissenen, tränenden Augen einen Arm nach dem Angreifer aus. Seine Finger griffen jedoch ins Leere.

Seine Zunge fühlte sich geschwollen an, und ein würgender, quälender Hustenreiz, dem er nicht nachzugeben vermochte, schüttelte seinen Oberkörper.

Die Lippen wurden blau, als er kraftlos in die Knie sank. Panik überkam ihn. In einem letzten verzweifelten Versuch steckte er sich einen Finger in den Hals, um wenigstens ein Quäntchen frische Atemluft einsaugen zu können.

Er kippte zur Seite und schlug hart mit dem Kopf auf den Fliesen auf.

Über seinem Gesicht baumelte etwas. Schemenhaft glaubte er die Umrisse seines schlanken, exquisiten Aktenkoffers zu erkennen, um den ihn viele seiner Geschäftspartner schon beneidet hatten.

Hilfe! Bitte!

Nur ein blubberndes Keuchen drang aus seinem Mund.

Bitten und Flehen verhallten ungehört in seinem Bewusstsein, als er die Besinnung verlor.

Kapitel 6

16. Mai – Konstanz

»Guten Morgen, Jasmin!«, begrüßte Hagedorn seine Praxisgehilfin, während er seine vom Föhnsturm zerzausten Haare zu bändigen versuchte.

»Guten Morgen, Chef! Ganz schön windig heute, nicht wahr?« Sie grinste breit. Seine derangierte Frisur war ihr offenbar nicht entgangen. »Und? Wie lief Ihr Gespräch mit Frau Engler?«, erkundigte sie sich.

»Ach, fragen Sie nicht! Nicht nur dass die Frau hochgradige Alkoholikerin ist, sie besitzt auch eine erschreckende Gefühlskälte. Ich bin mir nicht mal sicher, ob diese Frau überhaupt zu einer echten Gefühlsregung fähig ist.«

Jasmin nahm ihm den schweren Parka ab und drapierte ihn über einen Kleiderbügel an der Garderobe.

»Kaffee? Cappuccino?«

»Cappuccino!«

Hagedorn umrundete gerade seinen Schreibtisch, als er im Vorraum das Fauchen und Grunzen des Milchaufschäumers an seinem sündhaft teuren Kaffeevollautomaten vernahm. Genau das, was er jetzt brauchte.

Er rief eine der Fallakten auf und suchte nach einer Telefonnummer, die bei den Patientendaten hinterlegt war. Er tippte die Nummer ins Tastenfeld und landete sofort, wie bei den vergangenen Anrufen, in der Warteschleife. Bereits zum dritten Mal diese Woche versuchte er, den Sachbearbeiter einer Krankenversicherung zu erreichen.

»Na großartig!«, brummte Hagedorn.

Seine Gedanken drifteten ab.

Er hatte den Gang zu Mike Englers Mutter fast zwei Wochen aufgeschoben. Keiner aus dem Polizeiapparat hatte sich nach dem völlig sinnlosen Tod ihres Sohnes dazu bemüßigt gefühlt, sie auch nur ein einziges Mal aufzusuchen, um zu erklären, was genau geschehen war, Worte des Bedauerns auszusprechen und so etwas wie Anteilnahme auszudrücken. Nichts dergleichen! Hagedorn fand für dieses Verhalten kein treffenderes Wort als »skandalös«.

Irgendetwas hatte ihn dazu getrieben, mit der Mutter zu sprechen, wenngleich er unsicher gewesen war, wie er ihr begegnen sollte. Seltsamerweise war das immer schon sein Problem. Niemals in seiner Polizeilaufbahn hatte es ihm Schwierigkeiten bereitet, mit dem Tod konfrontiert zu werden, mit oder an Toten zu arbeiten, egal wie verwest oder verstümmelt sie waren. Mehr als alles andere hatte es ihm zugesetzt, sich mit den Hinterbliebenen auseinanderzusetzen, Antwort auf die drängende Frage nach dem Warum zu geben, auf die es fast nie eine tröstende Antwort gab. Nicht fast, es gab sie einfach nicht.

Doch diese Frage schien Frau Engler am allerwenigsten beschäftigt zu haben.

»War ja klar, dass es einmal so kommen würde!«, hatte sie gelallt.

Hagedorn hätte sie am liebsten am Kragen gepackt und ihr ins Gesicht geschrien, warum sie es dann nicht verhindert hatte? Warum sie Mike nicht ein wenig mehr Liebe und Zuneigung geschenkt, den Missbrauch ihres Sohnes durch ihren ebenso versoffenen Lebensgefährten verhindert hatte, anstatt sich jeden Tag besinnungslos zu saufen?

Die alte Vettel besaß doch tatsächlich die Frechheit, sich nach einer Entschädigung für ihren Verlust zu erkundigen.

An diesem Punkt hatte er entschieden, das Gespräch zu beenden und ihre völlig vermüllte und versiffte Wohnung zu verlassen, bevor er die Beherrschung verloren und ihr an die Gurgel gegangen wäre.

Objektiv betrachtet trug er nicht die geringste Schuld an dem, was passiert war, und trotzdem quälte ihn die Frage, ob er es hätte verhindern können. Vielleicht nicht an jenem

Abend vor zwei Wochen in der Bank, aber vielleicht schon vor eineinhalb Jahren, als Mike Engler noch in seine Therapiesitzungen gekommen war.

Gedankenverloren trommelte Hagedorn mit seinen Fingerkuppen auf die polierte Schreibtischplatte, während er seit vollen zehn Minuten in der Warteschleife der Krankenversicherung festhing.

Die samtig laszive Stimme der Frau von der Vermittlung riss ihn aus seinen düsteren Überlegungen. Sie würde ihn mit dem zuständigen Sachbearbeiter verbinden, flötete sie ihm überfreundlich ins Ohr. Nun wurde die Endlosschleife eines Abba-Songs durch die Ansage »Bitte haben Sie etwas Geduld, wir sind gleich für Sie da« unterbrochen.

Wütend knallte er den Hörer zurück in die Station, wobei er unschlüssig war, ob er nun wütend auf den Sachbearbeiter sein sollte, der sich seit Wochen verleugnen ließ, oder darüber, dass ihm Waterloo nun für den Rest des Tages als Ohrwurm durch den Kopf geistern würde.

Hagedorn lehnte sich zurück und nahm einen großen Schluck seines Kaffees, der mittlerweile lauwarm geworden war.

Der nächste Klient käme erst in einer halben Stunde.

Er klickte sich durch den Ordner mit den Patientenakten und rief das Protokoll von dessen letzter Therapiesitzung auf, als die Tischsprechanlage neben seinem Monitor leise knackte.

»Herr Hagedorn, hier ist eine Frau Adler vom LKA, die Sie sprechen möchte.«

»Sagen Sie ihr, dass ich jetzt keine Zeit habe. Sie soll sich einen Termin geben lassen.«

Kaum dass Hagedorn sich wieder dem Protokoll zugewandt hatte, erklang erneut Jasmins Stimme blechern aus dem kleinen Lautsprecher: »Sie sagt, es sei dringend. Sie will Sie unbedingt sprechen.«

»Himmel, Arsch und Zwirn …! Ist es denn …?«

Hagedorn hatte seinen Satz noch nicht beendet, als die Tür zu seinem Büro aufflog und eine gepflegte junge Frau eintrat.

»Entschuldigen Sie mein rüdes Eindringen, Herr Hagedorn. Aber die Angelegenheit kann nicht warten.«

»Nein! Ich entschuldige es keineswegs. Was fällt Ihnen ein? Was, wenn ich nun in einer Therapiesitzung gewesen wäre?« Wäre er physisch dazu imstande gewesen, hätte er die Frau eigenhändig vor die Tür gesetzt. »Sind das die neuen Methoden, die man euch jungen Leuten am LKA beibringt? In Wyatt-Earp-Manier ungefragt in fremde Büros zu stürmen?«

»Nein, das ist die John-Wayne-Taktik. Und die wird mittlerweile in Hiltrup gelehrt«, konterte sie mit einem provozierenden Lächeln.

Hagedorn blieb die Spucke weg. »So jung und schon im Höheren Dienst?«, spöttelte er.

Ihre blaugrauen Augen funkelten ihn böse an.

Erst jetzt betrachtete er die junge Frau, die selbstsicher vor seinem Schreibtisch Position bezogen hatte, eingehender.

Sie trug einen anthrazitfarbenen Hosenanzug, dessen taillierter Blazer perfekt ihre schlanke Figur betonte, dazu passende mattschwarze Highheels. Ihre langen rotbraunen Haare waren zu einem offenbar schnell zusammengezwirbelten Dutt hochgesteckt, der ihre kantigen Gesichtszüge härter und strenger erscheinen ließ. Was durchaus in ihrer Absicht gelegen haben mochte. Über der Schulter trug sie eine graue Stofftasche. Zu groß für eine Handtasche, zu klein für eine Laptoptasche.

»Was wollen Sie, Frau Adler?«, fragte Hagedorn brüsk. »Ihre Kollegen haben mich in der Engler-Sache bereits zweimal befragt. Ich habe dazu nichts mehr zu sagen. Und wenn Sie glauben, von mir die Absolution erteilt zu bekommen für das herausragend stümperhafte Vorgehen ihrer Truppe, dann haben Sie den Weg hierher völlig umsonst unternommen.« Hagedorn lehnte sich in seinem Rollstuhl zurück und verschränkte die Arme vor der Brust.

»Ein sehr bedauerlicher Vorfall«, antwortete sie ruhig. »Ich habe davon gehört, und es hat mich sehr betroffen gemacht, dass der junge Mann bei dem Zugriff sein Leben verlor. Aber deswegen bin ich nicht hier.« Wenngleich ihr Tonfall rasch wieder sachlich geworden war, schien ihr Bedauern ehrlich und aufrichtig zu sein.

»Dann kann ich nichts für Sie tun, Frau Adler. Wenn Sie bitte meine Praxis verlassen würden!«

»Ich ersuche Sie um Ihre Mithilfe, Herr Hagedorn«, fuhr sie sanfter fort. »Sie haben von dem Mord am Stuttgarter Flughafen gehört?«

»Ja, allerdings. Das habe ich. Und dennoch, Frau Adler, haben Sie sich umsonst hierherbemüht.«

»Man hat mich gewarnt, dass Sie so reagieren würden.«

Hagedorn kniff die Augen zusammen und musterte sie argwöhnisch. »Wer hat Sie gewarnt?« Er schoss ins Blaue: »Marius Bannert?«

Adler zögerte den Bruchteil einer Sekunde zu lange mit der Antwort.

»Wusste ich's doch!«

Resigniert deutete sie ein Kopfnicken an.

»Dann hat Bannert Ihnen bestimmt auch gesagt, dass ich kein Interesse mehr daran habe, für die Polizei zu arbeiten? Am allerwenigsten für das LKA. Und jetzt verschwinden Sie!«

Geschickt manövrierte Hagedorn den elektrischen Rollstuhl um den Schreibtisch herum und hielt auf Adler zu.

Flink kramte sie drei Schnellhefter aus ihrer Tasche und warf sie Hagedorn in den Schoß, was ihn augenblicklich stoppen ließ. »Drei Tote. Drei Morde. An drei Flughäfen.«

Hagedorn warf einen Blick auf die roten Hefter, die auf seinen Oberschenkeln lagen.

»Sie sind für viele im LKA eine Legende, ein Vorbild. Sagen Sie mir nicht, dass Sie so etwas …« Adler deutete auf die Akten. »… kaltlässt, dass Sie das alles nicht mehr berührt.«

Hagedorn schnaubte. »Ach, Kleines, was weißt du denn schon über mich.« In seinem Ton schwang etwas Warnendes mit.

»Vielleicht war ich zu forsch«, gab sie zu. »Ich hätte nicht einfach so in Ihr Büro eindringen dürfen. Ein mieser Start«, sagte sie mit einem verlegenen Lächeln. »Ich bin Kriminalrätin

Nadine Adler. Ich bin jung, das ist wahr, aber trotzdem hat man mir die Leitung der Sonderkommission übertragen, die die Mordfälle untersucht.«

Hagedorn hielt die Arme verschränkt und bedachte sie mit einem abschätzigen Blick.

»Ich bitte Sie, ein Profil des Täters zu erstellen. Natürlich können Sie dem LKA Ihre Kosten in Rechnung stellen«, fügte sie rasch hinzu.

»Tut mir leid«, entgegnete Hagedorn ruhig und reichte Nadine Adler die Fallakten.

»Ein Angebot zur Güte«, sagte sie, ohne nach den Akten zu greifen. »Schauen Sie sich die Fälle wenigstens an. Wenn Sie mir danach einen Korb geben, verspreche ich, Sie in Ruhe zu lassen.«

»Sie sind ganz schön penetrant, wissen Sie das?«

»Das sagt man mir nach, ja«, räumte sie mit einem gleichgültigen Schulterzucken ein.

»Das war eine rhetorische Frage, Frau Adler.« Hagedorn rollte mit den Augen. »Warum ich? Warum kommen Sie damit zu mir? Gibt es im Landeskriminalamt keine Psychologen oder Fallanalytiker mehr?«

»Doch! Aber keine mit Ihrer praktischen Erfahrung.«

»Was ist mit Professor Doktor Trevitz von der Hochschule?«, hakte Hagedorn nach.

»Im Ruhestand und leider todkrank.«

»Sehr bedauerlich«, brummte Hagedorn, während er sich nachdenklich das Kinn rieb. »Na schön. Ich werde einen Blick darauf werfen. Aber machen Sie sich keine allzu großen Hoffnungen.«

Nadine Adler bemühte sich offensichtlich sehr, ihre Erleichterung zu verbergen. »Gut! Meine Visitenkarte finden Sie in einer der Fallakten.« Sie nickte freundlich zum Abschied und verließ Hagedorns Praxis.

Kapitel 7

16. Mai – Konstanz

Der Tag seines tragischen Unfalls jährte sich zum sechsten Mal. Bei der Verfolgung eines flüchtenden Mörders über ein Baugerüst hatte er unverzeihlich leichtsinnig gehandelt und war nach einem kurzen Gerangel mit ihm abgestürzt. Die Erinnerung daran war noch so präsent, als wäre es erst gestern geschehen. Ebenso die Empfindungen, als ihm die Ärzte nach der Notoperation offenbarten, dass er querschnittsgelähmt bleiben würde. Seine Welt war zusammengebrochen.

Schon seit seiner frühesten Jugend hatte er mit beachtlichen Erfolgen Kraftsport betrieben. Mit einem Meter fünfundneunzig war er eine hünenhafte und imposante Erscheinung gewesen. Nun saß er im Rollstuhl, die Beine dürr und kraftlos, und sein Bauchansatz nahm stetig zu. Und doch schien er mit seinen langen, welligen Haaren und dem verwegenen Dreitagebart immer noch bei den Frauen anzukommen.

Anfänglich war es Hagedorn extrem schwergefallen, sich mit der inkompletten Querschnittslähmung zu arrangieren. Getreu seinem Lebensmotto, dass Aufgeben niemals eine Option ist, hatte er sich ins Leben zurückgekämpft. Er hatte zumindest die Kontrolle seiner Blase und des Darms wiedererlangt, wofür er mehr als dankbar war. Schon früh nach dem Unfall hatte er mit einem Physiotherapeuten zu arbeiten begonnen, der bald erkannte, wie viel Bewegungspotenzial trotz seiner Wirbelsäulenverletzung noch vorhanden war.

Nach etwas mehr als einem Jahr war ein leichtes Gefühl in seine Beine zurückgekehrt. Kein richtiges Gefühl, mehr ein permanentes Kribbeln, als wären die Beine eingeschlafen. Das verordnete Trainingsprogramm bereitete ihm keine Mühe, der strenge Diätplan umso mehr.

Eine Stunde hatte Hagedorn sich an diesem Tag an der speziell für ihn modifizierten Rudermaschine verausgabt, sich danach geduscht und rasiert und war dann in die Stadt gefahren.

Obwohl die Touristiksaison in Konstanz noch nicht einmal richtig begonnen hatte, waren die Marktstätte, der Bahnhofsvorplatz sowie das Lago-Center extrem belebt. Den Joystick der Steuerung zwischen Daumen und Zeigefinger rollte er langsam die Bodanstraße hinauf. Zielsicher bugsierte Hagedorn das elektrische Ungetüm über die Scheffelstraße in die Zogelmannstraße und hielt auf eine Kneipe zu. Problemlos überwand sein Rollstuhl die beiden Stufen vor dem Eingang.

Das Logan's war um diese Zeit spärlich besucht. Der Irish Pub war ihm vor einigen Monaten auf einer sonntäglichen Erkundungstour durch die Konstanzer Altstadt zufällig aufgefallen. Er war nicht sehr groß, aber dennoch urtypisch eingerichtet. Im hinteren Teil des Lokals standen auf einer Kleinbühne zu jeder Zeit ein Mikrofon und Beschallungsequipment bereit. Einmal pro Woche gab es Livemusik, und gelegentlich packte irgendein Musiker spontan die Gitarre aus und gab ein paar irische Folksongs zum Besten, in der Hoffnung auf ein Freibier.

Hagedorn hielt auf eine Nische mit einem Tischchen zu. Auch wenn er nicht oft im Logan's verkehrte, hatte er diese Nische zu seinem Stammplatz erkoren. So konnte er etwas abseits das Lokal gut überblicken, die Gäste beobachten und den gelegentlichen Livemusikern zuhören, ohne Gefahr zu laufen, direkt neben den Boxen das Gehör zu verlieren. Was noch wichtiger war, er hatte nicht den Eingang und auch sonst nichts in seinem Rücken, was ihm Unbehagen bereitete. Eine Polizistenkrankheit, die er nie würde ablegen können.

Nachdem er einen der Stühle zur Seite gestellt hatte, rollte er näher an den kleinen Tisch. Noch bevor er seine Jacke abstreifen konnte, stand ein junger Mann mit struppigem kupferrotem Haar und ebenso rotem Kinnbärtchen vor seinem

Tisch. Sein Gesicht war etwas schmaler, aber eine verblüffende Ähnlichkeit mit Ed Sheeran ließ sich nicht leugnen.

Es machte ihn fuchsteufelswild, wenn ihn jemand mit ihm verglich, was zu seinem Leidwesen öfter vorkam, wenn er, je nach Stimmung im Lokal, die Klampfe auspackte und ein irisches Shanty trällerte.

Über seiner Jeans trug er ein schwarzes T-Shirt auf dem stand: »Not English – Gaeltacht«. Aidan kam aus Galway, worauf er extrem stolz war, was er auch bei jeder Gelegenheit betonte. Er studierte an der Uni Konstanz Wirtschaftswissenschaften und verdingte sich drei Tage die Woche als Kellner im Logan's. Hagedorn kannte nur wenige junge Iren, die so leidenschaftlich das irische Gälisch pflegten wie Aidan.

Er wischte sich die Hände an der ledernen Brauerschürze ab. »Hey, conas atá tú? Wie geht's?«

»Go raibh maith agat, an mhaith«, gab Hagedorn stotternd zur Antwort. Sehr gut, vielen Dank, hatte er ihm gesagt.

Der junge Mann lächelte schief und deutete mit abgespreizten Fingern seiner rechten Hand eine flatternde Geste an, die Hagedorn vom Tauchen her kannte und die nichts Gutes bedeutete. »Na ja, an der Aussprache müssen wir noch etwas feilen. Was darf ich dir bringen?«

Vor Jahren hatte Hagedorn mehrere Wochen zusammen mit der irischen Polizei in Dublin wegen eines Mehrfachmords ermittelt und bei abendlichen Trinkgelagen in dem einen oder anderen Pub verschiedene gälische Phrasen aufgeschnappt. Seine Kenntnisse beschränkten sich jedoch hauptsächlich auf »danke«, »bitte« und »ein Guinness, bitte«.

»Aon Guinness. Ein Guinness, bitte.«

»Gerne. Willst du auch die Karte?«

»Unbedingt, Aidan«, rief er ihm nach.

Hagedorn schmunzelte. Bereits am ersten Abend hatte ihn Aidan geduzt. Es störte Hagedorn nicht. Im Gegenteil. In so vielen Ländern der Erde wurde auf die Höflichkeitsform verzichtet, und in Deutschland machte man immer noch so ein Gewese darum. Respekt vor älteren oder höhergestellten Menschen drückte sich nicht dadurch aus, dass man jemanden siezte. Ob er jemandem du oder Sie Arschloch an den Kopf warf, machte für Hagedorn keinen Unterschied. Er konnte jemandem genauso viel Respekt und Hochachtung zollen, auch wenn er ein persönlicheres Personalpronomen bevorzugte.

Zufrieden lehnte er sich zurück und nickte zwei hübschen jungen Frauen zu, die ihn zu beobachten schienen, seit er ins Lokal gerollt war.

Schon während seiner häuslichen Trainingseinheit hatte es ihm nach einem Guinness gelüstet, und es würde sicherlich nicht bei dem einen bleiben. Aidan kam mit einem Glas des pechschwarzen Getränks und der Speisekarte zurück. »Zum Wohl, Pal. Lass es dir schmecken!«

Hagedorn schielte an Aidan vorbei und war sich nun sicher, dass das Lächeln der beiden Mädchen wohl eher dem irischen Ed-Sheeran-Verschnitt galt denn ihm.

»Danke dir.« Hagedorn überflog rasch die Karte. »Bring mir doch bitte den Burger ›Klassisch‹, dazu Süßkartoffel-Chips und einen Rote-Bete-Salat.«

»Aye, sehr gerne. Den Burger durchgebraten?«, erkundigte sich Aidan.

»Medium.«

Hagedorn sah Aidan nach, der hinter dem Tresen verschwand und nahm einen großen, genussvollen Zug des Guinness. Dann beugte er sich zur Seite und kramte aus einem Staufach seitlich des Rollstuhls die drei roten Schnellhefter, die Nadine Adler ihm heute Nachmittag in den Schoß gepfeffert hatte.

Mann, ist die lästig!

Seufzend schlug er den ältesten der drei Fälle auf und begann zu lesen.

Kapitel 8

16. Mai – Konstanz

Auf halber Strecke hatte es zu nieseln begonnen. Mit sechs großen Gläsern Guinness intus, wollte er auf keinen Fall einer Streife über den Weg fahren, weshalb er den Weg durch den Stadtpark, über die Alte Rheinbrücke und über die Seestraße Richtung Hörnle genommen hatte.

Er war nass bis auf die Haut, als er an seinem Haus ankam. Mit der Linken wischte er sich das Wasser aus dem Gesicht, als er weiter auf den Hauseingang zuhielt. Im Schein der Laterne neben seiner Haustür zeichneten sich die Umrisse einer Person ab, die zusammengekauert unter dem Dachvorsprung hockte.

»Konnten Sie es nicht erwarten, bis ich mich bei Ihnen melde, oder hatten Sie Sehnsucht nach mir?«

»Weder noch! Der Flughafenkiller hat wieder zugeschlagen!« Nadine Adler erhob sich schwerfällig.

Hagedorn nahm an, dass sie dort schon längere Zeit gesessen hatte. Trotzdem sah sie weniger durchnässt aus, als er es war. Sie trug immer noch denselben Anzug wie am Nachmittag und schien jämmerlich zu frieren.

»Kommen Sie erst mal rein, und wärmen Sie sich auf«, forderte er sie mit schwerer Zunge auf.

Adler trat einen Schritt zur Seite, als er die Rampe hinauffuhr, abrupt vor der Haustür bremste und sie entriegelte.

Sam kam ihm schwanzwedelnd entgegengelaufen, nachdem er die Haustür geöffnet hatte. Er legte die Pfoten auf seine Oberschenkel und rieb seine Schnauze an Hagedorns Brust.

Hagedorn war völlig überrumpelt, freute sich jedoch, dass der Hund langsam eine Bindung zu ihm aufzubauen schien.

»Ja, ist ja gut, mein Großer. Runter jetzt!« Sanft schob er den Golden Retriever von sich.

Einige Minuten später saßen sie in seiner Küche. Sam hatte Adler schnuppernd umkreist und sich dann in seine Ecke getrollt.

Adler tunkte gedankenverloren ihren Teebeutel ins heiße Wasser und beobachtete offensichtlich, wie er das Wasser dunkel einfärbte, während Hagedorn ihr eine seiner Strickjacken um die Schultern legte.

Er hatte vorgezogen, sich einen starken schwarzen Kaffee aus dem Vollautomaten zu lassen.

»Sie sagten, es hat einen weiteren Mord gegeben?«

Adler nickte. »Heute Morgen hat man seine Leiche gefunden.«

Der Kaffee tat seine Wirkung, und Hagedorn fühlte, wie sich sein Geist allmählich klärte. »Und was lässt Sie glauben, dass er in das gleiche Schema wie die anderen drei passt?«

»Ich weiß es eben! Der gleiche Modus Operandi, nur eine andere Tatwaffe. Wieder ein Flughafen als Tatort. Das passt alles zusammen.«

»Und das Opfer?«

»Ein Mann, einunddreißig, ledig. Ein selbstständiger Unternehmensberater, glaube ich. Die Kollegen im LKA Hamburg stellen mir in diesem Augenblick die wichtigsten Eckdaten zusammen und schicken mir alles per Mail zu.«

»Wie wurde er getötet?«, hakte Hagedorn nach.

»Ist noch nicht ganz klar. Vermutlich stumpfe Gewalt gegen die Halsweichteile. So lautete die erste Einschätzung des Gerichtsmediziners.«

Hagedorn nahm einen großen Schluck des dampfenden Kaffees. »Siebentausendfünfhundert.«

»Was?«, fragte Nadine Adler irritiert.

»Mein Honorar. Siebentausendfünfhundert. Zuzüglich Reisekosten und Spesen, sollte es notwendig werden.«

»Sie ticken ja nicht ganz richtig!«, empörte sie sich. »Das

letzte externe Gutachten, das wir haben erstellen lassen, lag bei …«

»Viertausendachthundert Euro. Ich weiß. Ich habe mich erkundigt. Dabei ging es aber nur um einen Mord«, gab er zu bedenken. »Das ist mein Angebot, nehmen Sie es an, oder lassen Sie es.« Hagedorn streckte ihr die drei Schnellhefter entgegen und beobachtete sie, wie sie sich die Nasenwurzel massierte und angestrengt zu überlegen schien.

»Ich nehme an, Ihr Preis ist nicht verhandelbar?«, fragte sie gedämpft.

»Nöpp«, antwortete er mit einem schiefen Grinsen.

»Dann machen Sie es?«

»Wenn wir uns einig sind?«

Nadine Adler wandte sich ihm zu und schlug in seine Hand, die er ihr reichte.

»Ich danke Ihnen.«

Hagedorn hatte den Sessel des Rollstuhls in eine fast liegende Position gestellt und die ganze Nacht lesend im Wohnzimmer verbracht.

Nadine Adler war schon kurz nach ihrer Übereinkunft gegangen. Sie hatte einen gequälten Eindruck gemacht. Hagedorn vermutete, dass sie an Kopfschmerzen litt oder an einem grippalen Infekt laborierte.

Sein Laptop stand neben ihm auf dem Wohnzimmertisch. Im Minutentakt hatte sein E-Mail-Account klingelnd den Eingang einer weiteren Nachricht verkündet. Unzählige Seiten und Bildanlagen, die er erst hatte entzippen müssen, um sie anschauen zu können.

Nachdem er eine Bluetooth-Verbindung mit seinem überdimensionierten OLED-Fernseher hergestellt hatte, betrachtete er die Bilder wieder und wieder, zoomte hinein und hinaus und machte sich Notizen.

Couch, Couchtisch, Sessel, Boden – überall verteilt lag der Inhalt aus Adlers Schnellheftern, als wäre ein Tornado durchs Haus gefegt. Tatortanalysen, Spurensicherungsberichte, Obduktionsgutachten, Zeugenvernehmungen und unzählige Aktenvermerke. Hagedorn hatte sämtliche Akten zerpflückt und neu sortiert. Einem Außenstehenden hätte sich die Systematik dahinter nicht erschlossen.

Es dämmerte bereits, als Hagedorn die Brille von der Nase streifte und einen Knopf im Paneel des Rollstuhls gedrückt hielt. Leise summend richtete sich der Sitz in eine aufrechte Position.

Sam, der auf dem runden Läufer geschlafen hatte, hob kurz den Kopf, um danach gleich wieder in den Schlaf zu sinken. Ein wohliges Brummen entwich seiner Kehle.

Surrend setzte sich der Rollstuhl in Bewegung.

Hagedorn ließ die elektrischen Rollläden hoch, stieß die breite Schiebetür zur Seite und rollte hinaus auf die Terrasse. Tief sog er die kühle Morgenluft ein.

Auf den Wiesen und Sträuchern hing der Morgentau, der im Licht der aufgehenden Sonne in allen Farben glitzerte. Einige Singvögel wetteiferten miteinander. Über dem spiegelglatten See lag leichter Nebel. Eine Fischergundel tuckerte unweit des Ufers Richtung Konstanzer Trichter vorbei. So wurden von den einheimischen Fischern, die es nur noch vereinzelt gab, die kleinen, mit einem Außenbordmotor betriebenen Holzboote genannt, mit denen sie schon früh auf den See hinausfuhren, um ihre Netze auszuwerfen. Die hiesigen Restaurants waren dankbare Abnehmer ihrer Fänge. Hauptsächlich Saiblinge und Felchen.

Über dem Tiefnebel zeichneten sich die noch schneebedeckten Gipfel des Schweizer Alpenmassivs ab. Langsam war das Dunkel der Nacht durch ein Violett verdrängt worden, das allmählich einem glühenden Rot zu weichen begann. Nur wenige Minuten, bis sich die Sonnenscheibe über den Horizont schieben würde. Es versprach, ein sonniger Tag zu werden, an dem sich auch die letzten Nebelfelder und Cirrus-Streifen auflösen würden.

Hagedorn hielt den Atem an, als sich ein Schwan mit schweren Flügelschlägen aus dem Wasser erhob und darüber zu tapsen begann. Langsam hob das anmutige Tier ab und glitt mit sirrenden Flügelspitzen knapp einen Meter über der spiegelglatten Wasseroberfläche dahin.

Es war Hagedorns erster Frühling im neuen Haus. Am Bodensee. Diese Idylle und die Ruhe, die in ihr lag, würde er nie wieder missen wollen.

Sam schlurfte an ihm vorbei in den Garten.

Am nächstbesten Strauch hob er sein Bein. Nicht lange, und er würde irgendwo in einer Ecke auch noch seinen Darm entleeren.

Egal, Hagedorn würde den Haufen später beseitigen, aber erst brauchte er eine Dusche und eine Rasur. Danach würde er Jasmin anrufen und sie bitten, den einzigen Kliententermin am Nachmittag zu verlegen. Den Tag würde er ihr freigeben.

Sam strich schnuppernd durch den Garten, während Hagedorn ins Haus zurückrollte. Irgendetwas schien das Interesse des Hundes geweckt zu haben, da er seine Nase tief in die Ligusterhecke steckte. Vermutlich eine Maus oder ein Maulwurf, mutmaßte Hagedorn.

Er hievte sich in den Sitz des Treppenliftes, mit dem er nach oben fuhr, um sich zu duschen.

Teil 2

»Gewalt ist die letzte Zuflucht des Unfähigen.«

Isaac Asimov

Kapitel 9

17. Mai – Stuttgart

Aus Erzählungen wusste Adler, dass Hagedorn ein Kotzbrocken sein konnte. Alles, was ihr über ihn zu Ohren gekommen war, hatte sie zuerst darin bestärkt, ihn nicht zu mögen. Ein überheblicher, selbstherrlicher Misanthrop.

Wenngleich sie ihm Respekt und Anerkennung für seine Leistungen zollte, war sie nach ihrem ersten Besuch wütend gewesen, von ihm geduzt und als Kleines betitelt worden zu sein. Obwohl sie durchaus gelernt hatte, die Frotzeleien im Amt über ihr Alter in Bezug auf ihren Rang zu ignorieren.

Adler war immer noch etwas irritiert, dass Hagedorn so schnell seine Hilfe zugesagt hatte. Ihr war jedoch klar, dass er das Geld für das psychologische Gutachten augenblicklich mehr als nur gut brauchen konnte. Marius Bannert, ein Ex-Kollege und Freund Hagedorns, hatte, was die therapeutische Praxis betraf, eine Andeutung gemacht.

Was sie allerdings noch mehr verwirrte, war Hagedorns Höflichkeit, die er gestern Nacht an den Tag gelegt hatte. Beinahe väterlich hatte er sich um sie gekümmert. Tee zubereitet, ihr eine Strickjacke um die Schultern gelegt.

So hatte man ihr Hagedorn nicht beschrieben. Sie schrieb es dem Alkohol zu, dem er gestern Abend offenbar reichlich zugesprochen hatte. Falls nur die Hälfte dessen, was ihr über Falk Hagedorn zu Ohren gekommen war, zutraf, war sein Verhalten gestern Nacht eine Ausnahme und würde sich so schnell auch nicht wiederholen.

Vier Stunden. Mehr Schlaf hatte sich Nadine Adler nicht gegönnt, ehe sie mit der dienstlichen E-Klasse nach Stuttgart zurückgefahren war. Der Verkehr auf der A81 floss überraschend gut. Selbst Böblingen und Sindelfingen waren rasch hinter sie zurückgefallen. Zäh wurde es erst, als sie in die Stuttgarter Innenstadt gelangte, hinunter nach Bad Cannstatt, in die Taubenheimstraße, zum Sitz des Landeskriminalamtes Baden-Württemberg.

Kurz vor sieben schloss sie ihr Büro auf. Unwillkürlich rümpfte sie die Nase. Die Luft roch abgestanden und muffig, obwohl der Raum nur zwei Tage nicht gelüftet worden war.

Sie stellte ihre Umhängetasche auf dem Schreibtisch ab und riss die Fenster weit auf. Frische, kühle Morgenluft strömte herein. Die anderen Büros der Abteilung Einsatz- und Ermittlungsunterstützung schienen noch verwaist zu sein.

Nadine Adlers Aufgabe innerhalb der Abteilung umfasste unter anderem die Koordinierung von Sonderkommissionen. Selten zog das Landeskriminalamt, sprich ihre Abteilung, Fälle an sich. Das LKA sah sich vielmehr als Dienstleister und bot, sofern von den Dienststellen draußen gewünscht, seine Ermittlungsunterstützung an.

Nach den ersten beiden Morden an den Flughäfen in Friedrichshafen und Stuttgart hatten die jeweils zuständigen Morddezernate bereits eigenständig Sonderkommissionen eingerichtet.

Die Mordkommission des Präsidiums Stuttgart hatte jedoch schnell Parallelen zu einem Mord am Flughafen in Hannover erkannt, woraufhin sich das LKA eingeschaltet und alle drei Fälle an sich gezogen hatte. Natürlich waren die primär zuständigen Dienststellen gehalten, sich aktiv zu beteiligen, was sie in aller Regel durch Abordnung von ein oder zwei Beamten auch taten. Mit einem vierten Mordopfer, vor allem innerhalb dieser kurzen Zeit, hatte Adler nicht gerechnet.

Während ihr PC quälend langsam hochfuhr und sich mit dem LKA-Netzwerk verband, streifte sie ihr Schulterholster ab und verstaute es in einer Schreibtischschublade.

Sie hatte immer eine Tüte Storck-Riesen in ihrem Schreibtisch. In der Zeit ihres Masterstudiums an der Hochschule in Münster-Hiltrup hatte sie während des Lernens ständig genascht. Eine Kommilitonin hatte eine Schwäche für diese Schokokaramellbonbons gehabt. Wie ein Junkie schien sie die Süßigkeit überall gebunkert zu haben. Gern hatte Adler eines davon genommen, wenn sie ihr angeboten worden waren. Seitdem war sie süchtig nach diesen Dingern.

Sie wickelte eines davon aus und steckte es in den Mund. Im Laufe der Zeit hatte sie ihre ganz eigene Art entwickelt, das Karamell zu genießen. Sie strich das Papierchen glatt – noch so eine Marotte – und dachte über Hagedorns Honorarforderung nach.

Im ersten Moment war sie über die Höhe schockiert gewesen. Aber psychologische Gutachter bei Gericht verlangten nicht selten zwischen fünf- und siebentausend Euro für ihre Leistungen, die ihres Erachtens mehr als fragwürdig waren. Sie würde Hagedorns Honorar als Ermittlungskosten verbuchen. Das Budget gab es her, da im ersten Quartal noch keine kostspieligen Verfahren zu bewältigen gewesen waren, die die Finanzmittel wesentlich geschmälert hätten.

Endlich war der PC arbeitsbereit, und sie startete das E-Mail-Programm.

Erschrocken fuhr sie zusammen, als es plötzlich an der Tür klopfte. »Herein!«

Ihr Chef steckte grinsend seinen Kopf herein.

»Guten Morgen, Claus!« Sie freute sich, ihn zu sehen.

»Guten Morgen! Seit wann bist du wieder in Stuttgart?«

»Noch keine zehn Minuten«, antwortete sie nach einem kurzen Blick auf die Zeitanzeige am unteren rechten Bildschirmrand.

»Und? Macht er es?«

»Jupp!«, gab sie triumphierend zur Antwort. »Aber frag nicht, wie hoch sein Honorar ist.«

»Nein! Ganz sicher nicht«, sagte er. »Ich will's gar nicht wissen.«

»Besser so!«

Er stieß die Tür weiter auf. »Lust und Zeit für einen Kaffee?«

Claus Dröhmer war knapp sieben Jahre älter als sie selbst.

Erst letzten Monat war er zum Kriminaldirektor befördert worden.

Mit über einem Meter neunzig, groß gewachsen und hager, kam er immer etwas schlaksig rüber. Aber der Eindruck täuschte. Dröhmer war ein exzellenter Basketballspieler und hatte in früheren Jahren in der Bundesliga gespielt, bis er sich bei einem Spiel Meniskus und Kreuzbänder gerissen hatte. Danach war Schluss gewesen mit dem Basketball.

Dröhmer war ein absoluter Überflieger im LKA. Seit Beginn seiner Karriere glänzte er mit herausragenden Noten und Beurteilungen, wurde von Abteilung zu Abteilung weitergereicht, um seine Verwendungsbreite zu erweitern.

Dröhmer hatte die Fähigkeit, sich schnell in neue Aufgabengebiete einzufinden, was ihm ein hohes Maß an Akzeptanz bei den Kolleginnen und Kollegen einbrachte. Er genoss einen exzellenten Ruf – nicht zuletzt weil er immer menschlich geblieben war. Eine seltene Eigenschaft, wie sie fand.

Ein kurzer Blick auf ihren Monitor verriet, dass keine neuen E-Mails eingegangen waren.

»Klar, gerne. Lass uns gehen!«

Als sie eine halbe Stunde später in ihr Büro zurückkehrte, zeigte das Display ihres iPhones drei Anrufe in Abwesenheit an. Anrufe einer ihr unbekannten Nummer. Sie entsperrte den Bildschirm und wählte den Rückruf.

»Nehmen Sie künftig Ihr Handy mit, Himmel, Arsch und Zwirn!«, blaffte ihr Hagedorn mit seinem sonoren Bass ins Ohr. »Seit einer geschlagenen Stunde versuche ich, Sie zu erreichen. Wenn Sie meine Mithilfe wollen, sollten Sie dafür sorgen, dass Sie jederzeit erreichbar sind. Hab ich mich verständlich ausgedrückt?«

Sie rollte mit den Augen, weil er so maßlos übertrieb. Seit einer geschlagenen Stunde? Idiot!

Adler versuchte das Gespräch in ruhigere Bahnen zu lenken: »Ihnen auch einen wunderschönen guten Morgen. Was ist Ihnen denn über die Leber gelaufen?«, wollte sie wissen.

»Sam wurde vergiftet!«, sagte er knapp.

Nadine Adler drückte sich die Hand auf den Mund. »Wie? Wann?«, stammelte sie.

»Heute Morgen. Er war im Garten, als ich unter der Dusche war. Als ich wieder runterkam, lag er röchelnd mit Schaum vor dem Mund in seinem Erbrochenem.«

»Lebt er?«, erkundigte sie sich vorsichtig.

»Mehr oder weniger. Ich komme gerade vom Tierarzt. Die Tierambulanz war zum Glück schnell da und hat ihn gleich versorgt. Die nächsten Stunden werden zeigen, ob er es übersteht.«

»Aber wie konnte das geschehen?«

»Ich weiß es nicht. In seinem Erbrochenen habe ich Reste einer Wurst oder Hackfleisch gefunden. Ich nehme an, dass das Zeug mit Rattengift versetzt war. Die Beamten vom Streifendienst haben die Überreste mitgenommen und lassen sie veterinärmedizinisch untersuchen.«

»Der arme Kerl.« Adler seufzte. »Ich hoffe, dass es ihm bald besser geht.«

»Wenn ich den in die Finger bekomme, der diese Giftköder auslegt, dann drehe ich ihm den Hals um. Aber lassen wir das. Nun zum eigentlichen Grund, weshalb ich anrufe. Da ich im Moment eh nichts anderes tun kann außer warten, wollte ich Sie wissen lassen, dass ich heute den ganzen Tag in meiner Praxis sein werde. Ich habe alle Termine durch meine Sprechstundenhilfe absagen lassen. Heute Nachmittag wäre ich, denke ich, so weit, Ihnen eine erste Einschätzung zu unserem Täter liefern zu können.«

»Das wäre großartig. Sie melden sich dann bei mir?«

Hagedorn brummte etwas, das einer Zustimmung gleichkam, und beendete das Gespräch.

Kapitel 10

17. Mai – Konstanz

Im Dreißig-Minuten-Takt war Hagedorn der Tierarzthelferin auf die Nerven gegangen. Obwohl sie ihn freundlich gebeten hatte, von weiteren Anrufen abzusehen, konnte er nicht anders. Er musste einfach wissen, wie es Sam, seinem Lump, ging.

Unruhig saß er in seinem Büro in der Praxis und schichtete die Fallakten, die Nadine Adler ihm dagelassen hatte, von einer Schreibtischseite auf die andere, ohne sich wirklich darauf konzentrieren zu können.

Der Schrecken saß noch tief. Nachdem er sich geduscht und angezogen hatte, mit dem Treppenlift nach unten gefahren war, war er zunächst in die Küche gerollt, um sich einen Kaffee zu machen und Sam das Fressen zu richten. Normalerweise kam er angetrottet, wenn er das Trockenfutter im Napf klackern hörte. Sam war unglaublich verfressen, weshalb Karina ihn beschworen hatte, unbedingt Maß zu halten und ihn nicht außer der Reihe zu füttern oder mit Leckerlis zu verwöhnen, was Hagedorn ohnehin nie getan hätte.

Er hatte vergeblich versucht, ihn abzurufen. In der Annahme, dass Sam Mäusen nachjagte oder Maulwurfshügel aushob, war er auf die Terrasse gerollt, um nach ihm zu sehen.

»Komm, du Lump! Fressen!«

Unkontrolliert zitternd und röchelnd fand er ihn in der Ecke der Gartenlaube, grotesk verkrümmt in einer Pfütze Urin und Erbrochenem liegend.

Die Tierambulanz war sogar schneller, als er dies vom normalen Rettungsdienst gewohnt war. In weniger als fünf Minuten war sie in seinem Haus eingetroffen. Hagedorn erfuhr erst später, dass die Tierrettung in seiner Nähe zu tun gehabt hatte und deshalb so schnell vor Ort sein konnte. Die Tierärztin, die zufällig mit an Bord gewesen war, hatte Sam sorgenvoll betrachtet und angemerkt, dass es nicht gut aussähe.

Karina wird mir nie verzeihen, wenn der Hund in meiner Obhut jämmerlich krepiert.

Routiniert hatten sie Sam einen Zugang mit einer Lösung gelegt und ihn in den VW-Bus gebracht. Aus versicherungstechnischen Gründen, so hatte ihm die Tierärztin erklärt, könne er den Transport nicht begleiten. Da Hagedorn nicht mehr gern selbst Auto fuhr, erschien es ihm vernünftiger, Sam nicht nachzufahren. Was hätte es schon gebracht? Außer warten und bangen konnte er ohnehin nichts tun.

Um kurz nach zwölf kam der erlösende Anruf.

»Hagedorn.«

»Tierarztpraxis Angermayer, Rüther mein Name. Einen Augenblick, ich verbinde ...«

Hagedorn lauschte gespannt, bis die Verbindung hergestellt war.

»Dr. Angermayer. Guten Tag, Herr Hagedorn!« Die Stimme der Tierärztin klang angenehm, ließ aber keine Rückschlüsse auf die Botschaft zu, die sie ihm nun überbringen würde. »Sam ist jetzt stabil.«

Hagedorn blies erleichtert die Luft aus und sank an die Lehne seines Rollstuhls zurück. »Sehr gut.«

»Welche Schäden zurückbleiben, vermag ich noch nicht zu sagen. Aber er wird es überstehen.«

»Vielen Dank! Das sind gute Neuigkeiten. Haben Sie eine Vermutung, womit er vergiftet wurde?«, erkundigte er sich.

»Meine Vermutung ist ein hoch dosiertes Rattengift. Aber nageln Sie mich darauf nicht fest. Wir haben dem armen Kerl den Magen ausgepumpt und eine kleine Menge des Mageninhalts konserviert.«

»Ich danke Ihnen. Ich habe den Polizisten vom Polizeirevier Konstanz ebenfalls eine Probe dessen, was er ausgekotzt hat, mitgegeben. Mir wurde gesagt, dass sie es zur Untersuchung an das Veterinäramt nach Radolfzell schicken würden.«

»Mit unserer Probe verfahre ich ebenso«, sagte Dr. Angermayer.

»Wie geht es jetzt weiter?«

»Ich würde Sam gerne noch ein paar Tage hierbehalten, zumindest bis er wieder auf den Beinen ist.«

»Ich komme in den nächsten Tagen bei Ihnen vorbei. Vielen Dank, Dr. Angermayer!«

Hagedorn beendete das Gespräch und wählte eine Nummer, die er auswendig kannte. Die Nummer seiner Tochter Karina. Bislang hatte er es vermieden, sie anzurufen. Wäre das arme Tier gestorben, wäre der Anruf ohnehin kein einfacher gewesen. Also warum hätte er sie unnötig beunruhigen sollen, solange er selbst nicht wusste, wie es um ihren geliebten Hund stand.

Nach dem dritten Freizeichen hob sie ab.

»Hallo, Prinzessin!«

Kapitel 11

17. Mai – Konstanz

Unweit des Tägerwilener Zolls befand sich eines der besten Restaurants, die Konstanz zu bieten hatte. Hagedorn hatte spontan für sie beide einen Tisch reserviert.

Karina war es wichtig gewesen, gleich nach ihrer Ankunft nach Sam zu sehen, weshalb sie zuerst in die Praxis gefahren waren.

Schlafend, aber immer noch unkontrolliert zitternd, hatten sie Sam vorgefunden. Er lag angeschlossen an einen Tropf und stark sediert in einer Art Zwinger in einem selbst für seine Größe überdimensionierten Hundebett. Das Zittern würde sich in den nächsten Tagen legen, hatte die Ärztin sie beruhigt.

»Ich mache dir keine Vorwürfe. Du kannst schließlich nichts dafür«, hatte Karina insistiert.

Dennoch fühlte sich Hagedorn dadurch keinen Deut besser. Er hätte nachsehen sollen, was Sams Aufmerksamkeit erregt hatte.

Sei's drum! Er konnte es nicht ungeschehen machen. Allerdings machte er sich auch keine allzu großen Hoffnungen, dass man das Schwein, das den Giftköder ausgelegt hatte, würde dingfest machen können.

Weinend saß Karina nun im Taxi, als sie zum Restaurant fuhren.

Seit Hagedorn den aktiven Polizeidienst beendet hatte, verlief sein Leben spektakulär ereignislos. Über seine Klienten durfte er mit Karina nicht reden.

Dass er für das LKA ein psychologisches Profil erstellte, behielt er für sich. Er wusste, dass sie es nicht begrüßen und sich Sorgen machen würde, dass er sich in Gefahr begeben könnte. Das wäre eine Sache von ein paar Tagen, also weshalb sollte er sie damit unnötig beunruhigen?

Stattdessen hörte er ihr während des Essens aufmerksam zu, als sie von ihren aktuellen Projekten erzählte. Für welche Produktionen sie gerade vor der Kamera gestanden hatte und für welche künftigen Projekte sie gecastet worden war.

Gecastet! Kann man heute nicht mehr normal ausdrücken, dass man für eine bestimmte Rolle ausgewählt wurde?

Gebannt starrte er sie an. Wie schön sie war. Sie war noch schöner, als ihre Mutter in ihrem Alter gewesen war. Eine schmale Nase, weiche Gesichtszüge, smaragdgrüne Augen, die von kleinen Lachfältchen umrahmt wurden. Mit einer schmal geschnittenen Bluejeans, gedeckt orangefarbener Bluse und hochhackigen schwarzen Schuhen war sie leger gekleidet. Sie erinnerte ihn in diesem Augenblick sehr an eine bekannte israelische Schauspielerin, deren Gesicht er neulich auf dem Kinoplakat irgendeiner Comic-Verfilmung gesehen hatte.

Seit mehr als drei Jahren, seit diesem schrecklichen Vorfall, trug sie ihre pechschwarzen Haare kurz und stylte sie immer wieder neu. Mit Gel, ohne Gel, mit oder ohne Highlights darin und zuletzt mit einer kleinen blauen Strähne, die ihr keck ins Gesicht gefallen war. Ihm hatte das sehr gefallen.

Abgesehen von der Größe schienen sich zweifelsfrei die Gene ihrer Mutter durchgesetzt zu haben. Karina war ihr wie aus dem Gesicht geschnitten, aber mit ihren eins neunundsiebzig eben um einiges größer.

Hagedorn hatte eine leichte Heterochromie, die er glücklicherweise nicht an sie weitervererbt hatte. Sein linkes Auge war blau, das andere graublau, was viele Menschen irritierte, wenn sie ihm in die Augen sahen.

Ihm war nicht entgangen, welche Wirkung Karina auf das männliche Geschlecht auszuüben schien. Gäste wie Angestellte des Restaurants hatten sich fasziniert nach ihr umgedreht, als sie ihm zum Tisch vorausgegangen war. Möglicherweise war das auch ihrer zunehmenden Bekanntheit geschuldet.

»Geht es dir gut, Prinzessin?«

»Ach, Paps!« Sie seufzte. »Findest du nicht, dass ich langsam aus dem Alter raus bin?«

Hagedorn grinste. »Du wirst immer meine kleine Prinzessin sein«, zog er sie auf. »Aber okay. Ich werde mich in der Öffentlichkeit zurückhalten«, versprach er und nahm einen Schluck seines exzellenten Roten.

»Danke, Paps! Ich hab dich lieb.« Karina prostete ihm zu und tat es ihm gleich.

Hagedorn beugte sich dezent nach vorn. »Entschuldigst du mich? Ich muss auf die Toilette«, flüsterte er. »Kann ein paar Minuten dauern, du weißt ja.«

»Alles gut, Paps, lass dir Zeit. Soll ich uns noch einen bestellen?«

»Sehr gerne«, antwortete Hagedorn und war schon halb verschwunden.

Eine Minute später stand Hagedorn vor den beiden Toilettenkabinen und schüttelte verständnislos den massigen Schädel. »Wer denkt sich nur so etwas aus? Wer plant so einen Scheiß?« Seine Stimme hallte durch den Raum.

Selbst wenn er noch hätte gehen können, wäre der Türrahmen zu schmal für seine breiten Schultern gewesen. Nicht mal mit einem normalen Rollstuhl waren die Kabinen befahrbar.

Würde sich so etwas jemals bessern? Hagedorn hatte nicht damit gerechnet, hier eine Behindertentoilette vorzufinden, aber die engen Kabinen der Herrentoilette waren Hohn und Spott. Egal, er würde sich anderweitig behelfen.

Wie angewurzelt hielt der Eintretende in der Bewegung inne.

Hagedorn hatte das Quietschen des Türschließers gehört und aus dem Augenwinkel den Mann wahrgenommen. Nun drehte er den Kopf und erkannte das Gesicht eines Gastes, den er zuvor im Restaurant gesehen hatte.

Mit offenem Mund und einem Blick, der eine Mischung aus Mitleid, Faszination und Befremden ausdrückte, schaute er zu Hagedorn auf, der die Sitzfläche seines Rollstuhls aufgerichtet und sich in eine stehende Position gehievt hatte. Fast zwei Meter ragte Hagedorn an einem der drei Pissoirs auf, an dem er sich erleichterte.

»Cool, nicht wahr? Nummer fünf lebt und ist Stehpinkler!«, feixte Hagedorn.

Immer noch völlig regungslos stand der Mann da. Selbst auf Hagedorns beißende Selbstironie reagierte er nicht.

»Hey, machen Sie den Mund zu, guter Mann, bevor Ihr Frontallappen einen Katarrh bekommt.«

Erst jetzt erwachte der Mann aus seiner Starre und schien völlig vergessen zu haben, was er hier zu erledigen suchte. Unbeholfen stammelte der Gast eine Entschuldigung und verließ die Herrentoilette unverrichteter Dinge.

So grotesk die Situation auch war, sie entlockte Hagedorn ein tiefes, kehliges Lachen, als er dem verdutzten Mann hinterherblickte.

Es dauerte beinahe zehn Minuten, bis er seine Blase ganz entleert hatte.

Sogleich fiel ihm der Tumult auf, als er von der Toilette zurückkehrte.

»Was ist denn hier los?«

Karina befand sich im Griff zweier uniformierter Polizeibeamter und zeterte außer sich vor Wut, als sie abgeführt wurde.

Hagedorn beschleunigte und kehrte an ihren Tisch zurück, um den sich bereits eine Traube aus Gästen und Servicepersonal gebildet hatte.

Er wandte sich an einen Mann, von dem er annahm, dass er der Manager war. »Würden Sie mir gefälligst erklären, was hier los ist?«, verlangte er.

Der etwa Vierzigjährige sagte bemüht höflich: »Mein Name ist Stefan Hochleitner. Ich bin der Chef de Rang.«

»Ja, ja, schön für Sie. Aber sagen Sie mir endlich, warum meine Tochter abgeführt wird«, drängte Hagedorn.

»Wie soll ich es ausdrücken?«, druckste Hochleitner. »Ihre Tochter hat zwei geschätzte Gäste unseres Hauses verbal attackiert.«

Hagedorn beobachtete zwei ältere Herren, die gerade im Begriff waren, wieder an ihrem Tisch Platz zu nehmen. »Die beiden?«, erkundigte er sich bei Hochleitner, der ein diskretes Nicken andeutete.

»Ich danke Ihnen, Herr Hochleitner.«

Karina war unsanft in den Fond des Streifenwagens bugsiert worden. Die Handschellen, die ihr die beiden Polizisten angelegt hatten, schnitten in die Haut und drückten schmerzhaft an den Handwurzeln. Sie saß vornübergebeugt und weinte leise.

Was ist nur in dich gefahren?

»Machen Sie sie los! Auf der Stelle!«, hörte sie die scharfen Worte ihres Vaters, kaum dass er auf dem Parkplatz vor dem Lokal angekommen war.

Karina traute sich nicht aufzusehen und dem Blick ihres Vaters zu begegnen. Sie schämte sich in Grund und Boden. Wie konntest du nur derart die Kontrolle verlieren?

Sie zog die Nase hoch und hörte an den auf dem Kies knirschenden Reifen des Rollstuhls, wie sich ihr Vater dem Streifenwagen näherte.

»Kann ich Sie einen Augenblick unter vier Augen sprechen?«

Der jüngere der beiden Polizisten zögerte, ging dann aber schließlich auf ihren Vater zu.

Offenbar war dieser der Ranghöhere der beiden. Karina hatte dafür kein Auge. Obwohl ihr Vater, als er noch im aktiven Polizeidienst gewesen war, öfter versucht hatte, ihr die Rangabzeichen zu erklären, konnte sie sie immer noch nicht unterscheiden.

Angestrengt bemühte sie sich, der Unterhaltung zu folgen. Hauptsächlich war es ihr Vater, der redete. Sie vernahm zwar seine tiefe Stimme, konnte jedoch nicht hören, was genau er dem Beamten sagte.

Oh Gott, wo ist das Loch, in dem ich versinken kann?, ging es Karina durch den Kopf.

»Hören Sie zu! Ich wiederhole mich nur ungern«, drang seine Stimme nun vernehmlicher an Karinas Ohren. »Sie haben die Personalien meiner Tochter und werden ihr unverzüglich die Handschellen abnehmen. Zwingen Sie mich nicht, einige Anrufe zu tätigen, die sehr unangenehme Konsequenzen für Sie haben könnten.«

Der Beamte schien etwas zu entgegnen, was ihren Vater noch wütender machte.

»Nichts dergleichen liegt vor! Die beiden Herren haben kein Interesse an einer Strafverfolgung, ebenso wenig die Restaurantleitung.«

Der Beamte schien sich geschlagen zu geben. Schließlich wandte er sich um, beugte sich zu ihr hinab, als er den Wagen erreichte, und schloss murrend die Handschellen auf.

»Sie können gehen«, sagte er knapp. »Ihr alter Herr ist ein ganz schöner Kotzbrocken, wissen Sie das?«

Karina verkniff sich den Kommentar, der ihr auf der Zunge lag, und den Impuls, ihm mit einem gezielten Kopfstoß die Nase zu brechen, was ihr erneut einen Schrecken einjagte.

Mit gesenktem Kopf ging sie zu ihrem Vater, sah die Beamten den Streifenwagen besteigen und losfahren.

»Paps! Es tut mir so leid. Ich weiß nicht, was …« Sie brach in Tränen aus.

»Schschsch, Prinzessin, ist schon gut! Lass uns nach Hause gehen.«

Kapitel 12

18. Mai – Konstanz

Hagedorn machte sich große Sorgen um Karina. Was war nur in sie gefahren, als sie gestern Abend die beiden Gäste beleidigt hatte? Es war ihm gelungen, die beiden Männer zu beschwichtigen und sie zu überzeugen, von einer Strafanzeige gegen Karina abzusehen. Anschließend waren er und Karina nach Hause gegangen und hatten über eine Stunde in der Küche zusammengesessen, bevor sie zu Bett gegangen war.

Egal, wie sehr er sie gedrängt hatte, mit ihm darüber zu reden, Karina hatte beharrlich geschwiegen. Es sei alles in Ordnung, hatte sie insistiert. Die beiden bereits älteren Männer hätten über sie getuschelt und sie dabei geil angestarrt, so hatte Karina es ausgedrückt. Sie habe sich dadurch belästigt gefühlt und dabei wohl etwas überreagiert. Mehr hatte sie nicht gesagt.

Er war überzeugt, dass sie das Trauma noch nicht überwunden hatte und dieses ohne therapeutische Hilfe auch so schnell nicht würde überwinden können. Die äußeren Verletzungen waren, bis auf ein paar kleine Narben, kaum mehr sichtbar. Aber wie verhielt es sich mit ihrer Psyche? Wie vernarbt war ihre Seele? Oder hatte sie schwärende Wunden, die nicht heilen wollten?

Die Tatsache, dass sie fast genau die Anzahl der Tage seit dem Vorfall benennen konnte, bestärkte ihn in seiner Annahme. Drei Jahre und einhunderteinundsiebzig Tage!

Drei Jahre und einhunderteinundsiebzig Tage waren vergangen, seit ein geistesgestörter Serienkiller Karina, mit der Hilfe seiner ebenso gestörten Mutter, entführt und in einen Kasten im Keller seiner Jagdhütte eingesperrt hatte. Der Mörder, Gernot Zahnert, der fünf junge Frauen entführt, getötet und verstümmelt hatte, war Verwaltungschef einer Klinik gewesen. Als Transgender geboren, glaubte er in Karina die vollendete Verkörperung des weiblichen Geschlechts gefunden zu haben. Dieser Weiblichkeit wollte sich Zahnert, nachdem er sie narkotisiert hatte, bemächtigen.

Wäre sein Kollege Marius Bannert, mit dem er damals den Killer gejagt hatte, nicht rechtzeitig gekommen, hätte Hagedorn gefesselt und hilflos mit ansehen müssen, wie Zahnert seine Tochter ausweidete und sich mit ihren Geschlechtsteilen schmückte. Dennoch hatte er sich ihrer abgezogenen Kopfhaut bemächtigen können, die dank einer herausragenden plastischen Chirurgin replantiert werden konnte.

Bannert hatte ihn damals zur Mitarbeit überredet. Dass er dadurch das Leben seiner Tochter aufs Spiel setzte und sie es sogar beinahe verloren hätte, konnte er sich bis heute nicht verzeihen.

Deswegen wollte Hagedorn auch nie wieder für die Polizei arbeiten, und aus demselben Grund hatte er Karina auch verschwiegen, womit er im Augenblick beschäftigt war. Hagedorn würde mit dem Fall nur peripher zu tun haben und sah darin weder für sich noch für Karina eine potenzielle Gefahr. Das Geld für das Gutachten konnte er im Augenblick gut brauchen. Darüber hinaus, auch wenn er sich das nicht gern eingestand, machte ihm die Arbeit daran Spaß.

Karina war mit dem ersten Zug zurück nach Stuttgart gefahren und hatte darauf bestanden, dass er sie nicht zum Bahnhof begleitete.

»Lass es, Paps! Bitte! Es geht mir gut!«, hatte sie entnervt geantwortet, als Hagedorn sie gebeten hatte, therapeutische Hilfe in Anspruch zu nehmen, bevor sie ins Taxi gestiegen war.

Karina mochte ihr restliches Umfeld täuschen können, aber ihn nicht. Für ihn war offensichtlich, dass es ihr nicht gut ging.

Er hatte versprochen, sich weiter um Sam zu kümmern, als sie ihn liebevoll umarmt und auf die Wange geküsst hatte. Dann war sie verschwunden.

Der Imperiale Marsch aus Star Wars, den er sich als Klingelton vor Urzeiten auf sein Smartphone geladen hatte, riss ihn aus seinen Gedanken.

Er ließ die angebissene Scheibe Toast mit Quittengelee, auf der er lustlos herumgekaut hatte, auf den Teller zurückfallen und nahm den Anruf entgegen.

»Hagedorn?«, meldete er sich.

Kapitel 13

19. Mai – Hagedorns Praxis, Konstanz

Hagedorn hatte sich den gesamten Vormittag im Büro seiner Praxis eingeigelt. Um so wenig wie möglich äußerlichen Reizen ausgesetzt zu sein, hatte er nicht einmal die Jalousien hochgefahren. Stunde um Stunde hatte er sich immer wieder die Tatortfotos und die Obduktionsberichte angesehen.

Nun betrachtete er mit geneigtem Kopf, halb liegend, halb sitzend, die Zusammenfassung, die er auf das Flipchart gekritzelt hatte.

Opfer #1 – FH Friedrichshafen
- weibl. / 41 J. / Bodenstewardess / alleinerziehend / Mutter einer 10-jährigen Tochter
- Erdrosselung / Überrollen des Kopfes mit Fzg.
- Tatmittel: Kabelbinder, Plastik / Autoreifen
- Täterspuren: keine

Opfer #2 – FH Hannover
- männl. / ledig / 26 J. / Arbeiter / Gepäckabfertigung
- Erhängen-Erdrosseln / Zunge abgeschnitten
- Tatmittel: Schnürsenkel
- Täterspuren: keine

Opfer #3 – FH Stuttgart
- männl. / 38 J. / Ing. / verh. / keine Kinder
- scharfe, spitze Gewalt / 17 Stiche / Augäpfel zerstört (!)
- Tatmittel: unbekannt
- Täterspuren: keine

Opfer #4 – FH Hamburg

- männl. / ledig / 31 J. / Unternehmensberater
- stumpfe Gewalt gegen Halsweichteile
- Täterspuren: noch nicht bekannt

Die drei Männer und die Frau, so schien es Hagedorn, waren willkürlich gewählt worden. Zwei von ihnen waren unzweifelhaft Flugreisende gewesen. Dass das jüngste Opfer und die Frau Angestellte des jeweiligen Flughafens gewesen waren, an denen sie getötet wurden, mochte reiner Zufall sein. Nadine Adlers Sonderkommission »Flughafen« hatte sowohl das Privat- als auch das Berufsleben aller Opfer auf den Kopf gestellt, aber nichts Bedeutsames herausfinden können.

Hagedorn lag, nachdem er den Sitz seines über dreißigtausend Euro teuren Rollstuhls leise summend in eine Liegeposition gebracht hatte, entspannt ausgestreckt und dachte konzentriert nach.

Er begann zu einer imaginären Person zu sprechen: »Warum tötest du? Hilf mir, dich und deine Taten zu verstehen! Die Opfer scheinst du nicht gekannt zu haben. Hab ich recht? Wenn, dann hattest du höchstens eine flüchtige – ja was …? … eine berufliche Beziehung zu ihnen? Warum tötest du so brutal? Was hat dich so wütend gemacht? Sag's mir!«

Hagedorn erkannte in der Vorgehensweise ein hohes Maß an Affektivität, Wut und Zorn, die sich spontan Bahn gebrochen hatten.

Eine Flughafentoilette, ein Parkhaus oder der Gepäckabfertigungsbereich waren nun nicht gerade ein abgelegener Tatort.

»Du bist das Risiko eingegangen, entdeckt oder bei der Tat gefasst zu werden. War dir das gleichgültig? Nein! Geplant hattest du die Morde nicht. Auf keinen Fall. Du hast im Affekt gehandelt. Aus Wut, Zorn oder Angst? Gar aus Notwehr? Hm, nein! Oder doch?«

Hagedorn fuhr erschrocken zusammen, als sein Handy klingelte.

»Hagedorn! Guten Tag, Frau Adler! Gibt es etwas Neues?«

»Ich wollte mich nur kurz melden und Ihnen mitteilen, dass uns jetzt der Obduktionsbericht des jüngsten Opfers aus Hamburg vorliegt.«

»Und? Was ist die Todesursache?«, erkundigte sich Hagedorn ungeduldig.

»Definitiv Ersticken!«

Hagedorn ließ die biometrischen Gelenke den Sitz seines Rollstuhls in eine normale Position zurückstellen.

»Aha, Ersticken«, wiederholte er. »Kommen Sie schon, lassen Sie sich nicht die Würmer aus der Nase ziehen. Was genau steht im Obduktionsbericht?«

»Also«, begann Adler gedehnt. »Massives, stumpfes Trauma des Larynx. Mehrheitliche Ruptur der Trachea, Zerstörung des Ringknorpels. Unterhautgewebeeinblutungen im Kehlenbereich in einer Breite von siebenundfünfzig bis dreiundsiebzig Millimeter.«

»Im Klartext heißt das, jemand hat ihm mit solcher Gewalt etwas gegen die Kehle gedonnert, dass es zu einem Abriss der Luftröhre gekommen ist«, fasste Hagedorn zusammen. »Könnte das ein Handkantenschlag verursacht haben?«

»Nein«, widersprach Adler. »Laut Gerichtsmediziner theoretisch zwar möglich, aber in dem Fall war die Tatwaffe der Aktenkoffer des Opfers.«

»Sie machen Witze.«

»Garantiert nicht! Breite und Struktur passen zu den Verletzungen. Außerdem konnten meine Techniker an einer Schmalseite des Koffers Hautpartikel des Opfers sichern, die in dieser Intensität dort nicht anhaften dürften.«

»Täterspuren?«

»Fehlanzeige«, schnaubte Adler resigniert. »Keine Fingerspuren, keine humangenetischen Spuren, die wir einem Täter zuordnen könnten. Und das Flughafen-Klo ist nun mal ein widerwärtiger Genpool, der eine täterorientierte DNA-Auswertung kaum zulässt.«

»Kackmist!« Hagedorn stöhnte.

»Wie weit sind Sie denn mit dem Profil?«, erkundigte sich Adler vorsichtig.

»Darauf wäre ich jetzt zu sprechen gekommen. Mein abschließendes Gutachten haben Sie nächste Woche. Da ich aber morgen in Stuttgart zu tun habe, könnten wir uns treffen, und ich gebe Ihnen eine erste Expertise.«

»Das klingt hervorragend! Wann und wo?«

»Warten Sie …!« Hagedorn wandte sich dem Schreibtisch zu und wühlte sich durch einige Unterlagen, die zu einem Stapel aufgetürmt waren. »Um dreizehn Uhr im Café Lillet.«

»Ist das in der Willy-Brandt-Straße?«

»Richtig!«

»Gut! Dann bis Morgen, dreizehn Uhr.«

Gleich nachdem sie sich verabschiedet hatten, wählte Hagedorn eine Nummer und wartete auf die Verbindung.

»Hallo, Marius. Zeit und Lust, morgen Abend essen zu gehen? Ich lade dich ein!«

Kapitel 14

19. Mai – Stuttgart

Mit ausladenden Schritten eilte Nadine Adler die Willy-Brandt-Straße hinunter. Hagedorn wartete vor dem Café bereits auf sie.

»Guten Tag, Herr Hagedorn«, begrüßte sie ihn freundlich, als sie ihn schließlich erreicht hatte. Sie blinzelte gegen die noch tief stehende Maisonne an.

»Bis jetzt war mein Tag beschissen«, murmelte Hagedorn mürrisch. »Lassen Sie uns hineingehen.« Er deutete auf die Eingangstür der Café-Bar Lillet und ließ ihr den Vortritt.

Mit Bluejeans, weißem T-Shirt und einem schwarzen Blazer von Desigual war sie heute legerer, aber nicht weniger ansprechend gekleidet als bei ihrem ersten Treffen.

Adler ließ sich in einen der schweren Sessel am Fenster fallen und streifte den Blazer über ihre Schulter. Hagedorn positionierte sich ihr gegenüber.

»Was hatten Sie denn hier in Stuttgart zu erledigen, was Ihnen so die Laune verhagelt hat?«, fragte sie beiläufig.

Hagedorn schüttelte abwehrend den Kopf. »Das geht Sie nun wirklich nichts an.«

Er bestellte rasch einen Latte macchiato bei der jungen Bedienung, die schüchtern an ihren Tisch getreten war und nach ihrer Bestellung gefragt hatte, ehe Adler weiter nachbohren konnte.

»Für mich einen Schwarztee mit Zitrone«, bat Adler.

Hagedorn kramte vier Schnellhefter aus einer Umhängetasche, die neben ihm am Rollstuhl hing und legte sie vor sich auf den Tisch. »Also«, hob er an und strich sich eine seiner lockigen grau melierten Strähnen aus der Stirn. »Ich hatte versprochen, Ihnen eine erste Einschätzung meiner Untersuchung zu geben.«

»Wenn ich Sie an dieser Stelle gleich unterbrechen darf.« Adler vollführte eine beschwichtigende Geste. »Es gibt Neuigkeiten!«

Hagedorn sah sie überrascht an.

»Vor einer Stunde haben wir aus dem kriminaltechnischen Institut die Ergebnisse der molekulargenetischen Spurenanalyse bekommen.«

»Und?«, drängte Hagedorn.

Trotz seiner wachsenden Ungeduld fuhr Adler ungerührt fort: »Wir haben von allen vier Tatorten humangenetisches Spurenmaterial mehrerer Dutzend Personen zur Auswertung gegeben. Und jetzt halten Sie sich fest!«

»Ich springe Ihnen gleich an die Gurgel, wenn Sie nicht endlich auf den Punkt kommen«, blaffte Hagedorn.

»Wir haben einen Treffer!«, frohlockte Adler. »An zwei Tatorten konnten wir die DNA ein und derselben Person nachweisen. In Hamburg und in Stuttgart.«

Hagedorn knetete sein linkes Ohrläppchen. »Das kann aber auch ein reiner Zufall sein«, gab er zu bedenken.

»Hm, nein! Nicht da, wo die Spuren gesichert wurden. Der Gerichtsmediziner hatte am Stuttgarter Opfer in einem der Stichkanäle, nein, genauer, an einem der Wundränder eine pulvrige Substanz festgestellt. Die Untersuchung im Labor hatte ergeben, dass es sich dabei um Keratin handelt. Fingernagelstaub. Unsere Experten gehen davon aus, dass die Tatwaffe eine Nagelfeile gewesen sein könnte, deren Anhaftungen beim Zustechen am Wundrand abgestreift wurden.«

»Und was folgern Sie jetzt daraus?«, wollte Hagedorn wissen.

»Dass unser Täter weiblich ist.«

»Weil die Tatwaffe eine Nagelfeile gewesen sein könnte?«

»Nein, weil die DNA, die man aus den abgestorbenen Hautzellen extrahiert hat, definitiv weiblich ist. Genauso verhält es sich mit dem Haar, das in Hamburg am Leichnam gefunden wurde«, schloss Adler.

»Scheiße!«, knurrte Hagedorn.

Kapitel 15

19. Mai, Abend – Konstanz

Hagedorn war völlig überreizt in Konstanz angekommen. Adlers Offenbarung über die ausgewerteten DNA-Spuren hatten seinen Tag nicht besser gemacht. Im Gegenteil. Unter der Prämisse, dass der Täter männlich war, hatte er ein völlig falsches Profil erstellt.

Natürlich hatte er anfangs auch eine Täterin gedanklich in Betracht gezogen, war aber nach gründlicher Sichtung der Tatortbilder davon abgekommen. Die Vorgehensweisen waren brutal, untypisch für eine Frau, und nicht zuletzt erforderten sie eine körperliche Überlegenheit, weshalb er die Möglichkeit einer Täterin nicht weiter ins Kalkül gezogen hatte. Er würde seine gesamte Täterhypothese überarbeiten müssen, was bedeutete, dass er sich eine weitere Nacht um die Ohren würde schlagen müssen.

Im Zug hatte er mehrere Telefonate geführt. Eines davon galt der Tierärztin. Sam ging es von Tag zu Tag besser. Sie würde ihn aber die ganze Woche noch unter Beobachtung in der Tierarztpraxis behalten, was Hagedorn gelegen kam. Die beiden anderen Anrufe galten seinem Anwalt und Marius Bannert. Absagen wollte Hagedorn das Treffen mit Bannert nicht, aber er bat ihn, das Essen um eine Stunde vorzuverlegen.

Punkt achtzehn Uhr rollte Hagedorn ins Brauhaus Albrecht, in dem sie sich seit mehr als drei Jahren, mehr oder weniger regelmäßig, zum Essen verabredeten. Bannert hatte bereits ein Bier vor sich stehen und studierte die Speisekarte.

»Hallo, Marius«, grüßte Hagedorn.

Marius Bannert sah überrascht von der Karte auf und grinste breit, als er Hagedorn erblickte und sich erhob.

»Hallo, Falk! Lange nicht gesehen. Wie geht's dir denn?« Bannert sah auf Hagedorn hinab und hob anerkennend den Daumen.

»Du hast ganz schön abgenommen, mein Freund.«

»Was bleibt mir denn anderes übrig.« Hagedorn lächelte zurück und hieb gegen die Seite seines Rollstuhls. »Das Gefährt hier hat auch nur eine begrenzte Tragfähigkeit.«

Bannert schob einen Stuhl zur Seite. »Komm, nimm Platz«, forderte er ihn mit einladender Geste auf.

Hagedorn bugsierte den Rollstuhl an die Stirnseite des Tisches und schlüpfte aus seiner Jacke, die er über die Lehne eines benachbarten Stuhles warf.

»Gut siehst du aus!«, bemerkte Hagedorn. »Die Arbeit im Führungsstab scheint dir zu bekommen?«

»Ja und nein!«

»Wie muss ich denn das verstehen?«

Hagedorn gab der Bedienung hinter dem Tresen mit einem Fingerzeig zu verstehen, dass er ebenfalls ein Bier wolle.

»Na ja«, fuhr Banner fort. »Ich schätze die geregelten Arbeitszeiten sehr, aber mit Jules Schichtzeiten ist es nicht immer einfach, gemeinsame Unternehmungen zu planen. Außerdem erfüllt mich die Arbeit im Stab nicht. Kennst du das Gefühl?«

»Und ob ich das kenne!«, bestätigte Hagedorn. »Erzähl, wie geht es Jule?«

»Sehr gut«, antwortete Banner verschmitzt, und seine Wangen färbten sich rot.

Hagedorn kannte Bannert wie keinen anderen. »Jule ist schwanger«, platzte er heraus.

»Woher …?«

»Ach, Marius, du kannst anderen etwas vormachen, aber nicht mir. Meine allerherzlichsten Glückwünsche!«

»Danke, Falk! Lass uns darauf anstoßen!«

Nachdem sie zünftig gegessen und über ihre gute Zusammenarbeit in der Vergangenheit schwadroniert hatten, wurde Hagedorn plötzlich ernst.

»Wie bist du eigentlich auf die Idee gekommen, mir diese Adler auf den Hals zu hetzen? Das war kein feiner Zug von dir und schon gar nicht, dass du ihr offenbar einiges Persönliches von mir erzählt hast.«

»Moment! Ich habe sie dir nicht auf den Hals gehetzt. Ich hatte lediglich erwähnt, dass du uns damals beim Trophäenjäger die entscheidenden Hinweise geliefert hast und ich dich für einen der brillantesten Fallanalytiker halte, die das LKA je hatte.«

»So, so!« Hagedorn lachte laut auf. »Woher wusste sie dann, dass meine Praxis, na ja, sagen wir, einige Startschwierigkeiten hat?«

»Von mir nicht, ich schwöre!« Bannert schlug ein Kreuz über seinem Herz. »Ich will aber nicht ausschließen, dass ich Andeutungen gemacht habe, wie stur und eigensinnig du zuweilen sein kannst.«

»Sei's drum«, brummte Hagedorn und zog die vier Schnellhefter aus seiner Tasche, die in den letzten Tagen zu seinen ständigen Begleitern geworden waren.

Bannert hob überrascht eine Augenbraue. »Wenn ich geahnt hätte, dass das ein Geschäftsessen wird, hätte ich mir das Zweihundertfünfzig-Gramm-Filetsteak vom Angusrind gegönnt.«

Hagedorn überging Bannerts Einwände: »Du hast von den Flughafen-Morden gehört?«

»Natürlich habe ich davon gehört. Nur weil ich im Stab arbeite, heißt das nicht, dass ich von der Kriminalität da draußen nichts mehr mitbekomme«, sagte Bannert verärgert.

Hagedorn schlug die Schnellhefter der Reihe nach auf. Jedem Fall hatte er eine Übersichtsaufnahme der Leiche vorangestellt. »Was siehst du?«

Bannert warf einen verstohlenen Blick durchs Lokal und zog die Mappen näher zu sich heran. »Hm«, machte er und zupfte an einer Falte seines Halses. »Jeden Fall für sich alleine betrachtet, würde ich auf eine Beziehungstat tippen.« Bannert betrachtete die Bilder eingehender und blätterte zu den Obduktionsberichten und überflog diese ebenfalls. »Warum diese Übertötung?«, sagte Bannert nachdenklich. »Hier! Warum die vielen Einstiche in Stuttgart? Warum überrollt der Täter den Kopf der Frau in Friedrichshafen mit dem Hinterreifen ihres eigenen Wagens? Weshalb treibt er dem Opfer in Hamburg einen Smartpen durchs Ohr ins Gehirn? Wenn ich das richtig herauslese, waren die Opfer schon tödlich verletzt. Welchen Sinn hatte das?«

»Du sprichst von einem Täter?«, fragte Hagedorn und sah ihn herausfordernd an.

Bannert stutzte. »Eine Serienkillerin? Ausgeschlossen!« Bannert wartete wohl auf ein Dementi Hagedorns. »Du willst mich wohl verarschen, Falk?«

»Mitnichten, mein Freund. An zwei Leichen hat man dieselbe weibliche DNA sichergestellt, die nicht zufällig dorthin gelangt sein kann. Die Soko Flughafen geht von einer Täterin aus.«

»Ja, leck mich doch …« Bannert stöhnte und ließ den Blick ratlos über die hochauflösenden Farbfotos gleiten. »Das muss eine Furie sein, anders ist das nicht zu erklären.«

»Und eine tickende Zeitbombe, will ich hinzufügen. Ich bin die ganze Zeit von einem Täter ausgegangen und habe eine Frau fatalerweise gar nicht in meine Überlegungen mit einbezogen. Ich muss alles neu bewerten, von einer neuen Warte aus betrachten. Aber mein Gefühl sagt mir, dass sie nicht aufhören wird. Ich weiß noch nicht, was sie antreibt oder was sie so die Beherrschung verlieren lässt, aber ich werde dahinterkommen. Ich will nur hoffen, dass es mir rechtzeitig gelingt.«

Hagedorn griff nach seinem Bierkrug und leerte ihn in einem Zug.

Kapitel 16

20. Mai – Konstanz

Einige Zeit hatten sie noch über die Fälle diskutiert, ehe Marius Bannert sich entschuldigt hatte und nach Hause gegangen war.

Für Hagedorn war die Nacht noch nicht zu Ende. Es war kurz vor zweiundzwanzig Uhr, als er das Licht in der Praxis anknipste. Etwas war anders, ohne dass er es hätte benennen können. Er hielt die Nase in den Raum und schnupperte. Nichts!

Hm, wahrscheinlich sehe ich weiße Mäuse, dachte er.

Erschrocken hielt er an der Schwelle zu seinem Büro inne. Er konnte sich gar nicht erinnern, ein derartiges Chaos hinterlassen zu haben. Zum Glück war Jasmin nicht hier. Ihr südländisches Temperament wäre mit ihr durchgegangen, und sie hätte ihn furchtbar gescholten.

Überall verstreut lagen ausgedruckte Notizen, Kartenausschnitte, Bilder und Berichte auf dem Boden. Schreibtisch, Sessel und Stühle waren flächendeckend zugepflastert. Das meiste davon war nun obsolet geworden. Seine Hypothesen und Konklusionen beruhten auf einer falschen Prämisse. Den Großteil der Unterlagen raffte er zusammen und stopfte ihn in den Mülleimer neben dem Schreibtisch.

Nachdem er sich einen doppelten Espresso aus der Maschine gelassen hatte, nahm er hinter dem Schreibtisch Platz.

Verdammt! Die Arbeit wäre einfacher, wenn er Zugriff auf die Datensysteme der Polizei hätte. Gleich morgen früh würde er Adler ersuchen, ihm einen Zugang zu ermöglichen, wenngleich er befürchtete, dass sie sein Ansinnen ablehnen würde.

Es sollte technisch kein Problem sein, ihm von der Praxis aus Zugang zum LKA-Server und zu ViCLAS zu geben und damit zu einem der wichtigsten Software-Tools für die polizeiliche Fallanalyse. ViCLAS war ein von der Royal Canadian Mounted Police entwickeltes Datenbanksystem, das dazu diente, Delikte im Bereich der schweren, sexuell assoziierten Gewaltkriminalität fallanalytisch zu erfassen und recherchierbar zu machen.

Nach allem, was Hagedorn über die Fälle wusste, schien es ihm unwahrscheinlich, dass die Morde aus einer sexuellen Motivation heraus begangen worden waren. Trotzdem konnte ViCLAS bei der Profilerstellung ein überaus hilfreiches Werkzeug sein.

Hagedorn öffnete vier Bilddateien der am Tatort aufgefundenen Opfer und sortierte sie neben- und untereinander formatfüllend auf dem Bildschirm, dann ließ er summend die Lehne nach hinten gleiten, um es sich bequemer zu machen. Lange Zeit huschten seine Blicke zwischen den Darstellungen der grauenvoll zugerichteten Leichen hin und her, während er den Bleistift klackernd gegen seine Vorderzähne schlug.

Wäre die getötete Frau nicht gewesen, wäre eine sexuelle Komponente möglich, ging es ihm durch den Kopf. So wie die männlichen Opfer zugerichtet waren, lag das zumindest im Bereich des Möglichen. Hagedorn beschloss, das weibliche Opfer zunächst außen vor zu lassen und sich mit der Viktimologie der Männer zu beschäftigen.

Was haben sie gemein? Was verbindet sie? Wo sind Parallelen? Altersmäßig waren sie nicht so weit auseinander, in Aussehen und Erscheinung unterschieden sie sich jedoch sehr.

Da Hagedorn zunehmend Schwierigkeiten hatte, sich Namen zu merken, benannte er die Opfer kurzerhand nach den Tatorten.

Stuttgart und Hamburg waren beide Geschäftsleute, erfolgreich, gut situiert, schlank, sportlich, gut aussehend. Sich ihres guten Aussehens bewusst waren beide, so unterstellte er, sicher und selbstbewusst in ihrem Auftreten.

Da keines der Opfer beraubt worden war, musste das Motiv für ihre Tötung mit ihrem Verhalten oder mit ihrer Persönlichkeit selbst zu tun haben. Hagedorn rief sich die Befragungen der Angehörigen und des sozialen Umfelds ins Gedächtnis. Hamburg, so hatten sich einige seiner Kollegen geäußert, sei ein sehr durchsetzungsstarker, erfolgsorientierter Unternehmensberater gewesen. Eine charmante Beschreibung für einen rücksichtslosen, geldgeilen Yuppie, ging es Hagedorn durch den Kopf.

Stuttgart, der Ingenieur, schien bei seinen Angestellten sehr beliebt gewesen zu sein. Die Soko Flughafen konnte im Umfeld der beiden keine Feinde ausmachen, die von deren Tod in irgendeiner Weise profitiert hätten.

Hannover war ein kleiner, dicklicher Flughafenarbeiter mit Kosovo-albanischen Wurzeln, der keines der Attribute von Hamburg und Stuttgart teilte. Bescheidene, aber geordnete finanzielle Verhältnisse und bis auf ein Jahre zurückliegendes Betäubungsmitteldelikt völlig unauffällig und unscheinbar. Er war auf raffinierte Art und Weise erhängt worden.

Die einfach geknotete Schlinge eines Schnürsenkels war um seinen Hals gelegt worden, das Ende um die sich schnell drehende Antriebswelle eines Elektromotors der Gepäckförderanlange. Der Schnürsenkel hatte sich so schnell darin verfangen und aufgewickelt, dass es den armen Kerl durch die Kraft des Elektromotors fast vollständig enthauptet hatte. Irgendwann wurde der Widerstand zu groß, sodass der Elektroantrieb abschaltete.

Auf die postmortal abgeschnittene Zunge konnte sich Hagedorn keinen Reim machen.

Stuttgart hatte man die Augen zerstochen, und Hamburg einen Plastikstift durchs Ohr bis ins Gehirn getrieben, nachdem man ihm den Kehlkopf zertrümmert hatte und er jämmerlich erstickt war.

Augen, Ohren, Zunge – Hagedorn wurde unwillkürlich an die drei weisen Affen erinnert. Nichts sehen, nichts hören, nichts sagen!

Hagedorn rief sich einen Artikel ins Gedächtnis, den er vor einigen Jahren darüber gelesen hatte. Demnach sollen die drei

Affen bei Konfuzius eine Versinnbildlichung der Sittlichkeit und des Umgangs mit Schlechtem darstellen.

Er richtete sich auf und tippte drei weise Affen ins Feld der Suchmaschine, die sogleich fast drei Millionen Ergebnisse dazu präsentierte. Abgesehen von einigen karikativen Darstellungen fanden sich auch Bilder, die einen vierten Affen darstellten, der die Hände im Schritt verschränkt hielt. Bei der Obduktion wurden bei keinem der Opfer Verletzungen im Genitalbereich diagnostiziert.

Hagedorn rieb sich mit den Knöcheln die Augen.

»Mist! Das bringt mich auch nicht weiter«, knurrte er übellaunig.

Die getötete Bodenstewardess Friedrichshafen passte irgendwie nicht in das Muster.

Hast du etwas gegen Männer? Was haben sie dir angetan? Wurdest du missbraucht? Von wem? War es ein Bekannter? Dein Chef? Nein, wohl eher dein Vater, würde ich vermuten!

Hagedorn lag zurückgelehnt, die Augen zur Decke gerichtet, und brabbelte leise vor sich hin: »Was haben dir Hannover, Hamburg und Stuttgart getan oder gesagt, dass du sie getötet hast? Oder standen sie einfach nur stellvertretend für deinen Peiniger? Aber warum die Frau? Warum sie?« Hagedorns Gedanken drehten sich im Kreis.

Ein wütendes, beinahe unmenschliches Gebrüll ließ ihn erschrocken zusammenfahren. Hagedorn brauchte einige Sekunden, um sich zu orientieren, wo er eigentlich war. Er reckte den Hals und suchte blinzelnd nach dem Urheber des Geräusches.

Wie lange noch würde ihn dieser Alb quälen? Wann würden die Erinnerungen daran endlich verblassen? Wie oft noch würde ihn sein eigenes angsterfülltes Brüllen aus dem Schlaf auffahren lassen?

Hagedorn spülte den gallig-schalen Geschmack in seinem Mund mit dem Rest des erkalteten Espresso hinunter. Viertel nach drei. Er war über seinen Notizen eingeschlafen.

Kritisch überflog er das Gekritzel und fand, dass es im Ansatz gar nicht so schlecht war. Nun könnte er Adler ein ziemlich gutes Profil der Täterin präsentieren.

Intuitiv griff er nach dem Handy, bis ihm bewusst wurde, dass es mitten in der Nacht war. Sie gleich anzurufen wäre unchristlich gewesen.

Stattdessen tippte er ihr eine kurze Nachricht, in der er sie wissen ließ, dass er so weit sei und sie dringend nach Konstanz kommen müsse.

Unschlüssig darüber, was er mit dem Rest der Nacht anfangen sollte, entschloss er sich, nach Hause zu fahren. Schlafen würde er ohnehin nicht können. Eine Stunde auf der Rudermaschine würde nicht nur die Zeit überbrücken, sondern nebenbei auch das üppige Mahl von gestern Abend kompensieren.

Fröstelnd stellte er den Kragen seiner Jacke auf, als er aus der Praxis rollte.

Eine Zeitungsausträgerin, die quietschend einen Packwagen hinter sich herzog, grüßte ihn freundlich, als wäre es das Natürlichste der Welt, dass er um diese Zeit aus einer Psychotherapiepraxis kam. Hagedorn erwiderte wortlos ihren Gruß, verstaute den Schlüssel, wendete den Rollstuhl und fuhr die Marktstätte Richtung Konzil hinunter.

Der Lieferwagen einer Bäckerei fuhr langsam an ihm vorbei, als er sich der historischen Hafenuhr näherte. Die Steigung der Marktstättenunterführung zur Hafenstraße bewältigte der Elektromotor seines Rollstuhls mit einiger Mühe. Er legte aber im flacheren Bereich sogleich wieder an Fahrt zu.

»Was zum Geier …?« Hagedorn rüttelte aufgeregt am Hebel der Steuerung, der auf keinen seiner Befehle mehr zu reagieren schien. Der Rollstuhl fuhr immer schneller und hielt geradewegs auf das Hafenbecken zu.

Nur wenige Meter lagen zwischen ihm und der Kante der Kaimauer. Und der Abstand schmolz rapide. Hagedorn hämmerte panisch mit der flachen Hand auf die Steuerkonsole ein und versuchte, nach links oder rechts zu lenken. Nichts geschah.

»Hey, verdammt! Scheiße, was ist hier los? Hilfe!«, brüllte er.

Zwei Meter. Noch einer.

Die Vorderräder holperten über die Kante der Kaimauer. Hagedorn kippte samt seinem Gefährt vornüber.

Klatschend schlug er mit dem Gesicht auf dem Wasser auf. Eiskalte Dunkelheit umfing ihn.

Kapitel 17

20. Mai – Stuttgart

Der spinnt doch!

Nadine Adler war schon früh erwacht, Hagedorns SMS hatte sie jedoch erst gelesen, als sie aus der Dusche gekommen war.

Auf dem ganzen Weg zum LKA hatte sie sich über seine Dreistigkeit geärgert.

Was fällt dem ein? Der glaubt wohl, ich komme auf Pfiff schwanzwedelnd herbeigelaufen.

Nachdem sie sich unweit des LKA-Gebäudes zwei Croissants und einen Cappuccino gekauft hatte, legte sich ihr Unmut über Hagedorns Verhalten ein wenig.

Sobald sie sich über die Morgenlage und den aktuellen Ermittlungsstand informiert hätte, würde sie Hagedorn zurückrufen. Keinen Deut früher. Wenngleich sie gespannt auf sein Gutachten wartete, ging es hier ganz klar ums Prinzip. Sie musste ihm unmissverständlich klarmachen, dass sie nicht sein Lakai war. Nicht nur dass sie eine Soko zu leiten hatte, es wartete auch jede Menge andere Arbeit auf sie.

Die Kernmannschaft ihrer Sonderkommission hatte sich bereits eingefunden, als sie im großen Besprechungsraum ihrer Abteilung eintraf.

»Guten Morgen, Kolleginnen und Kollegen! Gibt es was Neues in Sachen Flughafen?«, warf sie mit ernster Miene in die Runde.

In kurzen Zügen wurde sie darüber informiert, dass die Dateien der Videoaufzeichnungen zu den fraglichen Tatzeiten endlich vollständig vorlägen und man sich schnellstmöglich daranmache, sie auszuwerten.

Allerdings, so gab ihr IT-Forensiker zu bedenken, wisse

man nicht genau, worauf oder auf wen man dabei achten müsse. Ebenso verhielte es sich bei den vielen Tausend Datensätzen, die man nach der Funkzellendatenauswertung gesammelt habe.

Umso dringender waren nun Hagedorns Erkenntnisse gefragt.

Adler bedankte sich bei allen und eilte in ihr Büro zurück.

Bereits zum vierten Mal versuchte sie, Hagedorn auf seiner Mobilnummer zu erreichen. Mürrisch biss sie von ihrem Croissant ab, als eine unbekannte Nummer anklopfte. Sie wischte den Anruf an Hagedorn beiseite, ließ es einfach weiterklingeln und nahm den unbekannten Anruf entgegen.

»Adler?«, meldete sie sich kauend.

»Herr Bannert! Schön, dass Sie anrufen. Was kann ich für Sie tun?«

Beinahe hätte sie sich an den letzten Resten des Croissants verschluckt. »Oh Gott!« Das ist nicht wahr, oder? Wann? Wo?

Ihre Fragen überschlugen sich, ebenso wie ihre Gedanken.

»Ich bin in zwei Stunden in Konstanz«, versprach sie nach einem raschen Blick auf ihre Armbanduhr. »Wo treffen wir uns?«

»Gut! Bis gleich!«

Adler raffte ihre Jacke, Schulterholster mit ihrer Dienstwaffe, Aktentasche zusammen und rannte den Gang hinunter zum Aufzug, der sie quälend langsam ins Parkhaus des LKA beförderte.

Das konnte einfach nicht wahr sein! Durfte nicht wahr sein!

Kapitel 18

20. Mai – Flughafen Pirkkala, Tampere, Finnland

Die Absätze klackerten auf den Fliesen des Ankunftsterminals. Im Gehen, den Hartschalen-Trolley hinter sich herziehend, tippte sie eine kurze WhatsApp-Nachricht, als sie sich dem Ausgang bis auf wenige Meter genähert hatte.

Abrupt hielt sie inne und blickte sich nach allen Richtungen um, drehte sich noch einmal um die eigene Achse, während sie ihr Smartphone in die Handtasche zurückgleiten ließ. Jedem, der an ihr vorbeiging, sah sie argwöhnisch hinterher. Denjenigen, den sie erwartete, konnte sie nirgendwo ausmachen. Erleichtert blies sie die Luft aus.

»Entschuldigen Sie, bitte …«

Erschrocken fuhr sie herum und blickte einem älteren Mann ins Gesicht. »Was?«, fragte sie schroff.

Was immer der Alte von ihr wollte, er kehrte sich nun irritiert ab und entfernte sich verständnislos den Kopf schüttelnd.

»Hallo! Hören Sie, es tut mir leid«, rief sie ihm nach.

»Schon gut! Vergessen Sie es!«

Dann halt nicht, du sturer Bock!, dachte sie.

Sie zögerte, fragte sich, in welche Richtung sie gehen sollte. Ihr Flugzeug war überpünktlich gelandet. Das Hotelzimmer im Scandic City würde sie frühestens in einer Stunde beziehen können, und sie hatte im Augenblick wenig Lust, sich die Zeit irgendwo in der Stadt zu vertreiben.

Ihre Fußsohlen brannten, und sie wollte nur noch aus ihren Klamotten raus, in ihre Sportsachen schlüpfen und eine Runde joggen gehen. In letzter Zeit fiel es ihr schwer, an ihrer Tagesroutine festzuhalten. Immer öfter ertappte sie sich dabei, wie sie das ein oder andere schleifen ließ. Und diese Disziplinlosigkeit akzeptierte sie nicht. Zumindest nicht an sich selbst, auch wenn sich die Phasen häuften, in denen es ihr unglaublich schwerfiel, sich zu motivieren.

Sie schlug die entgegengesetzte Richtung ein, entfernte sich vom Ausgang und hielt auf das einzige Café im Ankunftsterminal zu. Zielsicher steuerte sie eines der freien Tischchen an, stellte den Trolley dicht neben sich ab und nahm daran Platz.

Tampere-Pirkkala war ein überschaubarer Flughafen mit zwei kleineren Terminals, dennoch tummelte sich eine überraschende Vielzahl von Passagieren in der Ankunftshalle. Die zivile Luftfahrt teilte sich die Rollbahnen von Pirkkala mit der finnischen Luftwaffe, die ebenfalls hier stationiert war.

In der Menge entdeckte sie einige Frauen und Männer in finnischen Militäruniformen. Bei deren Anblick fiel ihr auf, dass Frauen in einer gut sitzenden Uniform mindestens so schneidig auszusehen vermochten wie ihre männlichen Pendants.

»Was darf ich Ihnen bringen?«, erkundigte sich eine blonde Frau, die die einzige Angestellte des Cafés zu sein schien.

»Oh, entschuldigen Sie, ich habe mich noch nicht entschieden«, antwortete sie und lächelte verhalten.

»Dann nehmen Sie sich Zeit, ich komme dann einfach noch mal wieder.«

Sie griff nach der Karte, die in einem verchromten Metallständer auf dem Tisch vor ihr stand.

Das Angebot war übersichtlich. Nachdem sie die Fitness-App ihres Handys gecheckt hatte, entschied sie sich für ein Thunfischsandwich und einen Orangen-Kiwi-Smoothie. Die Mahlzeit im Flugzeug hatte sie ausfallen lassen, sodass sie sich ein wenig Mayonnaise heute durchaus leisten konnte.

Die Bedienung hatte sie offenbar erwartungsvoll beobachtet, da sie sogleich an ihren Tisch eilte, kaum dass sie die Karte in den Ständer zurückgesteckt hatte.

Es bereitete ihr Unbehagen, derart beobachtet zu werden. »Sehr aufmerksam von Ihnen, danke«, lobte sie fadenscheinig und gab ihre Bestellung auf.

So schnell, wie die Bedienung gekommen war, verschwand

sie hinter dem Tresen und begann geschäftig, mit Küchengerätschaften zu klappern.

»Ist der Platz hier noch frei?«, erkundigte sich ein hochgewachsener Soldat mit finnischer Flagge auf der Uniform in feinstem Englisch. Das Schwingen-Emblem auf seiner Brust wies ihn als Piloten aus.

Obwohl sonst keiner der Tische in dem Café belegt war, nahm sie an, dass sie ihn so leicht nicht würde abwimmeln können. »Sie werden sich wohl nicht mit einem Nein zufriedengeben. Habe ich recht?«

»Da liegen Sie vollkommen richtig, schöne Frau.«

Nicht schon wieder, schoss es ihr durch den Kopf. Sie verharrte einen Augenblick, dann rang sie sich ein gezwungen höfliches Lächeln ab und deutete auf den Platz neben sich. »Bitte sehr!«

Der Soldat schien sich seiner Sache sehr sicher gewesen zu sein. Kaum dass er Platz genommen hatte, trippelte die blonde Bedienung herbei und stellte zwei leere Rotweingläser vor ihnen ab. Verschmitzt blickte sie auf ihn hinab und wechselte einige Worte auf Finnisch mit ihm.

»Aha! Ihr zwei habt euch also gegen mich verschworen?«

Weder der Soldat noch die Bedienung gingen darauf ein. Die Kellnerin wandte sich ab und zwinkerte ihr zu, als wäre sie im Begriff, den Fang ihres Lebens zu machen.

Sie wusste nicht, ob sie aus der Haut fahren oder sich geschmeichelt fühlen sollte.

»Mein Name ist Mikka, Mikka Hannonen«, stellte er sich vor. Er kramte in seinem Rucksack und brachte eine Flasche italienischen Rotwein zutage und ein Gerät, das sie zwar schon öfter gesehen, aber selbst noch nie benutzt hatte. Gekonnt stieß er die gefährlich aussehende Nadel durch den Korken und drückte auf den Knopf im Griffstück. Ploppend trieb das einströmende Gas den Korken aus der Flasche.

Sie verdrehte die Augen. »Hören Sie, Mikka! Das ist nicht die Zeit, zu der ich gewöhnlich Wein trinke. Außerdem kennen wir uns doch gar nicht.«

»Ein Gläschen in Ehren. Kommen Sie schon!«

»Was, wenn ich Sie abgewiesen hätte?«

»Das hätte mir das Herz gebrochen, und ich hätte mich irgendwo still in eine Ecke verzogen und mich sinnlos betrunken«, konterte er.

»Das nehme ich Ihnen nicht ab, Mikka. Viel eher hätten Sie es bei der Nächsten versucht, die Ihnen über den Weg gelaufen wäre.«

Gekonnt füllte er beide Gläser. »Ehrlich? So schätzen Sie mich ein?«, fragte er.

Wie sie ihn wirklich einschätzte, behielt sie tunlichst für sich. Mikka sah in seiner Fliegermontur extrem gut und schneidig aus. Seine kantigen, sehr maskulinen Gesichtszüge wurden von einer blonden Surferfrisur umrahmt, und seine stahlblauen Augen hatten einen durchdringenden Blick, der wahrscheinlich die allermeisten Frauen willenlos in seine Arme sinken ließ. Und genau da lag das Problem.

Dieser Kerl wusste das nur zu gut. Zugegeben, die Masche mit dem Wein war ihr neu, aber irgendwie charmant. Dennoch war er eben auch nur ein zutiefst von sich selbst überzeugter Macho, der die Frauen reihenweise abschleppte, sie benutzte und sich, sobald er das Bett verlassen hatte, nicht mehr an ihre Namen erinnerte.

»Finden Sie nicht, dass Sie etwas zu hart mit mir ins Gericht gehen?«, fragte er vorwurfsvoll und strich ihr dabei mit der Spitze des Zeigefingers über den Handrücken.

Schnell zog sie den Kopf zurück und griff nach dem gefüllten Weinglas.

Mikka tat es ihr gleich, und sie stießen an.

Mach nur so weiter, Junge, und du läufst in dein Verderben, dachte sie, als er an seinem Glas nippte und ihr einen tiefen, lasziven Blick schenkte, der keine Zweifel offenließ, was in seinem hübschen Kopf vorging.

Mach nur so weiter!

Kapitel 19

20. Mai – Konstanz

Er sank tiefer und tiefer. Unerbittlich gehorchte sein Rollstuhl der Schwerkraft, die ihn dem Grund des Hafenbeckens entgegenzog. Schon nach zwei Sekunden hatte er jegliche Orientierung verloren, wusste weder wo oben noch unten war.

Der Kälteschock hätte ihn beinahe tief einatmen lassen, obwohl er die Lippen fest aufeinanderpresste. Kleider und Schuhe sogen sich mit dem kalten Bodenseewasser voll, und die Kälte fraß sich unter seine Haut, betäubte Finger und Lippen.

Mit jedem Meter, den er versank, erhöhte sich der Druck. Seine Trommelfelle schmerzten, als triebe man glühende Stricknadeln hinein. Wahrscheinlich würden sie jeden Augenblick reißen. Hagedorn spürte den Druck auf seiner Brust, fühlte, wie die Luft in seiner Lunge zusammengepresst wurde.

Mit dem Gesicht voran wurde er durch die zweihundert Kilo seines Rollstuhls in den schlickigen Grund des Hafenbeckens gepresst. Etwas schnitt und drang schmerzhaft in seine Stirn.

Der linke Ärmel seiner Jacke hatte sich an der Armstütze verfangen. In wilder Panik riss und zerrte er, ruderte wild mit dem freien Arm.

Irgendwie gelang es ihm, sich zu befreien. Mit beiden Armen nun blind um sich tastend, versuchte er, am Grund Halt zu finden, ein Widerlager, um sich abstoßen zu können. Stattdessen gruben sich seine Finger tief in den Schlick und wurden durch etwas Scharfes aufgeschnitten.

Wenn es ihm nicht gelänge, die Klettgurte an seinem Becken und an seinen Waden zu lösen, würde er jämmerlich krepieren. Aus seiner Berufspraxis wusste er, dass Ertrinken eine der grausamsten Todesarten überhaupt war, und er hatte nicht vor, auf diese Art und Weise im acht oder zehn Meter tiefen Hafenbecken seiner Wahlheimat Konstanz den Löffel abzugeben.

Hagedorn wand sich mit all seiner verbliebenen Kraft hin und her und versuchte, seine Hand unter seinen Körper zu schieben, irgendwie den Verschluss des Klettgurtes zu erreichen, der ihn fest mit dem Sessel des Rollstuhls verband. Unsicher, was seine taub gewordenen Finger ertasteten, griff er danach und riss mit Gewalt daran.

Erleichtert spürte er, wie sein Becken sich vom Sitz zu lösen schien. Seine Beine. Die Beine waren immer noch an die Fußstützen gekettet. Sein Hals begann sich zu verkrampfen. Er würgte. Der ansteigende Kohlendioxidanteil im Blut reizte das im Gehirn liegende Atemzentrum. Lange würde er dem nun einsetzenden Atemreflex nicht mehr widerstehen können.

Mann, mach schon!, schrie er in Gedanken. Dreh dich zur Seite, und schau, dass du an deine scheiß Beine herankommst!

Die Hände zu Schaufeln geformt begann er, wild mit den Armen zu rudern, spannte die Bauchmuskulatur an und brachte so etwas wie Sit-ups zustande. Immer wieder bäumte er sich ruckartig auf.

Er glaubte schon nicht mehr daran, es zu schaffen, als der Rollstuhl plötzlich zur Seite kippte. Hagedorn würgte, kämpfte gegen den immer mächtiger werdenden Impuls an, einen tiefen Atemzug zu nehmen. Panisch strichen seine Hände über die Schienbeine. Die Finger fühlten nichts mehr.

Wie sollte er die Verschlüsse des Bandes erspüren und die Enden des Klettverschlusses daran aufreißen?

Er krümmte seine Finger und kratzte mit den Nägeln über die Bänder, bis er einen Widerstand zu spüren glaubte, und zog daran.

Gleich würde er den Mund aufreißen und einen letzten verzweifelten Atemzug nehmen, der jedoch keinen Sauerstoff in seine Bronchien spülen würde. Stattdessen würde eiskaltes Wasser seine Lungenflügel fluten. Hustend würde er weiteres

Wasser inhalieren, wenn seine Stimmritze nicht verkrampfte und jeden weiteren Atemzug unmöglich machen würde.

Schnell verlöre er aufgrund des Sauerstoffmangels das Bewusstsein. Seine Muskeln würden zu zucken beginnen. Nach drei bis fünf Minuten wäre sein Gehirn bereits unwiderruflich geschädigt, die Organe würden nach und nach versagen, das Herz würde zu flimmern beginnen und letztlich aufhören zu schlagen.

So durfte es nicht enden! So würde es nicht enden! Seine Arme pflügten wild durch die nasse Dunkelheit, und er mobilisierte die letzten Kräfte.

Zug um Zug kämpfte er sich zur Oberfläche. Die vollgesogenen Kleider machten jede Bewegung zur Qual und zogen ihn erbarmungslos in die Düsternis zurück. Wenn es ihm nur gelänge, einen tiefen Atemzug zu nehmen.

Hagedorn ruderte verzweifelt, und Zentimeter für Zentimeter glaubte er, sich der spiegelnden Wasseroberfläche zu nähern. Den Kopf im Nacken überstreckt, durchstieß seine Nasenspitze, dann sein Mund, die Grenze zwischen Wasser und Luft, die alles entscheidende Winzigkeit zwischen Leben und Tod. Prustend sog er ein Gemisch aus Luft und Wasser ein. Seine Lunge brannte wie Feuer, als würde er heiße Gase einatmen.

Gurgelnd schlugen die Wellen über seinem Gesicht zusammen, als er das Bewusstsein verlor und erneut in der Schwärze zu versinken begann, der er sich bereits entkommen geglaubt hatte.

Kapitel 20

20. Mai – Intensivstation, Klinik Konstanz

Kurz vor elf parkte und verriegelte Nadine Adler den Dienstwagen und eilte mit ausladenden Schritten durch den Eingang der Klinik. Bannert hatte sie nur spärlich mit Informationen versorgt, weshalb sie sich am Empfang erst nach Hagedorns Verbleib erkundigen musste. Immer zwei Stufen auf einmal nehmend, erklomm sie die zwei Etagen und orientierte sich anhand der Wegweiser.

Sie konnte Krankenhäuser nicht leiden, hasste den Geruch von Tod und Krankheit. Vor zwei Jahren, bevor ihr Vater dem Bauchspeicheldrüsenkrebs erlegen war, hatte sie jeden Tag in der Klinik verbracht, um bei ihm zu sein. Sechs Zyklen Chemotherapie waren angesetzt gewesen, den vierten hatte er bereits nicht mehr antreten können. Zu weit hatte sich der Krebs bereits durch seinen Körper gefressen.

Bis heute hatte sie nicht akzeptiert, dass gerade er an Krebs erkrankt war. Er hatte nie geraucht, war sportlich gewesen und hatte stets versucht, sich gesund und ausgewogen zu ernähren. Sein Leidensweg war zwar kurz gewesen, aber brutal und gnadenlos. Innerhalb von drei Monaten hatte ihn der Krebs auf die Hälfte seiner selbst reduziert.

In den Wochen nach seinem Tod hatte sie sich oft gefragt, wie lange er ohne die Therapie wohl noch hätte leben können und ob es nicht ein würdigeres Ende bedeutet hätte. In einem der seltenen Momente, in denen sie ganz allein hatten reden können, hatte er eine Andeutung gemacht, dass er es so empfunden hätte. Dass er die Chemotherapie selbst gar nicht gewollt, aber ihre Mutter sich verzweifelt an jeden Strohhalm, jeden Hoffnungsschimmer geklammert hatte, selbst wenn er noch so klein gewesen war. Fatalerweise hatte sie ihrer Mutter, als sie sich wieder einmal gestritten hatten, genau das zum Vorwurf gemacht, dass es ihr nur um sich selbst gegangen sei. Adler bereute das Gesagte zutiefst.

Sie erreichte die intensivmedizinische Abteilung. Adler bezweifelte, dass man sie einlassen, geschweige denn Auskünfte über Hagedorns Zustand geben würde. Sie würde es dennoch versuchen und drückte beherzt den Klingelknopf.

Bevor jemand die Chance hatte, sie an der Gegensprechanlage nach ihrem Begehr zu fragen, öffnete sich der automatische Türflügel und ein junger Mann in einem blauen Arztkittel erschien.

»Oberarzt Dr. Begovic. Guten Tag!«, stellte er sich vor und reichte ihr die Hand.

Unsicher, wen er erwartet hatte, ergriff Adler seine Hand und erwiderte den Gruß.

»Sie müssen Herr Hagedorns Tochter sein«, sagte er mit einem leicht osteuropäischen Akzent, den sie nicht einzuordnen vermochte. Rumänisch, Bulgarisch?

Begovic schien in ihrem Alter zu sein, vielleicht ein, zwei Jahre älter. Er war nicht sehr groß, aber unter seinem Arztkittel zeichneten sich eine breite Brust und trainierte Oberarme ab. Wenngleich ihr Interesse nicht dem männlichen Geschlecht galt, kam sie nicht umhin, sein gutes Aussehen zu bewundern.

»Wie geht es ihm?«, erkundigte sich Adler, ohne Begovic‹ Irrtum aufzuklären. Sollte er ruhig glauben, dass sie seine Tochter war. Das vereinfachte vieles.

»Er ist stabil und außer Lebensgefahr. Ihr Vater wurde unter Reanimation eingeliefert. De facto war er drei Minuten ohne Vitalfunktionen.«

Adler sog erschrocken die Luft ein. Diesen Umstand hatte Marius Bannert ihr verschwiegen.

»Aber es geht ihm den Umständen entsprechend gut«, beruhigte sie Begovic. »Er hat das Herz eines Ochsen, wenn ich so sagen darf. Er war massiv unterkühlt. Ein paar Prellungen und kleinere Schnittwunden. Nichts Dramatisches. Er ist eigentlich nur noch zur Temperaturüberwachung hier. Wir verlegen ihn nachher auf die Normalstation.«

»Darf ich zu ihm, Dr. Begovic?«, erkundigte sie sich vorsichtig.

»Ja, natürlich. Aber bitte nur ein paar Minuten«, sagte er mit geübt strenger Mine. »Falls Sie Fragen haben, finden Sie mich im Arztzimmer, gleich da vorne neben der Patientenüberwachung«, sagte Begovic und deutete mit der Hand den Flur hinunter. »Ihr Vater liegt in zweihundertzwölf. Wie gesagt, nur ein paar Minuten!« Mit einem höflichen Nicken empfahl er sich und verschwand mit quietschenden Sohlen.

Adler schob die einen Spaltbreit geöffnete Schiebetür ein Stück weiter auf und warf einen verstohlenen Blick in das mit Hightech vollgestopfte Zimmer. Sie erwartete, Hagedorn schlafend vorzufinden. Beinahe hatte sie ein schlechtes Gewissen. Was verband sie schon mit diesem Mann? Nichts! Plötzlich kamen ihr Zweifel, ob es eine gute Idee gewesen war, nach Konstanz zu fahren.

»Was machen Sie denn da?«, stieß sie überrascht aus.

Hagedorn saß aufrecht im Bett und hob gerade eines seiner dürren Beine über die Bettkante.

»Toll! Sie haben mir gerade noch gefehlt! Wonach sieht es denn aus? Ich checke aus!«

»Sie sind doch nicht ganz gescheit«, sagte sie vorwurfsvoll und trat weiter in das Zimmer hinein. »Noch vor drei Stunden hing ihr Leben am seidenen Faden, und Sie machen hier Sperenzchen.«

»Statt hier blöd herumzustehen, könnten Sie mir helfen, Adler!«

»Einen Teufel werde ich tun. Ich gehe jetzt Dr. Begovic holen.«

»Unterstehen Sie sich«, knurrte Hagedorn bedrohlich. »Draußen im Gang steht ein Patientenrollstuhl. Bringen Sie mir den mal!« Sein Tonfall duldete keinen Widerspruch.

»Was ist denn hier los?«

Adler rotierte erschrocken um die eigene Achse und erblickte einen Mann, der mit in die Hüfte gestemmten Händen im Türrahmen stand. Sie wusste nicht, warum, aber sie fühlte sich ertappt.

»Falk, du tickst doch nicht richtig, ehrlich.«

»Du jetzt nicht auch noch, Marius. Habt Ihr nichts Besseres zu tun, als mir auf die Nerven zu gehen?«

»Sie sind Bannert?« Adler war überrascht. Am Telefon hatte er älter geklungen.

Bannert war ein hochgewachsener, gepflegter Mittvierziger. Graue Strähnen durchzogen das Haar an seinen Schläfen. Lachfalten umwoben seine Augen, die ihm etwas Verschmitztes verliehen.

Hagedorn machte sie rasch bekannt: »Marius, das ist Nadine Adler vom LKA. Adler, Marius Bannert.«

Adler reichte ihm die Hand. »Telefoniert haben wir ja schon öfter. Freut mich, Sie kennenzulernen, Herr Bannert.«

Bannert ergriff ihre Hand. »Marius, bitte!«

»Und Sie sind hier, weil ...«

»... ich sein bester Freund bin.«

»Eine Nervensäge ist er!«, brummte Hagedorn. Er hob das andere Bein über die Kante. »Was ist jetzt mit dem Rollstuhl, Adler?«

Nadine Adler wusste nicht, ob sie ihn für seine Sturheit schlagen oder bewundern sollte.

Ungeduldig starrte Hagedorn sie an. Seine Lippen schimmerten immer noch bläulich violett. Über seinem rechten Auge klebte ein ZipStitch-Pflaster, das eine etwa vier Zentimeter lange Wunde verschloss. Mehrere kleinere Schnitte zogen sich über seine Wangen und Nase, die allesamt nur oberflächlich schienen. Seine Hände sahen nicht minder ramponiert aus.

»Wollen Sie mir nicht erst mal erklären, was genau passiert ist?«

»Später!«, gab Hagedorn murrend zurück. »Hast du mir mitgebracht, worum ich dich gebeten hatte?«, fuhr er an Bannert gewandt fort.

Bannert hielt baumelnd eine kleine Sporttasche in die Höhe. »Unterwäsche, Socken und deinen Jogginganzug.«

»Na, dann gib her! Oder soll ich mir hier den Arsch abfrieren? Das Bad im See war Abkühlung genug.«

Adler warf Bannert einen vernichtenden Blick zu. »Und Sie helfen ihm auch noch?«

»Was denn? Ich wusste doch nicht, dass er das Krankenhaus schon verlassen will«, versuchte Bannert sich zu rechtfertigen. »Ich halte das genauso für eine Schnapsidee wie Sie. Falk, willst du nicht …?«

Hagedorn brachte ihn mit einer knappen Geste zum Schweigen. »Ich zieh mich jetzt an. Ihr könnt draußen auf mich warten oder gehen. Ganz wie es euch beliebt!«

Bannert und Adler tauschten einen resignierten Blick und verließen das Krankenzimmer.

»Was genau ist eigentlich geschehen?«, verlangte Adler zu erfahren, als sie auf dem Gang vor dem Zimmer warteten.

»Genaues weiß ich auch nicht.« Bannert vollzog eine wedelnde Handbewegung in Richtung Hagedorns Krankenzimmer. »Der sture Bock da drin erzählt mir ja nichts! Aus irgendeinem Grund ist er mit dem Rollstuhl ins Hafenbecken gestürzt und wäre beinahe abgesoffen.«

»Und wie konnte er sich retten?«

»Die Streifenkollegen haben mir berichtet, dass der Fahrer eines Bäckereifahrzeugs ihn aus dem Wasser gezogen hat. Er muss wohl auch gesehen haben, wie Hagedorn über die Kaimauer gefahren ist.«

»Was ein Glück!« Obwohl sich Adlers Sympathien für Hagedorn in Grenzen hielten, war sie erleichtert, dass es so glimpflich ausgegangen war. Aus der Seitentasche ihrer Jacke kramte sie einen Storck-Riesen hervor, wickelte ihn aus und steckte ihn sich in den Mund.

»Das stimmt! Hagedorn hatte mehr Glück als Verstand.«

»Auch eins?«, fragte Adler und hielt ihm eines der Schokokaramellbonbons hin.

Bannert lehnte höflich ab: »Danke, nein! Die ziehen mir meine Plomben raus.«

Kapitel 21

20. Mai – Café Konzil, Konstanz

Nachdem Hagedorn zu Hause die Kleidung und den Rollstuhl gewechselt und sie in der Praxis die Fallakten geholt hatten, belagerten sie eine Stunde später einen Sechsertisch im Café Konzil.

Tagelang hatte er Adlers Akten durch die Gegend gefahren, hatte sie ständig dabeigehabt. Warum er sie ausgerechnet heute Morgen nicht in das Seitenfach seines Rollis gesteckt hatte, konnte sich Hagedorn nicht erklären. Jedenfalls war es ein riesiges Glück.

Adler hätte zwar im Handumdrehen Mehrfertigungen davon organisieren können, doch ihm ging es um die Notizen, die er sich darauf gemacht hatte. Die Seitenränder waren über und über mit Anmerkungen beschrieben.

»Stopp!« Sie fuhr ihm in die Parade, als er die Unterlagen auf dem Tisch auszubreiten begann. »Bevor wir uns um diese Fälle kümmern, will ich wissen, was heute Nacht passiert ist.« Trotzig verschränkte sie die Arme vor der Brust und sah ihm herausfordernd in die Augen. »Hm. Und?«

Hagedorn verdrehte genervt die Augen. »Muss das jetzt sein?«

»Ja, jetzt«, insistierte Adler.

Hagedorn schob die Akten zur Seite und biss ein Stück seiner Butterbrezel ab. »Man hat versucht, mich zu töten«, begann er kauend zu erzählen.

»Das ist doch überhaupt noch nicht erwiesen«, unterbrach ihn Bannert brüsk. »Es ist gerade einmal zwei Stunden her, dass wir deinen Rollstuhl aus dem Hafenbecken gehoben haben. Der muss erst noch untersucht werden.«

»Wenn ich dir doch sage, dass die Steuerung nicht reagiert hat!«

Adler sah offenbar ungläubig zwischen den beiden hin und her. »Wie, man hat versucht, Sie zu töten?«

Bannert machte eine beschwichtigende Geste. »Das ist, wie gesagt, noch gar nicht erwiesen. Hagedorn und ich waren gestern Abend essen. Wahrscheinlich hat Falk einfach nur ein Bier zu viel gehabt.«

»Sag mal! Ich glaub, du hast den Schuss nicht gehört, Marius«, sagte Hagedorn erbost. »Ich war nicht betrunken. Außerdem, wenn ich dich daran erinnern darf, hatten wir uns gegen drei viertel zehn getrennt, und ich bin danach noch in die Praxis. Als das passierte, waren bereits fünf Stunden vergangen. Ich war nüchtern, du Hornochse.«

»Ja, ist ja schon gut, Falk. Reg dich ab! Dennoch müssen wir den Rollstuhl erst untersuchen.«

»Und wie kommen Sie darauf, dass man es auf Sie abgesehen hat? Und vor allem, welchen Grund sollte jemand dafür haben?«, fing Adler erneut an.

Hagedorn zuckte mit den Achseln. »Das weiß ich doch nicht. Als ich gestern Abend in die Praxis kam, hatte ich das Gefühl, dass jemand da gewesen war.«

»War denn etwas durchwühlt worden, oder fehlt etwas?«, wollte Adler wissen.

»Nein, das nicht. Ich kann das nicht beschwören, aber ich hatte das Gefühl, dass manche Unterlagen eben nicht mehr dort lagen, wo ich sie abgelegt hatte.«

»Sprechen Sie von den Fallunterlagen?«, fragte sie und deutete mit dem Kinn auf die Akten.

»Natürlich spreche ich von den Fallunterlagen«, brummte Hagedorn.

»Was ist mit den Patientenakten?«, erkundigte sich Bannert.

Hagedorn schüttelte nachdenklich den Kopf. »Ich führe keine Patientenakten in Papierform. Die sind alle elektronisch im PC hinterlegt und zusätzlich passwortgeschützt.«

»Und an deinem Computer hat sich niemand zu schaffen gemacht?«, hakte Banner nach.

»Nein! Das heißt, ich weiß es nicht. Ich fahre den Rechner immer runter, bevor ich die Praxis verlasse, und als ich kam, war er auch noch aus.«

Adler mischte sich wieder ins Gespräch ein: »Sie erwähnten, dass die Steuerung ihres Rollstuhls versagt hätte?«

»Genau das!«, beharrte Hagedorn. »Als ich über die Marktstätte durch die Unterführung auf die Hafenstraße gefahren war, funktionierte sie noch. Kurz nach der Steigung beschleunigte er plötzlich und reagierte nicht mehr auf irgendwelche Richtungsänderungen.«

Bannerts Smartphone unterbrach Hagedorns Ausführungen.

»Entschuldigt, bitte!« Bannert erhob sich und nahm einige Meter abseits das Gespräch an.

»Gesetzt den Fall, es ist so, wie Sie annehmen – wer sollte sich für die Fälle interessieren? Oder anders gefragt, wer weiß denn davon, dass Sie für das LKA arbeiten?«

»Abgesehen von Ihnen und Marius? Ihr gesamtes Team und meine Praxishilfe.«

»Ihre Tochter?«

»Karina? Um Himmels willen, nein!«

Bannert hatte das Telefonat beendet und nahm wieder Platz. »Apropos, Karina. Weiß sie eigentlich schon was geschehen ist?«

»Nein! Und das bleibt auch so!«

Bannert brummte missmutig.

»Marius! Ich warne dich! Du wirst sie weder davon in Kenntnis setzen, was passiert ist, noch davon, dass ich für das LKA arbeite.«

»Ich verstehe dich nicht, Falk.«

»Karina hat gerade genug mit sich selbst zu tun. Deshalb! Was Neues?«, wollte Hagedorn mit einem fragenden Blick auf Bannerts Handy wissen.

»Ach ja! Du hattest übrigens recht. Karsten Kieferle hat

deinen Rollstuhl untersucht. Unter deiner Armlehne war in die Steuerelektronik ein Gerät zwischengeschaltet worden.«

»Was denn für ein Gerät?«, fragten Hagedorn und Adler entsetzt unisono.

Bannert hob offensichtlich überfordert seine Arme. »Ich kann nur wiederholen, was Kieferle mir gesagt hat. Eine Zwei-Komma-vier-Gigahertz-Funkfernsteuerung, wie man sie im Modellbau benutzt. Kieferle sagt, dass man die im Internet bei jedem Modellbaugroßhandel bestellen kann. Halb so groß wie eine Zigarettenschachtel. Näheres weiß ich auch noch nicht.«

»Hm!«, knurrte Hagedorn. »Und wann und wie soll das Gerät an meinen Rollstuhl gekommen sein?«

»Das wird eine der entscheidenden Fragen sein, die es zu klären gilt. Hanser, der Kripo-Leiter, stuft das juristisch als Mordversuch gegen dich ein und hat eine Ermittlungsgruppe eingerichtet.« Bannert rutschte unruhig auf seinem Platz hin und her. »Und er hat mich gebeten, die Ermittlungen zu leiten.«

»Das ist doch großartig«, hob Hagedorn an. »Dann ist der Fall doch in den besten Händen.«

»Witzbold!«, murrte Bannert.

»Einen Augenblick«, erhob Adler Einspruch. »Sollte der Mordanschlag mit Hagedorns Arbeit für uns in Verbindung stehen, fände ich es sinnvoller, wenn das LKA die Ermittlungen übernimmt. Außerdem«, gab sie zu bedenken, »könnte man Ihnen Befangenheit unterstellen.«

»Trauen Sie uns das nicht zu?«, fragte Bannert echauffiert, obwohl er sich nicht um die Ermittlungsleitung zu reißen schien.

Adler hob abwehrend die Arme. »So war das nicht gemeint, missverstehen Sie mich nicht, lediglich ein Vorschlag meinerseits.«

»Danke! Ihren Einwand habe ich zur Kenntnis genommen.«

Hagedorn kaute an den letzten Bissen der Butterbrezel und

spülte sie mit einem großen Schluck seines Latte macchiato hinunter. »Könnten wir jetzt endlich zum Profil kommen?«

Adler legte Block und Stift bereit. »Bereit, wenn Sie es sind, Sergeant Pembry!«, feixte sie.

»Sie haben ja einen morbiden Humor«, stellte Hagedorn fest, konnte sich ein Schmunzeln darüber aber nicht verkneifen, dass sie Hannibal Lecter zitierte. »Also …«

Bannert erhob sich leise und empfahl sich mit einem Kopfnicken. »Wenn Ihr mich entschuldigt. Ich gehe zurück aufs Präsidium.«

Hagedorn entließ ihn mit einer wedelnden Handbewegung. »Wollen Sie die Kurzfassung oder eine komplette Analyse?«, fuhr er fort.

»Das Wesentliche, Hagedorn. Wenn ich ihrer habhaft werden will, muss ich verstehen, wer oder was sie ist, was sie antreibt oder ob sie einfach nur ein durchgeknalltes Miststück ist.«

»Das steht außer Frage.«

»Was?«

»Na, dass sie ein durchgeknalltes Miststück ist. Aber so einfach ist es nicht, glauben Sie mir.«

Adler legte die Finger ineinander und sah Hagedorn erwartungsvoll an. »Also los! Nadine Adler meets Miststück. Setzen Sie mich ins Bild.«

Kapitel 22

20. Mai – Tampere, Finnland

Die Augen fest geschlossen, atmete sie tief durch die Nase ein und aus. Zählte dabei leise mit. Allmählich beruhigte sich ihre Atem- und Pulsfrequenz, näherte sich dem normalen Bereich. Den geriffelten Plastikgriff hielt sie immer noch mit beiden Händen fest umklammert.

Als sie die Augen öffnete, ließ sie den Blick durch den lederbezogenen Innenraum des Volvo V70 gleiten. Das Interieur roch unaufdringlich nach Neuwagen. Mikka hatte gar nicht den Eindruck eines spießigen Volvofahrers erweckt. Vielleicht war es auch nicht sein eigener Wagen, sondern er hatte ihn sich nur geliehen.

In der Mittelkonsole lagen das Etui einer Sonnenbrille und mehrere entwertete Parkkarten des Flughafenparkhauses. Weitere persönliche Gegenstände konnte sie nicht ausmachen. Die Dashcam auf dem Armaturenbrett war ihr jedoch nicht entgangen. Sie war ihr schon aufgefallen, als sie den Wagen gemeinsam mit Mikka bestiegen hatte. Das Besondere daran war, dass ihr Objektiv in den Innenraum gerichtet war und nicht nach vorn auf die Straße, wie es eigentlich zweckmäßig gewesen wäre. Sie lag mit ihrer Einschätzung von ihm völlig richtig. Von Anfang an!

»Hatte ich dich nicht gewarnt?« Beinahe mitleidig sah sie ihn an. »Ich hatte dir gesagt, dass du auf gefährlichem Terrain wandelst. Du wolltest ja nicht hören. Hm? Mikka?«

Verstört glotzten sie seine aufgerissenen toten Augen an. Feinste Kapillaren, die in seinen Augäpfeln geplatzt waren, verliehen seinem Blick etwas Dämonisches.

Sie verlagerte ihr Gewicht und zog mit einer raschen, geschmeidigen Bewegung den Dorn aus seiner Brust. Das Knirschen, als die Nadel am Brustbein rieb, wurde von einem leisen Zischen begleitet. Sie hatte die komplette Kartusche des Treibgases geleert. Fasziniert drehte und wendete sie das Gerät in ihrer Hand. »So ein gefährliches Werkzeug sollte man verbieten«, flüsterte sie schmunzelnd. »Aber so ein Teil muss ich haben.«

Sie hatten die Flasche Rotwein noch nicht ganz geleert gehabt, als sie sich entschuldigte. Ihr war nach Sport, einer Dusche und frischer Kleidung. Hauptsächlich war sie genervt von seinen Annäherungsversuchen. Natürlich erkundigte er sich, in welchem Hotel sie denn abgestiegen sei. Um seinem Drängen nachzugeben, nannte sie ihm den Namen eines Hotels, in dem sie früher schon genächtigt hatte. Einen Teufel hätte sie getan, ihm ihr aktuelles Hotel zu verraten. Und noch weniger hätte sie ihm ihren Namen genannt, der ihn komischerweise auch nicht besonders zu interessieren schien, da er kein einziges Mal danach gefragt hatte.

»War nett, dich kennenzulernen, Mikka«, hatte sie gelogen. »Weiterhin noch viel Erfolg.«

Auf die Spitze hatte er mit einem selbstsicheren Lächeln reagiert.

Sie hatte es kaum zum Ausgang geschafft, als er ihr nachgeeilt kam und anbot, sie in die Stadt zu fahren. Egal, wie sehr sie sich dagegen verwehrt hatte, er ließ nicht locker. Irgendwie schien er sich in die fixe Idee verbissen zu haben, sie heute noch zu vögeln.

Einige mehr oder weniger anzügliche Bemerkungen von ihm hatte sie im Keim zu ersticken versucht. Noch schwieriger war es gewesen, sich seiner tentakelartigen Finger zu erwehren, die er einfach nicht bei sich behalten konnte.

Irgendwann war es ihr dann zu viel geworden. Sie wusste, er hätte sich nicht abwimmeln lassen. Am Ende wäre er ihr sogar nachgefahren bis zum Hotel. Zugetraut hätte sie es ihm. Warum konnten sie die Männer nicht einfach in Ruhe lassen? Warum nur gab es immer solche Exemplare, die ein Nein nicht akzeptierten, immer mit dem Kopf durch die Wand mussten, sie in die Enge trieben, weder subtile noch offene Ablehnung verstehen wollten?

Unaufhörlich hatten sich ihr Puls und ihre Atmung beschleunigt, als sie ihn Richtung Parkdeck begleitet hatte, wo er seinen Wagen abgestellt hatte. Wieder brandete in ihr diese Wut auf, die sie nicht zu zügeln, einfach nicht zu beherrschen wusste. Wollte sie das überhaupt? Hatte sie nicht schon vor Wochen aufgegeben, dagegen anzukämpfen?

Im selben Maß, wie sie das Ergebnis ihrer Raserei entsetzte, verschaffte es ihr auch eine tiefe Befriedigung. Es war befreiend, sich diesem inneren Zwang nicht ständig entgegenstemmen zu müssen. Die Stimmen verstummten danach, ließen sie für Tage, manchmal sogar für Wochen in Ruhe.

Sorgsam wischte sie den Dorn und den Griff des Wine-Openers an seinem olivfarbenen Unterhemd ab und stopfte ihn in seinen Rucksack zurück.

Dabei fiel ihr Blick auf ein Einhandmesser. Sie vermutete, dass es zu seiner Militärausrüstung gehörte. Sie griff danach und ließ die Klinge aufspringen.

Fasziniert bewunderte sie die scharfe Klinge, die sie in der Hand hin und her wiegte.

»Ich finde das sehr praktisch, Mikka. Dein Messer kommt mir sehr gelegen. Das, was ich mit dir vorhabe, was du unzweifelhaft verdienst und auch selbst verschuldet hast, wäre mit meiner Schere deutlich schwerer gewesen. Also, danke!«

Sie schnalzte mit der Zunge und zwinkerte dem schneidigen Soldaten zu, der tot zwischen ihren Schenkeln auf dem Beifahrersitz lag.

Dann griff sie nach seiner Hand, die erschlafft zwischen Beifahrersitz und Tür gerutscht war, legte sie flach auf seine Brust, setzte das Messer am Sattel seines Daumens an und begann zu schneiden. Sie schnitt durch Haut, Sehnen, Muskeln und Gelenk.

Kapitel 23

20. Mai – Café Konzil, Konstanz

So morbide Adlers Anspielung auf *Das Schweigen der Lämmer* auch sein mochte, irgendwie gefiel es Hagedorn. Er mochte ihren schwarzen Humor, der seinem nicht unähnlich war.

»Ich glaube, dass wir es hier mit einer hochgradig paranoiden Frau zu tun haben. Eine dissoziative Persönlichkeit mit offensiver Ausprägung, zudem emotional höchst instabil.«

Adler blickte ihn stirnrunzelnd an.

»Unsere Killerin, nennen wir sie mal die Furie, projiziert ihre Aggressionen auf ihr Umfeld, sie schwankt dabei ständig zwischen Verdrängung und Ausagieren dieser aggressiven Impulse. Sie unterliegt hierbei extremen Gefühlsschwankungen. Ich glaube aber, dass sie nicht immer so gewesen ist.«

»Warum?«

»Ich nehme an, dass die Furie eines oder mehrere seelische Traumata nicht verarbeitet hat. Irgendetwas muss geschehen sein.«

»Sie spielen auf eine Vergewaltigung an?«, vermutete Adler.

»Es muss nicht zwingend körperliche Gewalt im Spiel gewesen sein. Seelische Gewalt, extreme Demütigung, emotionale Enttäuschungen oder Isolation können die gleichen Folgen haben.«

»Sie schließen einen sexuellen Missbrauch also aus?«

»Das will ich damit nicht sagen. Aber den Taten fehlt die offensichtlich sexuelle Komponente. Keinem der Männer wurden die Genitalien verstümmelt, was man in solch einem Fall vielleicht erwarten würde. Wie das weibliche Opfer in die Serie passt, hat sich mir noch nicht gänzlich erschlossen. Darüber kann ich nur vage Vermutungen anstellen.«

»Was ist der Zweck ihrer Taten?«, bohrte Adler weiter.

»Mit einem Wort: Rache! Sie schreit förmlich nach Rache. Ich hatte mir die letzten Nächte immer wieder das Hirn zermartert, was sie mit den Opfern verbunden haben mochte.«

Hagedorn orderte einen weitere Latte macchiato und leerte den erkalteten Rest in seinem Glas in einem Zug und betupfte danach behutsam die Schnittwunde auf seiner Stirn, als er seine nächsten Worte bedachte. »Die Frau ist eine tickende Zeitbombe!«

»Sie machen mir Hoffnung, Hagedorn«, sagte sie säuerlich.

»Die Morde waren regelrechte Overkills. Sie zeugen von so viel Affektivität und unbändiger Wut.«

Hagedorn fixierte einen imaginären Punkt auf dem Tisch und redete eher zu sich selbst, als er fortfuhr. »Ich glaube, sie fühlt sich durch alles und jeden bedroht, das heißt, sie mobilisiert alle Kräfte, sich dieser Bedrohung zu erwehren. Die Opfer müssen sie nicht einmal persönlich angegriffen oder gedemütigt haben, zumindest nicht in einem Maß, der diesen Affekt rechtfertigt. Ein falsches Wort, eine unbedachte Geste, eine anzügliche Bemerkung vielleicht. Selbst ein bestimmter Geruch, den unsere Killerin mit dem Trauma in Verbindung bringt. Wussten Sie, dass die Geruchsassoziation eine der mächtigsten psychischen Verknüpfungen überhaupt ist?«

Adler verneinte wortlos.

»Die olfaktorische Wahrnehmung warnt uns seit Urzeiten nicht nur vor Gefahren wie zum Beispiel giftigen Nahrungsmitteln, Rauch, Feuer oder wilden Tieren, sie wirkt direkt auf unser limbisches System, das Emotionen und Triebe verarbeitet und lenkt. Laut einer aktuellen Studie unterscheiden wir Menschen über eine Billion Gerüche«, referierte Hagedorn weiter.

»Das ist ja höchst interessant, aber was hat das mit unserer Furie zu tun?«

Hagedorn sah ihr nun direkt ins Gesicht. »An Stuttgart, dem dritten Opfer, wurde ein exklusiver Parfümduft beschrieben, der der Leiche angehaftet hätte. Das hat mich auf die Idee gebracht, dass die Furie eventuell von diesem Duft getriggert worden sein könnte. Ehrlich, ich wünschte mir, alle Kollegen würden ihre Beobachtungen und Wahrnehmungen derart detailliert beschreiben wie der Stuttgarter Beamte.«

Adler grinste. »Der Beamte war ich. Das stand in einem meiner Berichte. Aber danke für das Lob. Gerade aus Ihrem Mund geht das runter wie Öl.«

Hagedorn nahm den Faden wieder auf: »Ja, ja, sei's drum! Bis wir die Furie nicht selbst befragen können, werden wir nicht erfahren, was ihr Verhalten auslöst, nicht wahr? Fakt ist jedoch, dass sie in dem Augenblick, in dem ihre natürlichen Barrieren oder Mechanismen versagen, von ihrer Wut vollständig beherrscht wird. Erst mit der Abwendung der Gefahr, der Beseitigung des Hindernisses löst sich diese Wut wieder auf. Ich könnte mir sogar vorstellen, dass sie danach völlig entsetzt reagiert.«

Adler hatte bereits eine Seite ihres Blocks mit Notizen befüllt. »Ich frage mich jedoch, wie sie es anstellt. Von der Frau in Friedrichshafen mal abgesehen, wären ihr zumindest zwei der männlichen Opfer körperlich überlegen gewesen.«

»Das unterstellen Sie, Adler.«

»Sie mutmaßen ja auch«, stellte sie beleidigt fest. »Ich will ehrlich sein«, fuhr sie fort. »Ich habe die Operative Fallanalyse immer kritisch betrachtet und daraus auch nie einen Hehl gemacht. Alles, was Sie bisher über unsere Furie gesagt haben, ist rein spekulativ.«

»Völlig richtig.« Hagedorn lächelte nachsichtig. »Natürlich muss ich Spekulationen anstellen, aber ich stütze mich dabei auf wissenschaftliche Erkenntnisse der Verhaltenspsychologie. Ich will auch gar nicht behaupten, dass alles zutreffend ist, was ich sage. Leider muss ich immer wieder betonen, dass die Operative Fallanalyse keine statische Wissenschaft ist wie die Physik oder Mathematik.«

»Noch mal, Hagedorn. Wie stellt sie es an, wenn sie körperlich unterlegen ist?«

»Das muss sie auch nicht – ich meine körperlich überlegen

sein. Sie spielt ihre weiblichen Reize aus. Kokettiert mit ihnen, um ihre Opfer dann zu überrumpeln.« Gedankenverloren rieb sich Hagedorn über das Kinn. »Das könnte möglicherweise auch auf das weibliche Opfer zutreffen. Nehmen wir mal an, das Opfer war lesbisch, und unsere Furie hat ihr Avancen gemacht.«

»Natürlich, das würde absolut Sinn ergeben«, rief Adler euphorisch. »Wir haben uns die ganze Zeit gefragt, wie es ihr gelungen war, den Kabelbinder um ihren Hals zu legen und zuzuziehen. Das wäre nur bei einem arglosen Menschen möglich, der sich in Sicherheit wähnt. Wobei mir immer noch schleierhaft ist, warum die Furie ihr postmortal den Schädel zerquetscht hat.«

»Dafür habe ich keine plausible Erklärung. Tut mir leid!«

»Okay«, fuhr Adler fort und schlug ein unbeschriebenes Blatt Papier auf. »Wen konkret suchen wir?«

»Sie wollen einen Steckbrief?« Hagedorn lachte.

»Am liebsten mit einem Phantombild in 3-D«, witzelte Adler.

Hagedorn gab klein bei: »Nicht sehr seriös, aber ich will es versuchen. Gehen Sie damit ja nicht hausieren. Sonst ist mein ohnehin nicht sonderlich guter Ruf gänzlich im Arsch. Versprochen?«

»Ja, versprochen!« Adler schlug ein Kreuz über ihrem Herzen.

Er schloss seine Augen und atmete tief ein. »Aufgrund der Altersspanne der Opfer könnte unsere Täterin zwischen fünfundzwanzig und fünfunddreißig Jahre alt sein. Für eine Frau ist sie groß, körperlich nicht zwingend überlegen, aber zumindest ebenbürtig. Vielleicht zwischen eins dreiundsiebzig und eins achtundsiebzig.«

»Irre!«, bemerkte Adler. »Und wie kommen Sie auf diese Maße?«

»Die Stichwunden am Opfer Stuttgart. Höhe und Winkel der Stichkanäle und die Strangulationshöhe von Hannover.

Wollen Sie mich jetzt dauernd unterbrechen, Adler, oder darf ich weitermachen?«

»Ähm, sorry, natürlich.«

»Danke«, brummte er und schloss erneut die Augen, um sich zu konzentrieren.

»Ich denke, sie ist sportlich, durchtrainiert und schlank. Außerdem halte ich sie für sehr attraktiv. Sie besitzt äußerliche Attribute, die offenbar Männer wie Frauen anzusprechen scheinen. Jetzt komme ich zum wesentlichen Punkt. Nicht selten töten Menschen in ihrem direkten sozialen Umfeld. Entweder weil sie sich dort sicher, überlegen fühlen oder weil das einfach vertrautes Terrain für sie ist. Alle Tatorte waren an Flughäfen, weshalb ich sie dort auch suchen würde. Denkbar wäre, dass sie dort arbeitet oder als Vielfliegerin immer wieder diese Flughäfen aufsuchen muss. Für beide Kategorien wäre der Flughafen vertrautes Terrain.«

»Das hatten wir auch schon vermutet«, bestätigte Adler.

Hagedorn hatte die Augen mittlerweile wieder geöffnet und beobachtete Adler, wie sie fieberhaft Notizen auf ihren Block kritzelte.

Sie legte den Stift zur Seite und sah Hagedorn an. »Bannert hatte recht, wissen Sie?«

»Womit?« Hagedorn hob fragend die Augenbrauen.

»Dass das LKA blöderweise seinen vermutlich brillantesten Fallanalytiker hat gehen lassen.«

Hagedorn hob abwehrend die Hände. »Vorsicht mit den Vorschusslorbeeren, Adler. Fangen Sie die Furie, und lassen Sie uns gemeinsam herausfinden, wie gut meine Thesen sind.«

»Okay, dann fasse ich noch einmal zusammen. Unsere Täterin ist fünfundzwanzig bis fünfunddreißig Jahre alt, eins dreiundsiebzig bis eins achtundsiebzig groß, schlank und sportlich, attraktiv, paranoid-dissoziativ, emotional instabil, eventuell schwerst traumatisiert durch eigenes Erleben, tötet mutmaßlich aus Rache, könnte am Flughafen oder im Flugbetrieb arbeiten oder eine Passagierin sein, die den Tatort gut kennt. Habe ich etwas Wesentliches vergessen? Hagedorn? Falk, was ist los?«

Hagedorn konnte sich nicht weiter auf das Gespräch konzentrieren.

»Hey, Hagedorn! Ist alles in Ordnung mit Ihnen? Ist Ihnen nicht gut?«

»Doch, doch«, stammelte er. »Wenn Sie mich entschuldigen würden, ich muss etwas nachschauen.« Wortlos wendete er den Rollstuhl und rollte aus dem Lokal.

Kapitel 24

20. Mai, Nachmittag – LKA, Stuttgart

Die Berichte, Aktenvermerke und Telefonnotizen, die ihre Sekretärin auf Adlers Schreibtisch hinterlassen hatte, türmten sich, und sie wusste nicht, wo sie zuerst beginnen sollte.

»Frau Adler«, schnarrte die Stimme der Sekretärin aus dem Tischlautsprecher. »Sie haben an die Besprechung um fünfzehn Uhr gedacht?«

In der Tat hatte sie daran nicht mehr gedacht. »Vielen Dank, Frau Schneble. Die hätte ich fast vergessen.«

Fünfzehn Minuten blieben ihr noch, um sich durch die wichtigsten Aktenvermerke zu wühlen. Was sie nicht mehr würde lesen können, würde sie sich in der Besprechung berichten lassen. Wenngleich sie an sich selbst die Erwartung hatte, in einer laufenden Ermittlung immer über alles informiert zu sein. In der Regel gelang ihr das auch. Aber in den letzten Tagen war einfach zu viel vorgefallen.

Das augenblickliche Informationsdefizit könnte sie heute durch die Präsentation eines ziemlich guten Täterprofils wettmachen. Es barg unerwartete, neue Ermittlungsansätze. Adler war sich sicher, die Ermittlungen dadurch entscheidend voranbringen zu können. Nicht mehr lange, und sie würden diese Furie, deren blutige Spur durch vier Flughäfen führte, endlich aus dem Verkehr ziehen können.

Adler stopfte sich genüsslich ein weiteres Storck-Karamell in den Mund und überflog kauend und schmatzend den nächsten Bericht, den ihr die Abteilung Massendatenauswertung geschickt hatte.

Ein erstauntes Raunen ging durch die Reihen ihres Teams, nachdem Adler, gut eine halbe Stunde später, mit der Präsentation von Hagedorns Täterprofil geendet hatte. Einigen sah sie den gleichen Argwohn an, den sie selbst bis vor wenigen Stunden der Operativen Fallanalyse gegenüber gehegt hatte.

»Kolleginnen und Kollegen. Einige von Ihnen haben die Bekanntschaft mit Falk Hagedorn schon früher machen dürfen. Ich hatte das Vergnügen erst vor wenigen Tagen, und mir ist bewusst, dass der eine oder andere von Ihnen der OFA einige Ressentiments entgegenbringt, die sie vermutlich nicht verdient hat. Ich behaupte nicht, genauso wenig wie Falk Hagedorn, dass die OFA das Nonplusultra der Kriminalitätsbekämpfung darstellt. Es ist, was es ist: eine Tat–Täter-Hypothese. Nicht mehr und nicht weniger. Eine Vermutung, Mutmaßung, Spekulation, nennen Sie es, wie Sie wollen. Dennoch glaube ich, dass uns Hagedorn ein ziemlich gutes Bild unserer Täterin liefert. Äußerlich wie innerlich.«

Adler trank einen Schluck ihres Wassers und überflog dabei ihre Notizen, ehe sie fortfuhr.

»Laut des Berichts über die Massendatenauswertung, der allen vorliegen sollte, wurde eine Handynummer verifiziert, die zu den fraglichen Tatzeiten an allen vier Tatorten in die Funkmasten eingebucht war. Leider scheint der Anschlussinhaber dieser Nummer nicht oder nicht mehr existent zu sein. Zwei Leute sollten sich darum kümmern. Wer war der Anschlussinhaber? Wie kommt unsere Killerin zu dieser Nummer?«

Adler nahm eine Kollegin und einen Kollegen ins Visier. »Schneider, Michels? Würden Sie das übernehmen?« Sie bedankte sich, ohne eine Antwort abzuwarten.

»Hagedorns Gutachten bestätigt, was wir schon seit einiger Zeit vermuten. Die Furie könnte eine Stewardess, eine Pilotin oder auch eine Vielfliegerin sein.«

Unbewusst hatte sie sich Hagedorns Bezeichnung für die Täterin zu eigen gemacht, wofür sie einige verwirrte Blicke erntete.

»Gehen Sie noch einmal die Obduktionsberichte hinsichtlich der Todeszeiten durch, schränken Sie die Zeiten so gut wie möglich ein, und fordern Sie über die Bundespolizei die Flugpläne und Passagierlisten für die infrage kommenden Flüge an. Welche Maschinen welcher Fluglinien sind in diesem Zeitkorridor gelandet oder gestartet? Wenn das geklärt ist, verlangen Sie von den Fluglinien die Listen der jeweiligen Besatzungen. Ich nehme an, dass einige Fluglinien auf einem richterlichen Beschluss bestehen. Stellen Sie bitte im Vorfeld bei der Staatsanwaltschaft die entsprechenden Anträge. Wir dürfen uns da keinen zeitlichen Verzug mehr erlauben. Gibt es noch irgendwelche Fragen?«

Das zwanzigköpfige Team um die Soko Flughafen schien keine Rückfragen zu haben. Hastig wurden Unterlagen zusammengerafft.

Adler leerte, zufrieden mit sich, den Rest ihres Wasserglases, bevor sie ihre Unterlagen sortierte, als eine Kollegin sie ansprach.

»Frau Adler! Hätten Sie ein paar Minuten unter vier Augen?«

Überrascht hob sie den Blick. »Frau Agnelli? Aber sicher! Gehen wir in mein Büro?«

Christina Agnelli war nach dem Abschluss ihres Studiums vor einem Jahr ans Landeskriminalamt gekommen. Da Adler die Abteilung selbst erst seit fünf Monaten leitete, hatten sie, wie Adler mit den anderen Mitarbeitern auch, bisher noch nicht sehr viele Berührungspunkte gehabt. Die Zusammenarbeit hatte sich erst mit der Einrichtung der Soko Flughafen intensiviert.

»Was kann ich für Sie tun?«, fragte Adler, nachdem sie die Bürotür geschlossen und Agnelli einen Stuhl an ihrem runden Besprechungstisch angeboten hatte.

Irgendetwas schien Agnelli Unbehagen zu bereiten. Unsicher knetete sie ihre Hände, ehe sie zu sprechen begann. »Sie haben mich mit der Auswertung der DNA-Spuren beauftragt. Erinnern Sie sich?«

»Selbstverständlich erinnere ich mich«, antwortete Adler, nachdem sie Agnelli gegenüber Platz genommen und die Beine überschlagen hatte. »Ihnen haben wir zu verdanken, dass das Labor die zwei identischen DNA-Spuren an den Tatorten analysieren konnte. Gute Arbeit, Frau Agnelli!«

»Danke«, erwiderte sie schüchtern. »Sie wissen ja, Frau Adler, dass wir standardmäßig das analysierte DNA-Profil durch die DNA-Mitarbeiterdatenbank laufen lassen müssen.«

»Klar, damit ausgeschlossen werden kann, dass die Kollegen vor Ort versehentlich die Spur gelegt haben und man sie irrtümlich für Täterspuren hält.«

»Genau!«

»Und?«

»Es geht um Hagedorn.«

Adler verschlug es die Sprache. Irritiert sah sie ihrer Kollegin in die Augen. »Wie meinen Sie das? Ich verstehe nicht.«

»Na ja, vielleicht habe ich mich falsch ausgedrückt. Es geht vielmehr um Hagedorns DNA-Profil, das immer noch in unserer Mitarbeiterdatenbank hinterlegt ist.«

Adler versuchte, das Gehörte gedanklich zu sortieren. »Wie sollte Hagedorns DNA an die Tatorte gelangt sein?«, fragte sie immer noch verständnislos.

»Es ist auch nicht seine DNA, die am Tatort festgestellt wurde.«

»Wie jetzt? Jetzt verstehe ich gar nichts mehr.« Adler begann allmählich, die Geduld zu verlieren. »Kommen Sie auf den Punkt, Frau Agnelli.«

»Die DNA, die durch die Kriminaltechnik an den beiden Leichen gesichert wurde, weist eine fünfzigprozentige Übereinstimmung mit Hagedorns gespeichertem Profil auf.«

Adler hatte sich die Hand auf den Mund gepresst. Nur nach und nach sickerte die Erkenntnis und die Tragweite dessen, was ihr Agnelli gerade offenbart hatte, in ihr Bewusstsein.

»Verdammte Scheiße!«, entfuhr es ihr.

Kapitel 25

20. Mai, Abend – Tampere, Finnland

Ein weiteres Mal erhöhte sie die Geschwindigkeit des Laufbandes um einen km/h.

Kurz nachdem Karina im Hotel angekommen war und ihr Zimmer bezogen hatte, hatte es zu nieseln begonnen, und die wenigen Sportsachen, die sie dabeihatte, waren für diese Witterung einfach ungeeignet. Deshalb hatte sie den hoteleigenen Spa- und Fitnessbereich aufgesucht und erstaunt festgestellt, dass er über die Maßen gut ausgestattet war. Mehrere Crosstrainer, Speedbikes, Laufbänder und Rudermaschinen standen entlang der großen Fensterfront aufgereiht. Diverse Geräte und Hantelbanken, die sie allerdings nicht benutzen würde, rundeten das Trainingsangebot ab.

Seit knapp einer Stunde war sie nun auf dem Laufband. Die In-Ear-Kopfhörer bliesen ihr speziell auf ihr Laufprogramm abgestimmte Rockmusik in die Ohren. Ihre Lungen brannten, und ihr Herz hämmerte mit hundertfünfundvierzig Schlägen pro Minute, aber es fühlte sich gut an. Tief atmete sie durch Mund und Nase in den Bauch. Ihr Zwerchfell hob und senkte sich in stetem Rhythmus – alle drei Schritte atmete sie ein, nach drei Schritten wieder aus. Karina war gänzlich auf die Atmung konzentriert, als ihr Handy mit seinem Klingelton When the Night Comes Falling von Jeff Healey sie in die Realität zurückriss.

»Verdammt noch mal!«, stieß sie fluchend aus.

Es war Nita.

Karina hatte ihren Anruf vor einer halben Stunde schon einmal abgelehnt. Kurz überlegte sie, ob sie ihn ein weiteres Mal ablehnen sollte.

Sie tippte auf ein Feld auf dem Touchscreen des Laufbandes, und das Gerät verlangsamte augenblicklich in den Cooldown-Modus.

»Hi, Nita!«, grüßte Karina schwer atmend.

»Hey, Süße!«, dröhnte Nitas Stimme durch die Kopfhörer.

Schnell regulierte Karina die Lautstärke etwas nach unten.

»Wo bist du?«, erkundigte sich Nita. »Wieso bist du so außer Atem?«

»Ich bin laufen«, erwiderte sie knapp. »Was ist?«

»Sag mal! Bist du genervt?«, kam es vorwurfsvoll.

»Nein! Ja, doch! Entschuldige, nicht dein Fehler«, versuchte Karina sie zu beschwichtigen. »Mein Tag war mörderisch. Ich wollte einfach mal ein paar Stunden meine Ruhe haben.«

»Alles gut!«, sagte Nita wenig überzeugend. »In einer halben Stunde bin ich im Hotel. Wollen wir heute Abend zusammen essen gehen?«

»Ich weiß nicht.«

»Komm schon, das bringt dich auf andere Gedanken, und du kannst mir erzählen, was los war.«

Genau das wollte Karina am allerwenigsten – Nita ständig berichten, warum ihr Tag so oder so verlaufen war. Nita konnte, was das betraf, unheimlich penetrant sein. Oftmals gab sie keine Ruhe, bis Karina dann doch erzählte.

»Na schön!« Sie gab klein bei. »Ich will jetzt aber erst noch in die Sauna.« Karina warf einen kurzen Blick auf das Handydisplay. »Nicht vor acht, okay?«

»Ja, gut. Ich will auch erst ein bisschen runterkommen und ein heißes Bad nehmen. Acht ist prima!«

»Okay, bis dann! Bye, Nita!«

Jetzt war sie aus dem Rhythmus. Karina stoppte die Trainingssequenz und stieg vom Laufband. Für heute ließ sie es gut sein, schnappte ihr Handtuch und verließ den Trainingsraum Richtung Wellnessoase. Darauf freute sie sich schon den ganzen Tag.

Nachdem sie heiß geduscht hatte, legte sie sich entspannt auf eine der Holzpritschen in der Sauna. Als sie klein gewesen war und ihr Vater noch Kraftsport betrieben hatte, hatte er sie gelegentlich nach dem Training in die Sauna mitgenommen. Vielleicht war dies mit ein Grund dafür, dass sie mit Nacktheit völlig natürlich umzugehen verstand. Bei leicht bekleideten Liebesszenen, von denen sie nun schon einige vor der Kamera zu absolvieren gehabt hatte, oder Shots, bei denen sie für den Bruchteil einer Sekunde nackt zu sehen war, hatte sie keinerlei Hemmungen.

Trotzdem war sie froh, allein in der Sauna zu sein. Im Augenblick war ihr nicht nach höflicher, seichter Konversation. Eigentlich war es ihr schon zu viel, sich später mit Nita auseinandersetzen zu müssen. Sie ärgerte sich, dass sie ihr nicht einfach einen Korb gegeben hatte. Eigentlich, kam ihr in den Sinn, war es komisch, dass Nita schon wieder in Tampere war. Das konnte doch kein Zufall sein?

Morgen früh würden die letzten Takes für den Krimi-Mehrteiler, für den sie nun fast drei Monate in Tampere und an anderen Drehorten in Deutschland und Europa vor der Kamera gestanden hatte, abgedreht werden.

Die Filmgesellschaft hatte mit PinLine Air einen Vertrag für die gesamte Film-Crew ausgehandelt, was ihr und ihren Kollegen ermöglichte, in den Drehpausen nach Hause zu fliegen. Sie und Nita waren sich bei einigen Flügen begegnet, was ihr fast regelmäßig den Genuss eines Businessklasse-Menüs eingebracht hatte.

Karina lag mit geschlossenen Augen auf dem Rücken. Mit dem Handtuch wischte sie sich den perlenden Schweiß von der Stirn, der nun aus allen Poren zu schießen begann.

Sie rief sich die wenigen Seiten des Drehbuchs ins Gedächtnis und überschlug, dass ihr Part, wenn es gut lief, in ein oder zwei Einstellungen im Kasten sein würde. Die Dreharbeiten in Tampere waren aufregend, und sie hatte viele tolle Bekanntschaften gemacht. Der Regisseur, ein junger Finne, hatte großartige Arbeit geleistet, und doch war sie froh, hier endlich fertig zu werden.

Finnland war wunderschön, aber die Kälte der vergangenen Monate hatte ihr besonders bei den Außendrehs einiges abverlangt. Sie war froh, nun südlichere Gefilde zu bereisen.

Übermorgen würde sie schon in Trinidad und Tobago für zwei Traumschiff-Episoden vor der Kamera stehen. Ihre Freude darauf war unbändig. Noch nie war sie in der Karibik gewesen. Für die Dreharbeiten waren zwei Wochen angesetzt, und sie hoffte sehr, dass sie zwischen den Drehpausen genügend Zeit fände, die Inseln zu erkunden. Die Aussicht auf Palmen, weiße Sandstrände und türkisfarbenes Wasser hob merklich ihre Laune, und sie spürte eine wachsende Ungeduld.

Karina entschied, es für heute bei einem Saunagang zu belassen, schöpfte zwei Kellen des Pinienaufgusses über die Steine und gab sich ganz den ätherischen Dämpfen hin.

Kapitel 26

20. Mai, später Abend – Hagedorns Praxis, Konstanz

Seit Stunden schon klickte Hagedorn sich durch alte Patientenakten, die er auf externe Festplatten ausgelagert hatte und eigentlich gar nicht mehr besitzen dürfte. Es handelte sich um Fälle, die er in seiner Praxiszeit beim psychosozialen Dienst einer karitativen Einrichtung bearbeitet hatte.

Als er vor wenigen Stunden mit Adler im Café Konzil zusammen gewesen war, hatte er ein intensives Déjà-vu gehabt. Bei der Profilierung ihrer Täterin glaubte er, sich an eine Patientin zu erinnern, die die Einrichtung vor mehr als eineinhalb Jahren aufgesucht hatte. Obwohl mehrere Therapeuten im Team gewesen waren, hatte sie darauf bestanden, nur mit ihm zu sprechen. Damals hatte er sich darüber keine Gedanken gemacht.

Zum Teufel! Warum kann ich mich nicht an ihren Namen erinnern?

Er war sich gar nicht bewusst, derart viele Patienten behandelt zu haben. Die Liste war lang, und er musste jeden einzelnen Ordner anklicken und das Patientenblatt aufrufen, da die Ordner anstatt mit Namen nur mit Patientennummern versehen waren.

Endlich glaubte er, fündig geworden zu sein. Dummerweise war dem Patientenbogen kein Lichtbild der Person beigefügt. Eigentlich war es die Regel, dass ein Foto gespeichert wurde. Es erleichterte den Therapeuten die Arbeit, bei der Fülle der Patienten ein Gesicht dazu vor Augen zu haben.

Die Abgabe eines Bildes war freiwillig und den Patienten überlassen, weshalb er vermutete, dass sich diese Patientin damals geweigert hatte.

»Doof«, murmelte er, als er die persönlichen Einträge überflog.

Er konnte sich beim besten Willen nicht daran erinnern, wie sie ausgesehen hatte. Diffus schwebte ihm ein Konterfei vor dem geistigen Auge, aber ob es sich dabei um genau jene Patientin handelte, vermochte er nicht mit Sicherheit zu sagen.

In einem Unterordner waren auch die Mitschnitte der Sitzungen abgelegt. Er klickte eine der ersten Aufnahmen an und stülpte sich den Kopfhörer über die Ohren. Wenn er die Stimme und die Sprechweise hörte, so hoffte er, würde die Erinnerung an sie zurückkehren.

Er lehnte sich zurück, schloss die Augen und lauschte gebannt.

Kapitel 27

20. Mai, später Abend – LKA Stuttgart

Adler huschte geistesabwesend durch die Gänge ihrer verlassenen Abteilung beim LKA. Sie konnte einfach nicht fassen, was ihr Kollegin Agnelli vor wenigen Stunden mitgeteilt hatte.

Deshalb war sie gleich zu den Kollegen vom Fachbereich 230 des Kriminaltechnischen Instituts geeilt. Adler hatte den Biologen explizit darum gebeten, die Ergebnisse noch einmal zu vergleichen. Es musste sich um ein Missverständnis handeln. Es konnte sich nur um einen Fehler handeln.

»Fuck, fuck, fuck!«, fluchte sie vor sich hin, als sie den Gang zu ihrem Büro entlanglief und den Befund in ihren Händen wieder und wieder las.

Das Untersuchungsergebnis war unstrittig, keine Frage, dennoch fiel es ihr schwer, die Wahrheit zu akzeptieren. Es muss dafür irgendeine logische Erklärung geben. Aufgebracht warf sie die Tür ins Schloss und ließ sich in ihren Schreibtischsessel fallen, wobei ächzend die Luft aus dem Lederbezug entwich.

Adler hatte Claus Dröhmer, ihren Chef, über die DNA-Untersuchung bereits ins Bild gesetzt. Dieser schien sie um das, was nun vor ihr lag, nicht zu beneiden, und ließ ihr in allem, was sie tat, volle Entscheidungsfreiheit. Dafür war sie ihm sehr dankbar.

Sie stützte die Ellbogen auf der Tischplatte ab und vergrub ihr Gesicht in den Händen.

»Verdammte Scheiße! Was mache ich jetzt?«, murmelte sie vor sich hin. Dass sie reagieren musste, stand außer Frage, die Frage war nur, wann? Sollte sie bis morgen früh abwarten? Außer Dröhmer wussten bislang nur sie und Agnelli von dem positiven DNA-Treffer.

Verdammt, ich kann nicht warten. Das Risiko ist einfach zu groß. Sollte sie wieder morden, und wir … ich das hätte verhindern können, bin ich erledigt. EDK – Ende der Karriere!

Sie holte ihr Smartphone aus der Innentasche ihres Blazers, entsperrte den Bildschirm und betätigte die Wahlwiederholung. Nach dem vierten Klingeln hob er ab.

»Hagedorn! Wir müssen uns treffen! Es ist wichtig.«

»Wann? Jetzt? Kann das nicht bis morgen warten?«

»Ja, gleich! Und nein, es kann nicht warten. Ich bin in knapp zwei Stunden in Konstanz.«

Sie schnappte sich ihre Tasche, stopfte den Laborbericht hinein und begab sich zum Lift.

Gegen Mitternacht wäre sie in Konstanz.

Kapitel 28

20. Mai, kurz vor 22 Uhr – Hagedorns Praxis, Konstanz

Die Glocke erschreckte ihn zu Tode. Verwundert darüber, dass jemand um diese Uhrzeit an der Praxis läutete, riss er sich den Kopfhörer herunter. Er umrundete mit dem Rollstuhl den Schreibtisch und lugte zum Fenster hinaus, konnte aber niemanden sehen. Dann fuhr er zur Eingangstür, in deren Milchglaseinsatz sich die Umrisse einer männlichen Person abzeichneten. Hagedorn hatte eine vage Ahnung.

»Du wirst mich irgendwann auf dem Gewissen haben, mein Freund«, blaffte er den Wartenden an, als er die Praxistür aufriss.

»Wieso das denn?« Bannert schien nicht überrascht zu sein, dass er gewusst hatte, wer vor der Tür stand.

»Weil ich fast einen Infarkt bekommen hätte, Mann. Hättest du nicht vorher anrufen können?«

»Das habe ich, du alter Brummbär!«, verteidigte sich Bannert. »Aber du gehst ja nicht ans Telefon. Lässt du mich jetzt rein, oder muss ich mir hier noch länger die Füße in den Bauch stehen?«

Hagedorn stieß die Tür auf, und Bannert huschte hinein.

Im Vorbeirollen deutete Hagedorn auf den Kaffeevollautomaten. »Mach dir selbst einen Kaffee, und komm dann rüber in mein Büro.«

Das Mahlwerk der Kaffeemaschine ratterte durchdringend, während Hagedorn die Patientenakten schloss, den USB-Stecker aus dem Port zog und die Festplatte zuunterst in eine Schreibtischschublade stopfte. Fehlte noch, dass Bannert davon Wind bekam. Wüsste jemand von den Patientendaten, könnte er in Teufels Küche kommen.

Tatsächlich! Bannert hatte zweimal versucht, ihn auf dem

Handy zu erreichen. Er löschte die Anrufversuche und ließ das Handy in seine Brusttasche gleiten.

»Wieso bist du eigentlich hergekommen?«, rief Hagedorn.

»Du brauchst nicht so zu schreien. Mein Gehör funktioniert noch ganz gut«, sagte Bannert, der gerade durch die Bürotür schritt.

»Nimm Platz.« Hagedorn deutete auf den einzigen Stuhl vor dem Schreibtisch.

»Ja, wo denn, Falk?«

»Ach Mensch! Dann räum die Sachen halt beiseite.«

Bannert kramte einen Stapel Berichte zusammen und türmte sie auf einen anderen Haufen, der sich bereits bedrohlich zur Seite neigte. »Du hast ein Chaos hier, weißt du das?«

»Reg mich ja nicht auf!«, warnte Hagedorn mit erhobenem Zeigefinger. »Muss ich noch mal fragen, oder sagst du mir jetzt, warum du hergekommen bist?«

Bannert liebte es, Hagedorn zu provozieren. Deshalb nahm er genüsslich und mit stoischer Ruhe einen Schluck seines Kaffees, ehe er auf seine Frage einzugehen gedachte.

Hagedorn hatte die Fingerspitzen vor seinem Gesicht aneinandergelegt und sah Bannert durchdringend ein. »Dir macht das Spaß, nicht wahr?«

»Was denn?«, fragte Bannert mit Unschuldsmiene.

»Mich zu ärgern!«

»So etwas Infames käme mir nie in den Sinn.« Bannert lachte. »Bis auf Weiteres bin ich dem Morddezernat zugeordnet.«

»Was bedeutet bis auf Weiteres?«

»Bis zum Abschluss deines Falls.«

»Habt ihr schon etwas herausfinden können?«, erkundigte sich Hagedorn.

»Allerdings. Der Empfänger der Fernsteuerung, den Kieferle an deinem Rollstuhl abmontiert hat, wurde tatsächlich im Internet bestellt. Ist leider eine Sackgasse. Die Bestellung erfolgte mit gefakten Daten, die Bezahlung anonymisiert, und geliefert wurde an eine DHL-Packstation.«

»Und wie ist das Teil an meinen Rollstuhl gekommen?«, wollte Hagedorn wissen.

»Das ist die Frage. Kieferle meinte, dass es kein großer Akt sei, das Gerät anzubringen und mit der Steuerung zu verkabeln. Eine Sache von drei, höchstens vier Minuten.«

»Aber wann und wo?«, fragte Hagedorn nachdenklich.

»Sam?«

»Was ist mit ihm?« Hagedorn verstand nicht. »Scheiße! Na klar!« Ihm fiel es wie Schuppen von den Augen. »Der Morgen, an dem Sam vergiftet wurde. Während Sam im Garten spielte, war ich oben und habe geduscht. Sam hätte sich gebärdet wie ein Berserker, wenn jemand versucht hätte, ins Haus zu gelangen.«

»Das ist auch meine Vermutung«, bestätigte Bannert. »Da du so gut wie immer deinen Elektrorollstuhl benutzt, blieb demjenigen gar nichts anderes übrig, als Sam außer Gefecht zu setzen. Das verschaffte ihm den nötigen Spielraum, die Steuerung deines Rollis zu manipulieren.«

»So könnte es gewesen sein«, brummte Hagedorn nachdenklich.

»Kieferle war heute Nachmittag in deinem Haus und hat Spuren gesichert.«

»Könntest du mich das nächste Mal davon unterrichten?«, sagte Hagedorn empört. »Ich geh doch auch nicht einfach in deine Wohnung. Dafür hab ich dir nicht den Nachschlüssel zu meinem Haus gegeben.«

»Ging schneller.« Bannert grinste. »Außerdem hatte ich keine Lust, mit dir deswegen zu diskutieren. Entschuldigung!«

»Angenommen! Und ist was dabei rumgekommen?«

»Jupp! Kieferle hat an der Terrassentür und an einem Gestänge deines Gefährts Fingerspuren gesichert. Ein AFIS-Abgleich war allerdings negativ. Unser Spurenleger ist in der Datenbank des BKA offenbar noch nicht erfasst.«

»Nenn ihn nicht so!«

»Wieso?« Bannert war irritiert.

»Spurenleger«, höhnte Hagedorn. »Wenn ich den Drecksack in die Finger bekomme, drehe ich ihm den Hals um für das, was er Sam angetan hat.«

Bannert zog überrascht die Augenbrauen hoch. »Nanu! Du wirst den Hund am Ende doch nicht in dein Herz geschlossen haben?« Er zwinkerte, wohl wissend, dass genau das der Fall war.

Hagedorn ließ ein undefinierbares Knurren erklingen. »Warum zum Geier will mir jemand ans Leder?«

»Sag du es mir«, forderte Bannert und ließ den Blick durch Hagedorns Büro schweifen. »Wer weiß denn, woran du arbeitest?«

»Das habe ich doch heute Vormittag schon gesagt. Wir beide, die Adler und ihr Team. Sonst niemand.«

»Könnte es etwas mit dem Vorfall in der Bank zu tun haben?«, bohrte Bannert weiter.

»Ach Quatsch! Mike Engler hatte, außer seiner Mutter, keine lebenden Verwandten mehr. Und die Trauer seiner Mutter hält sich, gelinde gesagt, in Grenzen. Deine Kollegen von der K1 haben sie bei der Überbringung der Todesnachricht so betrunken angetroffen, dass sie Zweifel hatten, ob sie überhaupt erfassen konnte, was sie ihr mitgeteilt haben.«

»Was ist mit dem Filialleiter?«

»Lass es, Marius! So bedauerlich der Vorfall auch gewesen ist, keiner hätte ein derart starkes Motiv, dass er mich deswegen töten würde.«

»Gab es deswegen nicht eine Untersuchung?«

Hagedorn nickte. »Richtig! Ich war diese Woche sogar als Zeuge geladen. Wurde aber vertagt. Wie gesagt, Marius. Lass es! Das ist eine Sackgasse.«

»Also gut!« Bannert beließ es für den Moment dabei. »Ich werde aber zwei Leute darauf ansetzen, sobald ich morgen wieder im Büro bin.«

»Hm. Ich würde, wenn überhaupt, den Täter in meiner Vergangenheit suchen«, schlug Hagedorn vor. »Ich würde meine alten Fälle ausgraben und die Typen, die ich eingeknastet habe, mit der Haftdatei abgleichen. Vielleicht hat einer jüngst seine Haftstrafe abgesessen und glaubt sich jetzt bemüßigt zu fühlen, Rache an mir zu nehmen. Das ist eher meine Vermutung.«

»Damit fangen wir gleich morgen früh an. Denkst du an jemand Bestimmtes?«

»Hm, nein! Da gab es einige. Ich mach dir eine Liste, okay?«

»Danke dir!«

»Ich danke dir, Marius. Zu keinem habe ich mehr Vertrauen. Wenn jemand dieses Arschloch fangen kann, dann du.«

»Zu viel der Ehre, Falk«, wiegelte Bannert beschämt ab. »Lust auf ein Feierabendbier in der Hafenhalle?«

»Warum nicht? Ein Bier wäre jetzt schön.«

Hagedorn hatte den Schreibtisch schon beinahe umrundet, als das Smartphone an seiner Brust zu vibrieren begann. »Frau Adler? Was gibt es?«

»Wann? Jetzt? Kann das nicht bis morgen warten?«

»Meinetwegen! Sie finden mich in der Hafenhalle. Bis dann!«

Bannert sah Hagedorn ungläubig an. »Was war das denn für ein sonderbares Telefonat?«

»Die Adler kommt nach Konstanz. In zwei Stunden will sie hier sein.«

»Und was ist so dringend?«

»Keine Ahnung. Hat sie nicht gesagt.« Achselzuckend packte Hagedorn seine Jacke und legte sie sich über die Knie. »Lass uns gehen. Ich habe Durst.«

Kapitel 29

20. Mai, später Abend – Tampere, Finnland

Karina fühlte sich nach der ersten Flasche Rotwein mächtig beschwipst. Sie hatte mit dem reichhaltigen Risotto eine ordentliche Grundlage schaffen wollen, um eben dies zu vermeiden. Auf keinen Fall wollte sie morgen früh verkatert am Set erscheinen. Sie schob es dem ausgiebigen Lauftraining und dem Saunagang zu, die die Wirkung des Alkohols zu verstärken schienen. Nita schlug vor, eine weitere Flasche zu ordern, was Karina vehement ablehnte.

»Nein, lass mal. Ich bleibe bei Wasser. Ich habe morgen noch einmal Dreharbeiten, da kann ich mir das nicht leisten.«

Wie erwartet, hatte Nita sie den ganzen Abend bearbeitet – was mit ihr los sei, und warum sie einen schlechten Tag habe. So ging es in einer Tour.

Erst als Karina deutlicher geworden war und ihr erklärt hatte, dass Nita nicht ihre Mutter oder Beichtschwester sei, hatte sie eingeschnappt aufgegeben. Nita bemühte sich zwar, gelassen und höflich zu wirken, dennoch konnte sie kaum verbergen, wie gekränkt sie war.

»Es tut mir leid, Nita. Ich wollte dich vorhin nicht so anfahren.«

»Schon vergessen, Süße.«

Noch so etwas, was Karina maßlos störte. Sie wollte weder Nitas noch sonst jemands Süße sein. Schon wieder brodelte diese ätzende, alles zersetzende Wut in ihr.

Sie schloss für einen kurzen Augenblick die Augen und atmete tief in den Bauch. Tanju, ihr Mixed-Martial-Arts-Trainer, schwor auf diese Technik, nur bei ihr wollte sie nicht recht funktionieren. Vielleicht brauchte sie einfach mehr Übung.

»Süße, was ist denn los mit dir? Du wirkst heute total verändert. Ich weiß nicht, wie ich es ausdrücken soll.«

»Nita, ich bitte dich, lass es einfach sein. Ich will nicht darüber reden, okay? Und du tätest mir einen großen Gefallen, mich nicht immer Süße zu nennen.«

In Nitas Gesicht machte sich ein Ausdruck breit, den Karina nicht beschreiben konnte.

Soll sie doch beleidigt sein, dachte Karina.

»Ich kann es einfach nicht leiden, wenn man mich ständig bedrängt, verstehst du?«

»Aber ich bedränge dich doch gar nicht«, entgegnete Nita scharf.

»Doch, das tust du. Ich finde es toll, dass du immer ein offenes Ohr hast, aber überlass bitte mir die Entscheidung, wann ich über etwas reden will und wann nicht. Und hör auf, mich ständig zu bemuttern, ja?«

»Drehst du jetzt völlig durch?«, fragte Nita entsetzt. »Wann habe ich dich denn je bemuttert?«

»Und weil wir gerade dabei sind … Reist du mir eigentlich nach?«

»Okay, Karina. Das reicht!«

Nita schob den Stuhl zurück, warf ihr einen vernichtenden Blick zu und verließ das Lokal.

Toll, Karina. Super gemacht!

Wie das Zusammenleben mit Nita in Zukunft noch funktionieren sollte? Sie wusste es nicht. Vielleicht würde sich ihrer beider Wut in den nächsten Tagen legen, und sie konnten offen darüber reden.

Sie nippte die letzten Tropfen Rotwein aus ihrem Glas. Vielleicht sollte sie sich einfach mal wieder sinnlos betrinken, ging es ihr durch den Kopf. Aber nicht, solange sie beim Dreh war.

Karina suchte den Blick des Kellners und verlangte nach der Rechnung.

Paps hat recht! Ich habe ein Problem und brauche professionelle Hilfe. Aber ob es dafür nicht schon zu spät ist?

»Das macht siebenundfünfzig Euro.«
Sie bezahlte mit Kreditkarte und ging auf ihr Zimmer.

Teil 3

»Über alles hat der Mensch Gewalt, nur nicht über sein Herz.«

Friedrich Hebbel

Kapitel 30

21. Mai, kurz nach Mitternacht – Hafenhalle, Konstanz

Verloren stand Adler im Windfang der Hafenhalle und hielt Ausschau. Als sie in seine Richtung blickte, riss er einen Arm in die Höhe, um auf sich aufmerksam zu machen.

Adler nickte und bahnte sich einen Weg durch das gut gefüllte Lokal. Sie wirkte gehetzt, als sie aus dem Blazer schlüpfte, den sie schon seit ihrem letzten Treffen in Stuttgart zu tragen schien.

Bannert hatte sich schon vor Adlers Eintreffen verabschiedet.

Hagedorn starrte sie erwartungsvoll an, als sie seinen Tisch erreicht hatte und sich auf einem freien Stuhl niederließ.

»Darf ich mir erst etwas zu trinken bestellen?«

»Was möchten Sie denn?«

»Einen schwarzen Kaffee und ein stilles Wasser, bitte.«

Hagedorn winkte nach der Bedienung und bestellte für sich ein weiteres Bier und für Adler das Gewünschte.

»Also?«, fragte er ungeduldig.

Verstohlen sah sich Adler um. Plötzlich wirkte sie unsicher, ob das der geeignete Ort sei, Hagedorn mit den jüngsten Entwicklungen zu konfrontieren.

»Abgesehen von der Tatsache, dass ich letzte Nacht wenig geschlafen habe, mein Tag zudem lang und anstrengend war, ach ja, und jemand versucht hat, mich im Hafenbecken zu ersäufen, stellen Sie meine Geduld auf eine harte Probe, liebe Frau Adler. Es muss extrem wichtig sein, sonst wären Sie um diese Uhrzeit nicht den langen Weg nach Konstanz gefahren. Also kommen Sie zum Punkt.«

Hagedorn spürte, dass ihr die Gesprächseröffnung schwerfiel. Wortlos zog sie ein Blatt Papier aus ihrer Tasche und legte es vor ihm auf den Tisch, sodass er es lesen konnte.

Stirnrunzelnd überflog er die wenigen Zeilen auf dem Laborbefund. Auf die abgebildeten Tabellen konnte er sich keinen Reim machen. »Was ist das?«

»Das, Hagedorn, ist der Laborbefund der ausgewerteten DNA von den Tatorten Stuttgart und Hamburg. Eine Mitarbeiterin von mir hat das DNA-Profil standardmäßig mit der DNA-Mitarbeiterdatenbank verglichen.«

»Ja und?«

»Die DNA weist Übereinstimmungen mit Ihrem DNA-Profil auf.«

»Ausgeschlossen.« Er grunzte. »Ich habe für die Tatzeiten ein Alibi. Meine DNA kann es nicht sein.«

»Ihre nicht! Aber die Ihrer Tochter Karina.«

Hagedorns Blick flackerte unstet zwischen Adler und dem Bogen Papier in seiner Hand hin und her. Sein Mund war trocken, und die Zunge klebte wie Dörrfleisch am Gaumen. Er war unfähig zu sprechen. Als er es doch tat, gab es ein schmatzendes Geräusch. »Ausgeschlossen!«, stammelte er. »Sind Sie sich sicher, Adler?«

»Ja. Ziemlich sicher«, gab sie zaghaft zurück. »Es sei denn, Sie hätten noch weitere Kinder oder andere Anverwandte. Aber die hohe Übereinstimmung ist nur durch eine Abstammung in direkter Linie von Ihnen zu erklären. Haben Sie denn noch ein Kind?«

Hagedorn schüttelte stoisch den Kopf. »Nein. Das wissen Sie doch, oder?«

»Na ja«, druckste sie. »Es könnte ja sein, dass Sie eine Tochter mit einer anderen Frau haben, die es Ihnen verschwiegen hat.«

»So ein Unsinn! Natürlich nicht!«, sagte er entschieden. »Wie geht es nun weiter?«, fragte er, obwohl er die Antwort zu kennen glaubte.

»Hm. Ich muss Sie natürlich von allen Ermittlungen ausschließen. Ich kann und darf Ihnen keine Informationen mehr geben.«

Hagedorn knetete seine Hände und ließ seine Fingerknöchel knacken. »Herrgott noch mal! Außer einer zufällig vorhandenen DNA am Tatort haben Sie nichts gegen Karina in der Hand. Ich bin ihr Vater, natürlich will ich Informationen.«

»Eben deshalb! Sie sind ihr Vater. Sie sind befangen. Ausgeschlossen, dass Sie objektiv und neutral an die Sache rangehen können.«

Hagedorn kannte die Vorschriften nur zu gut. Und Nadine Adler war ihre Karriere wichtig, deshalb war es undenkbar, dass sie in irgendeiner Weise gegen die Vorschriften verstoßen würde.

Er versuchte es noch einmal: »Es ist doch gar nicht erwiesen, dass sie selbst an den Tatorten gewesen ist.«

»Es tut mir leid, Hagedorn. Sie sind raus!«

»Sie verdammtes …«

»Vorsicht, Hagedorn!«, fauchte sie ihn böse an. »Überlegen Sie gut, was Sie jetzt sagen!« Adler zupfte ihm den Laborbericht aus der Hand und stopfte ihn wütend zurück in ihre Tasche. »Ich mag jung sein, aber das gibt Ihnen nicht das Recht, in diesem Ton mit mir zu reden.«

»Adler, Karina ist meine Tochter, und wenn sie darin verwickelt sein sollte, auch wenn es nur eine Trugspur ist, muss ich das wissen. Wenn Sie Mutter wären, würden Sie das verstehen.«

Adler schüttelte entschieden den Kopf. »Sie kennen die Vorschriften ganz genau, Hagedorn.«

»Ach, fahren Sie doch zur Hölle!«

Hagedorn leerte den Rest seines Bieres in einem Zug, kramte einen Zwanzigeuroschein aus der Jackentasche, den er auf den Tisch knallte, und rollte wortlos aus der Hafenhalle.

Kapitel 31

21. Mai – Hotel Adlon, Konstanz

Nadine Adler saß seit einer geschlagenen Stunde, eingewickelt in einen Hotelbademantel, reglos auf der Kante des Kingsize-Bettes. Sie fuhr sich mit den Fingern durch die noch nassen Haare. In quälende Selbstvorwürfe versunken, fiel es ihr schwer, die nächsten notwendigen Schritte zu planen.

Hör auf damit, Nadine! Du hast genau das Richtige getan, tadelte sie sich. Der knorrige Alte kennt die Vorschriften genauso wie du und weiß, dass du gar nicht anders handeln konntest.

Wie sehr sie sich auch bemühte, ihr Handeln rational zu erklären, es spendete ihr keinen Trost. Es hatte keinen Sinn, ihre eigene Entscheidung immer und immer wieder infrage zu stellen. Verdammt, es war Teil ihres Jobs, unpopuläre Entscheidungen zu fällen. Basta!

Da sie sich nicht sicher gewesen war, den Rückweg nach Stuttgart heute noch zu schaffen, hatte sie bereits auf dem Weg nach Konstanz ein Zimmer im Hotel Adlon reservieren lassen. Obwohl sie nach einem Siebzehnstundentag todmüde war, kramte sie ihr Tablet aus Tasche, loggte sich ins WLAN des Hotels ein und begann eine kurze Mail mit Anweisungen zu verfassen.

Hagedorns Einwand kam ihr in den Sinn. Und er war berechtigt. Karina Hagedorns DNA konnte auf anderem Wege an den Tatort gelangt sein. Eine unbeabsichtigte Spurenübertragung, als sie zufällig an den jeweiligen Flughäfen weilte, oder eine absichtlich gelegte Trugspur.

Aber wer sollte das tun, und warum sollte jemand sie unter Mordverdacht stellen wollen? Sowohl Gerichtsmedizin als auch das kriminaltechnische Institut hatten nahezu ausgeschlossen, dass die DNA zufällig an die Opfer gelangt sein könnte. Nahezu bedeutete aber nicht, dass es unmöglich war, absichtlich eine Finte zu legen.

Was hatte Hagedorn gestern Morgen mit seiner Äußerung gemeint, als er Bannert verboten hatte, Karina über den Mordanschlag auf ihn zu informieren? Was meinte er, als er sagte, Karina habe genug mit sich selbst zu tun? Sie konnte sich darauf keinen Reim machen.

Adler öffnete den Google-Browser und tippte Karina Hagedorn ins Suchfeld ein.

»Wow!«, flüsterte sie.

Hagedorns Tochter war atemberaubend schön. Fasziniert klickte Adler durch die Bildergalerie, die Google ausgespuckt hatte. Ihr wäre sie gern vor einem Jahr begegnet.

Jess und sie waren seit knapp einem Jahr liiert. Jessica war toll, keine Frage, aber irgendwie lief es nicht so richtig. Adler hatte sie im Rahmen einer Ermittlung in der US-Militär-Base Patch Barracks kennengelernt. Mehr, als dass Jess zu den Special Operations Forces gehörte, wusste sie über ihre Arbeit nicht. Jess war viel unterwegs. Ukraine, Kongo, Mittlerer Osten und weiß der Teufel wo sonst noch. Sie dürfe über ihre Missionen nicht sprechen, beharrte sie fortwährend.

Wenn sie es nüchtern betrachtete, hatte sich die Beziehung mit Jess totgelaufen. Die körperlichen Begegnungen mit Jess waren zwar überragend schön. Sie war einfühlsam, hingebungsvoll und zugleich leidenschaftlich. Doch sosehr Adler diese Zweisamkeit genoss, die Beziehung mit ihr war einfach nicht alltagstauglich. Aber sie konnte sich im Augenblick nicht damit auseinandersetzen.

Gerade als sie zum Mailprogramm zurückkehren wollte, fiel ihr ein offenbar schon etwas älteres Pressefoto von Karina ins Auge. Sie sah extrem blass aus, wirkte um einiges dünner und hatte raspelkurz geschorenes Haar. Im Hintergrund war der Eingang der Konstanzer Klinik zu sehen. Da sie ihn vor nicht einmal vierzehn Stunden durchschritten hatte, erkannte sie ihn sofort.

Zuerst vermutete Adler, Karina könnte, als das Bild entstanden war, aus einer Chemotherapie entlassen worden sein. Sie klickte auf den Link, der sie zu einer Konstanzer Zeitung weiterleiten sollte. Leider war der Bericht nicht mehr verfügbar. Sie kopierte das Bild mit dem dazugehörigen Link, fügte ihn in die Mail ein und schrieb:

- Dringend! Bitte den Link abklären und Zeitungsartikel anfordern
- @Lindemann: Bitte umfassende Personenabklärung und Vita Karina Hagedorns. Ich möchte ein Dossier über sie!
- Sofern die Flugdaten / Passagier- und Crewlisten gekommen sind – zeitnahe Abklärung, ob Karina Hagedorn mit den Tatorten in Verbindung gebracht werden kann
- Aufenthaltsermittlung von Karina H.
- Fahndungsnotierung – europaweite Ausschreibung!
- Stellung eines Haftantrags bei der Staatsanwaltschaft!
- Beantragung / Anforderung ihrer Handydaten bei den Providern!
- Abgleich ihrer Handydaten mit den Funkzellendaten der Tatorte

BESPRECHUNG UM 10:30 Uhr!!!!

Adler überflog die wenigen Zeilen und hoffte, nichts Wichtiges vergessen zu haben, dann tippte sie auf Senden.

Beide Hände in die Taschen des Bademantels versenkt, stand sie da und ließ den Blick durch das Zimmer gleiten. Auf der Fahrt hatte sie sich nicht die Mühe machen wollen, nach einer günstigeren Alternative zu suchen. So hatte sie das erste Hotel angerufen, das ihr von Google angezeigt worden war.

Claus Dröhmer würde ihr wohl kaum die Spesen für ein Fünfsternehotel genehmigen. Aber es war ihr gleichgültig, ob das LKA die Kosten dafür übernehmen würde. Sie war es leid, in billigen Absteigen zu nächtigen. Das Zimmer war den Preis von hundertfünfundvierzig Euro die Nacht auf jeden Fall wert.

Es war geräumig, modern, aber dennoch behaglich eingerichtet. Adler konnte sich gut vorstellen, hier einige Tage Urlaub zu machen. Der Gedanke gefiel ihr. Erst letzten Monat hatte sie sich einen Teil ihrer Überstunden auszahlen lassen, die sie in den ersten fünf Monaten angesammelt hatte. Es war nicht viel, was ihr nach Abzug der Steuern verblieben war. Immerhin knapp zwölfhundert Euro. Sechs Nächte in diesem schönen Hotel und etwas Taschengeld, so überschlug sie, würde sie sich davon leisten können. Ein guter Plan.

Sie knüpfte den Knoten des Bademantels auf, streifte ihn von den Schultern und schlüpfte unter die Decke. Bereits nach wenigen Sekunden sank sie in einen unruhigen Schlaf.

Kapitel 32

21. Mai, in den frühen Morgenstunden – Musikerviertel, Konstanz

An Schlaf war nicht zu denken. Hätten seine Beine ihm noch gehorcht, hätte er seine Bettdecke zornig aus dem Bett gestrampelt, ohne zu wissen, wem seine Wut eigentlich galt. Adler war zumindest ein heißer Favorit.

Hagedorn hätte sich ohrfeigen können. Wieder und wieder, während er die letzte Stunde mit offenen Augen an die holzvertäfelte Decke gestarrt hatte, war er im Geist sein Profil der Furie durchgegangen. Groß, schön, in Karinas Alter, traumatisiert – damit hatte er Adler eine Steilvorlage geliefert. Es war nur eine Frage der Zeit, bis sie den Fall des Trophäensammlers ausgegraben haben würde.

Es ängstigte ihn. Falsch! Es machte ihm panische Angst und jagte ihm einen Schauer über den Rücken. Hätte er Karinas Aussetzer in dem Restaurant nicht miterleben müssen, hätte er es für völlig undenkbar und abwegig gehalten. Aber was ihm der Restaurantleiter und der junge Polizist beschrieben hatten, war Zeugnis einer angestauten, sich unkontrollierbar entladenden Wut.

Impulsiv war Karina immer schon gewesen. Meine Güte! Wie viele Kämpfe er während ihrer Jugend hatte austragen müssen. Wie oft hatte sie die Beherrschung verloren, war schreiend die Treppe nach oben gepoltert und hatte die Tür ins Schloss geworfen, als wollte sie sie samt Zarge durch das Mauerwerk katapultieren.

Kurz nach ihrem sechzehnten Geburtstag hatten sich ihre Tobsuchtsanfälle zu legen begonnen.

Nun dachte er mit grimmigem Unbehagen daran zurück, wie er sie das ein oder andere Mal liebevoll als meine kleine Furie bezeichnet hatte.

Oh Gott, lass das alles nicht wahr sein!

Leicht zur Seite geneigt zog er den Rollstuhl näher heran, hob die Beine über die Bettkante, wuchtete sich auf den Sitz und rollte ins Bad.

Heißer Wasserdampf füllte den Raum und ließ alles beschlagen. Den Kopf auf die Brust gesenkt, ließ Hagedorn das heiße Wasser über sich wallen. Er hatte keine Ahnung, wie lange er auf dem Klappsessel seiner barrierefreien Dusche saß. Er war jeglichen Zeitgefühls beraubt. Erst als der Boiler im Keller leerzulaufen schien und das Wasser sich rapide abzukühlen begann, drehte er den Mischhebel zu und begann sich abzutrocknen.

Es war drei Uhr in der Früh, als er mit nassen Haaren sein Haus verließ, mit kraftvollen Stößen die Greifreifen antrieb und Richtung Stadtmitte rollte.

Es konnte nicht sein! Karina hatte ein Problem, aber sie war keine rasende Killerin. Ausgeschlossen!

Hagedorn war erfüllt von einer grimmigen Entschlossenheit, genau das zu beweisen, und wenn es das Letzte war, was er auf dieser Welt tat.

Kapitel 33

21. Mai – Stuttgart, Bernhausen

Adlers Handywecker hatte sie gegen sieben unsanft aus dem Schlaf gerissen. Nachdem sie sich frisch gemacht und ein dezentes Make-up aufgelegt hatte, war sie in den Speisesaal gegangen und hatte sich herzhaft am Buffet bedient. Zu Hause frühstückte sie nie, umso mehr genoss sie die reichhaltigen Buffets in den Hotels, in denen sie häufiger zu übernachten gezwungen war.

Auf dem Weg nach Stuttgart waren mehrere Nachrichten auf ihrem Handy eingegangen. Lindemann hatte ihr eine Sprachnachricht geschickt, in der er sie wissen ließ, dass die Listen der Fluglinien noch immer nicht eingegangen waren.

»Verdammter Scheißdreck!« Wütend boxte sie aufs Lenkrad, worüber sich der Wagen mit einem missbilligenden Hupton umgehend beschwerte.

Ein weiteres Mal ließ sie sich Lindemanns Nachricht vorspielen. Sie öffnete das Menü des Navigationsgeräts, tippte die Adresse ein, die Lindemann ihr durchgegeben hatte, und ließ das System die Route berechnen. Zweiunddreißig Minuten würde sie nach Bernhausen zu Karinas Wohnung benötigen.

Es konnte nicht schaden, die Wohnung zu überprüfen. Zur Besprechung wäre sie pünktlich im Amt.

Das Navigationsgerät hatte sie präzise, auf dem kürzesten Weg, zu Karina Hagedorns Adresse gelotst.

Sie stellte den Wagen auf einem der Kurzzeitparkplätze vor einer Apotheke ab und legte das laminierte Hinweisschild, dass es sich um ein Dienstfahrzeug im Einsatz handelte, hinter die Windschutzscheibe.

Adler ließ ihren Blick die Fassade des Gebäudes hinaufgleiten. Das Haus war ein Altbau. Es war wie die umliegenden Gebäude aufwendig saniert worden, das Fachwerk wunderbar herausgearbeitet, Fenster und Türen energetisch auf dem neuesten Stand, ohne jedoch den Charakter des Gebäudes zu verschandeln.

Im Erdgeschoss befand sich neben einem kleinen Optikergeschäft eine Apotheke, in den drei Etagen darüber vermutlich private Wohnungen. Adler suchte den Eingang, bis sie zwischen den Häusern einen schmalen Durchgang erkannte, der an der linken Giebelseite in einen Hinterhof zu führen schien.

Der eineinhalb Meter breite und etwa fünfundzwanzig Meter lange Gang lag düster vor Adler, als sie ihn zögernd betrat. Dann aber durchquerte sie ihn zügig. Sie wusste nicht genau, was sie erwartet hatte, aber als sie aus dem Gang heraus ins Licht trat, verschlug es ihr den Atem. Ein vielleicht hundert mal hundert Meter messendes Geviert, umgeben von mehreren Häuserblöcken, tat sich auf.

Fein säuberlich angelegte und gepflegte Wege verbanden die Gebäude, sogar ein Kinderspielplatz mit allerlei Spielgeräten, Wippen und Schaukeln war vorhanden.

In mehreren Fahrradständern erkannte sie einige vor Diebstahl gesicherte hochpreisige Fahrräder.

In ihrer Wohngegend wäre es undenkbar gewesen, ihr Fahrrad, mit Schloss gesichert oder nicht, im Freien stehen zu lassen. So stand es tagein, tagaus im Flur ihrer kleinen Wohnung, und sie war gezwungen, es jedes Mal, wenn sie es nutzen wollte, die zwei Etagen nach unten zu tragen.

Adler näherte sich dem Gebäude mit der Hausnummer vier. Die Klingelleiste war akkurat beschriftet.

»N. Sander / K. Hagedorn«, las sie auf einer der sechs Klingeltasten, ohne dass diese Aufschluss über die Etagen gegeben hätte, in der die Bewohner lebten.

Nadine Adler ging nicht davon aus, dass Karina Hagedorn ahnte, dass sie vom LKA gesucht wurde, aber wenn sie die Killerin war, die sie und ihr Team so dringend zu fassen versuchten, könnte sie übervorsichtig und unberechenbar sein. Wie hatte sich Hagedorn ausgedrückt? Die Frau ist eine tickende Zeitbombe.

Adler wollte kein Risiko eingehen und drückte beherzt auf die Taste, die mit dem typisch schwäbischen Namen Häberle beschriftet war. Wenige Augenblicke, nachdem irgendwo in den unteren Etagen eine Glocke geläutet hatte, summte der Türöffner. Das Gesicht einer alten Dame erschien in einer der Türen, und sie blinzelte neugierig nach draußen.

»Hallo?«, rief die Frau mit brüchiger Stimme in den Hausflur.

Adler erklomm die wenigen Stufen zum Parterre. »Guten Tag, Frau Häberle«, sprach Adler die Dame an.

»Ja, bitte. Was wollen Sie?«

Adler trat vor sie und wies sich mit ihrem Dienstausweis aus, wenngleich sie sicher war, dass die alte Frau kaum zu lesen imstande sein würde, was darauf stand. Selbst ihr bereitete es Mühe, das Kleingedruckte darauf zu entziffern.

»Guten Tag! Mein Name ist Nadine Adler, Landeskriminalamt. Ich hätte eine Frage.«

Die alte Frau Häberle schenkte ihr einen argwöhnischen Blick, den Adler schon zu oft gesehen hatte.

»Im Haus wohnt eine junge Frau, Karina Hagedorn. Kennen Sie sie?«

Frau Häberle schien zu überlegen und schüttelte dann verneinend den Kopf. »Sie müssen wissen, wir hatten hier in den letzten paar Jahren sehr viele Mieterwechsel. Hauptsächlich junge Leute. Die kommen und gehen. Ich wohne schon seit fünfzig Jahren in diesem Haus. Anfangs habe ich mir noch die Mühe gemacht und versucht, ihre Namen zu behalten. Aber mein Gedächtnis tut's einfach nicht mehr.« Sie lächelte verlegen.

Adler versuchte es erneut: »Sie ist groß, schlank, auffallend hübsch, schwarze Haare, grüne Augen, haben Sie sie schon mal gesehen?«

»Hm, ja doch. Eine sehr liebenswerte Person. Sie grüßt immer sehr höflich und hat mir einmal mit einer schweren Einkaufstasche geholfen. So etwas vergesse ich den Leuten nicht, wissen Sie? Aber näher kennen tu ich sie nicht. Sie wohnt ganz oben in der Dachgeschosswohnung, genau über mir.« Die alte Frau deutete mit dem Zeigefinger zur Decke. »Wenn ich mich recht erinnere, wohnt sie mit einer ebenso jungen Frau zusammen.«

Adler wurde hellhörig. »Haben Sie sie schon einmal gesehen?«

»Ja, sicher. Man grüßt sich, wenn man sich im Flur begegnet. Mehr aber auch nicht. Das ist alles nicht mehr so wie früher, wo man jeden im Haus noch kannte. Wie war doch gleich Ihr Name?«

»Adler, Nadine Adler.«

Frau Häberle nickte und wiederholte flüsternd Adlers Namen.

»Wie finde ich denn den Vermieter?«, wollte Adler wissen.

»Nun ja. Ich bin die Hauseigentümerin. Aber ich schaffe das in meinem Alter nicht mehr. Bis vor fünf Jahren habe ich alles noch alleine gemacht, jetzt kümmert sich eine Hausverwaltung hier um alles. Warten Sie!« Die alte Frau lehnte die Wohnungstür an, verschwand und ließ Adler vor der Tür stehen.

Adler drehte sich schmunzelnd Richtung Treppenhaus. Ihre Oma war genauso gewesen. Fremden gegenüber immer ein wenig reserviert und dennoch redselig und mitteilsam ohne Ende. Gott, wie sehr sie ihre Großmutter vermisste! Sie lehnte sich leicht über das schwere hölzerne Geländer und spähte das Treppenhaus hinauf.

»Hier habe ich die Karte.«

Adler fuhr erschrocken herum.

Frau Häberle reichte ihr die abgegriffene Visitenkarte einer Hausverwaltung.

»Milan Rokcevic – Hausverwaltungen und Hausmeisterservice« war verblasst gerade noch darauf zu erkennen.

»Darf ich die Karte behalten?«, erkundigte sich Adler.

»Ja, ja, behalten Sie sie nur. Ich habe deren Nummer im Telefon gespeichert. Meine Töchter haben das gemacht«, gab sie lächelnd zurück.

»Ich danke Ihnen, Frau Häberle. Wissen Sie zufällig, ob eine der beiden Frauen gerade zu Hause ist?«

»Nein, das weiß ich nicht«, antwortete sie gedehnt. »Ich bin nicht so wie andere alte Leute, die den ganzen Tag am Fenster stehen und spionieren.«

Wer's glaubt, wird selig, dachte Adler schmunzelnd. Ihre Oma hatte immer gewusst, was in dem Mietshaus, in dem sie bis zu ihrem Tod gelebt hatte, vor sich gegangen war. Wenngleich sie die Bewohner nicht persönlich gekannt haben mochte, hatte sie immer mitbekommen, wer gerade da war oder das Haus verlassen hatte.

»Das würde ich Ihnen auch nie unterstellen«, entgegnete Adler augenzwinkernd. »Wenn es Ihnen nichts ausmacht, würde ich gerade mal nach oben gehen und klingeln.«

»Was möchten Sie denn von den jungen Frauen?«

Genau auf diese Frage hatte Adler gewartet und inständig gehofft, dass sie nicht gestellt würde. Aber warum sollte Frau Häberle weniger von der Neugier getrieben sein als ihre Oma?

»Das darf ich Ihnen leider nicht sagen, Frau Häberle. Aber es ist nichts Schlimmes, keine Sorge.«

»Na dann! Versuchen Sie Ihr Glück, Frau Adler.« Eingeschnappt ließ die alte Dame die Tür vor Adlers Nase ins Schloss fallen.

»Haargenau wie meine Oma«, murmelte sie und begann die Stufen zum Dachgeschoss hinaufzusteigen. Wenig später hatte sie das Geschosspodest erreicht.

Schon immer hatte sie sich für Dachwohnungen begeistert, sichtbares, besonders altes Gebälk, das die Räume teilte, verliehen ihnen einen unvergleichlichen Charme. Auch hier ließ ein quer durchlaufender mächtiger Balken erahnen, dass bei der Sanierung der beiden Dachwohnungen das sichtbare Gebälk erhalten worden war.

Sie erinnerte sich an die Worte der alten Frau Häberle und orientierte sich nach rechts. Sie hatte direkt über sich gedeutet.

An der massiven hölzernen Wohnungstür hing unterhalb des Türspions, mit einem Reißnagel befestigt, ein österliches Überbleibsel. Ein kleiner, geflochtener Reisigkranz, verziert mit kleinen, bunten Ostereiern und einer blauen Schleife.

Sie konnte sich nicht vorstellen, dass Karina Hagedorn, eine psychopathische Serienmörderin, einen Sinn für österliche Dekoration hatte, weshalb sie die dekorative Ader eher ihrer Mitbewohnerin zuschrieb. Wie war doch gleich der Name auf dem Klingelschild gewesen? Sandro? Sie konnte sich nicht mehr erinnern.

Ihr Finger hatte den Klingelknopf fast erreicht, als sie plötzlich innehielt. Irgendetwas stimmte mit der Tür nicht. Sie schwenkte ihren Arm leicht nach links und tippte mit der Spitze ihres Zeigefingers dagegen. Sie war offen. Etwas kräftiger stieß sie dagegen, und die Tür schwang geräuschlos nach innen auf.

»Was ist denn hier los?«, flüsterte Adler. »Hallo, Frau Hagedorn? Frau Sandro? Jemand zu Hause?«

Adler knöpfte ihren Blazer auf, um schneller ihre Waffe, die unter ihrer linken Achselhöhle im Schulterholster baumelte, ergreifen zu können. »Hallo?«

Die rechte Hand an der Waffe betrat sie leise den Flur, ging tiefer hinein. Der Gang war nicht sehr weitläufig. Die Decke war hoch, und schwere, gebürstete Balken durchzogen den Raum, die sich in den anderen Räumen fortsetzen würden.

Zu ihrer Rechten trennte eine Schiebetür aus Milchglas das Badezimmer vom Flur. Sie öffnete sie einen Spaltbreit und spähte hinein, ehe sie weiterging.

Sie näherte sich einem großen Raum, der offenbar das Zentrum der Wohnung darstellte. Das Wohnzimmer. Der Raum war groß und bis in den Dachspitz offen.

Ein Firstbalken, so dick, dass sie ihn mit beiden Armen nicht hätte zu umgreifen vermocht, zog sich durch den gesamten Raum. Der Giebel war komplett verglast und bot einen atemberaubenden Blick über die Dächer der umliegenden Häuser und Straßen. Fasziniert drehte sich Adler um die eigene Achse und kam aus dem Staunen nicht heraus.

Fuck, die Wohnung muss ein Vermögen kosten, dachte sie.

Der Giebelwand gegenüberliegend befand sich eine kleine moderne Küche, die optisch durch eine Theke abgetrennt war. Rechts und links des Durchgangs, durch den sie den Raum betreten hatte, führten zwei Türen in weitere Zimmer. Die Schlafzimmer, mutmaßte Adler.

Offenbar war die Wohnung schon einige Tage verwaist. Nichts deutete darauf hin, dass sie erst kürzlich verlassen worden war. Die Küche war ordentlich aufgeräumt. Kein benutztes Geschirr oder Töpfe. Lediglich zwei große Teetassen standen umgedreht in einem Abtropfgitter neben der Spüle.

Adlers Haltung entspannte sich etwas, als sie langsam in die Küche schritt. Mehrere Bilder waren mit Magneten an den oberen Teil des Kühlschranks gepinnt. Auf zwei Bildern war Karina Hagedorn abgebildet, wie sie mit mehreren Menschen, vermutlich bei Filmaufnahmen, herumalberte.

Ein weiteres zeigte zwei junge Frauen auf Pferden. Eine davon war unverkennbar Karina. Adler beugte sich näher heran, um die andere Frau deutlicher erkennen zu können.

Eine Bewegung in der Peripherie ihres Sichtfeldes ließ sie zusammenfahren. Sie wirbelte herum und zog ihre Waffe. Klick!

»Heilige Scheiße! Sie sind wohl nicht ganz bei Trost!«, brüllte Hagedorn. Blitzschnell rollte er auf Adler zu und wand ihr die Pistole aus der Hand. »Gottverdammt! Sie hätten mich beinahe erschossen!« Er ließ das Magazin aus dem Griffstück gleiten und beäugte es mit aufgerissenen Augen.

Adler stand wie gelähmt vor ihm und schaute durch ihn hindurch. Ihre Hände zitterten unkontrolliert.

»Was bin ich froh, dass Sie so eine lausige Beamtin sind. Wäre die Pistole durchgeladen gewesen, hätten Sie mir ein sauberes Loch in den Pelz stanzen können.«

Adler erwachte aus ihrer Starre und brüllte aus Leibeskräften. »Fuck! Verdammt! Hagedorn, was tust du hier? Du hast mich zu Tode erschreckt!«

Hagedorn grinste schief, als er ihr die Pistole und das Magazin reichte. »Das habe ich gemerkt. Schießt du immer auf alles, was dich erschreckt? Bist du immer so schreckhaft?«

»Du Arsch … Sie Arschloch!«, spie sie ihm entgegen.

»Ach, bleib nur beim du Arschloch.«

Der Schock darüber, dass sie aus lauter Furcht den Finger gekrümmt und den Abzug gedrückt hatte, steckte ihr tief in den Knochen. Aber trotz aller Bemühungen, ernst zu bleiben, huschte ein Lächeln über ihre Lippen.

Adler umrundete ihn, legte Pistole und Magazin auf die Bar, rückte sich einen Barhocker zurecht und nahm darauf Platz. »Meine Güte, Hagedorn! Ich hätte Sie, dich, beinahe erschossen.« Das anfängliche Zittern ihrer Hände hatte mittlerweile ihren gesamten Körper erfasst.

»Na ja, komm schon! Du hättest ohnehin danebengeschossen!«, flachste er.

Woher nimmt er nur diese Coolness, verdammt!

Leider lag Hagedorn gar nicht so verkehrt mit seiner Einschätzung. Sie war in der Tat eine ganz lausige Schützin. Die jährlich zu absolvierende Wertungsübung vor ein paar Wochen hatte sie erst im dritten Anlauf bestanden. Hätte sie erneut versagt, hätte man ihr die Dienstwaffe abgenommen und sie zum Innendienst verdonnert.

So gesehen, war es ein Segen, dass sie die Waffe nicht durchgeladen mit sich führte. Eigentlich hatte sie sie nie durchgeladen. Außer auf der Schießanlage natürlich.

Adler atmete tief in den Bauch und blies die Luft geräuschvoll aus, während sie dabei ihre Arme locker neben sich ausschüttelte. »Scheiße, Scheiße, Scheiße«, flüsterte sie mantrahaft. »Noch mal, Hagedorn. Was suchst du hier?«

»Wahrscheinlich dasselbe wie du. Meine Tochter.«

»Ich hatte dir doch untersagt, irgendetwas zu unternehmen.«

»Augenblick! Du hast mich nur von den Ermittlungen ausgeschlossen. Was aber nicht bedeutet, dass ich keine eigenen Ermittlungen durchführen kann.«

»Ach, blöder Scheiß. Das ist doch Haarspalterei! Du weißt genau, was es heißt!« Adlers Blick glitt durch den Raum. »Wie bist du eigentlich hier heraufgekommen?«, wollte sie wissen.

»Habe mich hochgekämpft«, antwortete er knapp und hielt seine geröteten, schwieligen Handflächen in die Höhe.

»Du hast mich zu Tode erschreckt, ist dir das klar? Außerdem, wo bist du denn so plötzlich hergekommen?«, fragte Adler vorwurfsvoll.

Hagedorn deutete mit dem Daumen über seine rechte Schulter. »Aus dem Zimmer meiner Tochter.«

»Ein Wort der Warnung wäre angebracht gewesen, findest du nicht?«

»Warum?« Hagedorn zuckte mit den Achseln. »Ich hatte dich gehört, als du in die Wohnung gerufen hast. Ich konnte ja nicht ahnen, dass du gleich auf mich ballern würdest. Liebe Frau Kriminalrätin, das entspricht ganz und gar nicht einem lehrbuchmäßigen Vorgehen beim Eindringen in eine Wohnung. Hast du überhaupt einen Durchsuchungsbeschluss?«

»Ach, leck mich doch!«, zischte Adler.

»Das dachte ich mir. Wenn ich dann bitten dürfte?«

Adler blickte irritiert auf Hagedorn hinab. »Was soll das heißen?«

Hagedorn deutete eine galante Bewegung an, mit er sie unmissverständlich zum Verlassen der Wohnung aufforderte.

»Das soll wohl ein Witz sein, Hagedorn.«

»Keineswegs! Du hast keinen Gerichtsbeschluss vorzuweisen, also wirst du die Wohnung meiner Tochter auf der Stelle verlassen.«

»Deine Tochter ist Tatverdächtige in einer Reihe von Morden«, hob Adler an.

»Dennoch ist sie meine Tochter, und du bist unbefugt hier eingedrungen.«

»Du doch auch«, schrie sie.

»Mag schon sein, ich bin aber auch kein staatliches Exekutivorgan mehr. Im Gegensatz zu dir. Mich erwartet im schlimmsten Fall eine Anzeige wegen Hausfriedensbruch, dich ein Disziplinarverfahren, wenn du nicht sofort verschwindest. Hab ich mich nun deutlich genug ausgedrückt?« Hagedorns Blick duldete keinen Widerspruch.

Adler schob das Magazin in die Pistole und steckte sie ins Schulterholster zurück. Erst jetzt fiel ihr ein Gegenstand auf, den Hagedorn zwischen Schenkel und Sitzpolster verborgen hielt.

»Was ist das?«, fragte sie und reckte das Kinn in Richtung seiner Beine.

»Karinas Tablet.«

»Das darfst du nicht! Das könnte als Beweismittel von Bedeutung sein.«

Hagedorns Augen verengten sich zu schmalen Schlitzen. »Sag mir nie wieder, was ich darf und was nicht, du Polizeigöre. Und jetzt raus hier!«

Kapitel 34

21. Mai, Vormittag – Tampere, Finnland

»Cuuuut! Aus! Noch mal auf Anfang, bitte!«

Karina ärgerte sich maßlos, dass sie die letzte Szene verpatzt hatte. Ihr wollten einfach die letzten Zeilen nicht flüssig über die Lippen gehen. Obwohl sie sehr gut Englisch sprach, verhaspelte sie sich ständig.

Sie hatte die halbe Nacht wach gelegen und über ihr Verhalten Nita gegenüber gegrübelt. Sie war hin- und hergerissen. Einerseits machte sie sich Vorwürfe, dass sie zu hart gewesen war. Aber andererseits hatte Nita ihre subtilen Anspielungen auch nicht verstanden oder nicht wahrhaben wollen.

»Klappe Drei-Sieben, die Fünfte!«

»Ton?«

»Ton läuft!«

»Kamera?«

»Kamera läuft!«

»Und, bitte!«

Zehn Minuten später war die letzte Szene endlich im Kasten. Der Mehrteiler war abgedreht, und der Regisseur überraschte das Team mit Champagner und Häppchen, die der Cateringservice schon vor der letzten Klappe in einem Pavillon bereitgestellt hatte.

Als Karina mit einem Glas Champagner etwas abseits stand und wehmütig die Kollegen ihres Filmteams beobachtete, wie sie sich ausgelassen unterhielten, trat Eino Blixt, der Regisseur, zu ihr.

»Du hast großartige Arbeit geleistet, Karina.«

»Danke dir, Eino. Dieses Kompliment gebe ich gerne zurück. Es war toll, mit dir zu arbeiten, wirklich.«

»Das könnte für uns beide der große Durchbruch werden. Du wirst sehen, Karina.«

»Dein Wort in Gottes Ohr.« Karina lachte und überkreuzte Zeige- und Mittelfinger. »Ich werde mich leider schon verabschieden müssen, Eino. Mein Flug geht heute, und ich habe noch nicht gepackt. Ich muss übermorgen schon in Port of Spain sein.«

»Ach ja.« Er hieb sich mit der flachen Hand gegen die Stirn. »Die Traumschiff-Sache. Schade, dass du schon gehen musst. Ich hatte gehofft, wir könnten noch etwas feiern.«

»Tut mir leid, Eino.«

»Dann lass dich wenigstens noch umarmen.« Eino grinste.

Karina breitete die Arme aus und drückte ihn herzlich an sich. »Eino, vielen Dank für ...« Karina stieß dem Finnen hart vor die Brust, sodass er überrascht rückwärtstaumelte.

Er grinste dämlich. »Komm schon, Karina! Was stellst du dich so an? Du bist doch genauso scharf auf mich. Wäre doch ein würdiger Abschluss unserer gemeinsamen Arbeit. Findest du nicht?«

»Nein, das finde ich gar nicht«, blaffte Karina.

Eino hatte ihren Rücken gestreichelt und war plötzlich mit seiner Hand in ihre Hose, unter ihren Slip geglitten und hatte versucht, ihr zwischen die Beine zu greifen.

»Du bist ein Arschloch, Eino!« Karina stellte ihr Champagnerglas zur Seite und stapfte wütend davon.

Eino machte nicht einmal Anstalten, ihr nachzugehen, geschweige denn sich zu entschuldigen.

Du taube Nuss, schalt sie sich, als sie in ihrem Hotelzimmer angekommen war und wütend ihre Kleider in den Trolley stopfte.

Natürlich war ihr nicht entgangen, wie Eino sie in den letzten Wochen angesehen hatte. Sie hätte blind sein müssen, um nicht zu kapieren, was in ihm vorgegangen war. Vielleicht hätte sie früher das Gespräch mit ihm suchen sollen, um klare Fronten zu schaffen. Eino war charmant und witzig, sah super aus, und trotz seines jungen Alters verstand er sein Handwerk. Er hatte die Filmakademie mit Bestnoten absolviert und war sogar mit einem hochdotierten internationalen Nachwuchspreis ausgezeichnet worden, was ihm alle Türen öffnete.

Warum, fragte sie sich, musste er ihr gutes Verhältnis mit dieser Scheißaktion ruinieren?

Karina stopfte Hygieneartikel in ihren Beautycase, als es an der Tür klopfte.

»Was?«, rief sie entnervt.

»Ich bin's, Nita, darf ich reinkommen?« Nita steckte ihren Kopf vorsichtig zur Tür herein.

Super!, dachte Karina. Die hat mir gerade noch gefehlt!

»Hey, Karina! Wie geht es dir?«

»Gut«, antwortete Karina einsilbig.

»Red keinen Scheiß!«, fuhr Nita sie an.

Karina zog den Reißverschluss ihres Beautycase zu, warf es aufs Bett und sah Nita irritiert an.

»Woher willst du denn wissen, wie es mir geht, hm?«

Nita trat nervös von einem Bein auf das andere. »Ich habe mich nach unserem Streit gestern Abend furchtbar gefühlt. Ich habe mich dir gegenüber unmöglich verhalten und wollte mich dafür entschuldigen. Deshalb …« Nita zögerte. »Deshalb bin ich zu dir rausgefahren zum Studio.«

»Das ist lieb von dir, Nita. Aber du hättest auch auf meine Rückkehr warten können.«

»Ja, hätte ich. Aber dann hätte ich nicht gesehen, wie dieser schmierige Möchtegernregisseur dich begrapscht.«

»Du hast das gesehen?«, rief Karina überrascht aus.

Karina wusste nicht, warum, aber irgendwie war es ihr peinlich.

»Dem hast du ordentlich einen vor den Latz geknallt. Ich hätte vermutlich noch fester zugeschlagen.« Nita schmunzelte.

Wenn Nita wüsste, dachte Karina. In diesem Moment hatte

sie wieder diese unbändige Wut verspürt. Es hatte sie alle Kraft und Überwindung gekostet, einfach zu gehen, bevor sie etwas getan hätte, was sie später bereut hätte.

»Ich möchte jetzt aber nicht darüber reden«, erklärte Karina.

Nita hob beschwichtigend die Hände und nahm auf einem Stuhl Platz. »Fliegst du heute zurück, Karina?«

»Hm, ja. Sind wir auf demselben Flug?«

»Wenn du die Maschine um zwanzig Uhr nimmst, dann ja.«

Karina tippte das Display ihrer Smartwatch an. Ihr Flug würde erst in fünf Stunden gehen. In Stuttgart hätte sie dreißig Minuten Aufenthalt, dann ging es weiter nach Frankfurt. Dort durfte sie die Nacht im Sheraton verbringen, ehe es um fünf Uhr dreißig weiter nach New York und von dort ins karibische Paradies von Trinidad und Tobago ging.

»Karina?«

Karina saß auf der Kante ihres Bettes und drehte gedankenverloren ein Haargummi zwischen ihren Zeigefingern, als Nitas Stimme sie in die Realität zurückriss.

»Entschuldige! Was hast du gesagt?«

»Ich hatte gefragt, wie du die Zeit bis zum Abflug verbringen wirst«, wiederholte Nita säuerlich.

»Äh, ich weiß noch nicht. Eventuell gehe ich noch eine Stunde aufs Laufband und danach in die Sauna.«

Nita wirkte enttäuscht. »Ich hatte gehofft, dass wir noch zusammen essen könnten, bevor ich zum Briefing am Flughafen sein muss.«

»Nita …«, hob Karina an.

»Nein, alles gut, Karina. Geh du dich auf dem Laufband quälen. Ich wollte ohnehin noch mal in die Stadt zum Shoppen. Mir haben es die finnischen Outdoor-Jacken angetan. Soll ich dir auch eine mitbringen?«

»Was? Oh, nein danke.«

Nita erhob sich. »Also? Dann sehen wir uns nachher?«

»Auf jeden Fall.«

Karina nahm nur unterbewusst wahr, wie Nita das Zimmer verließ und Tür nach sich ins Schloss zog.

Kapitel 35

21. Mai – Bernhausen

Hagedorn hatte Adler kopfschüttelnd nachgeschaut, als sie wutentbrannt aus der Wohnung gestapft war.

»Und zieh die Tür ins Schloss«, hatte er ihr nachgerufen.

Was sie dann auch geräuschvoll getan hatte.

Nachdem er einige Minuten nur reglos dagesessen und aus dem Fenster gestarrt hatte, war er in die Küche gerollt, hatte sich eine der Tassen aus dem Abtropfsieb genommen, Wasser aufgekocht und einen Beutel Rotbusch-Vanille-Tee aus der Teebox damit überbrüht.

N. Sander? Wofür mag das N wohl stehen?

Hagedorn hatte die Bilder vom Kühlschrank abgenommen und betrachtete sie eingehend.

Die Frau, die neben Karina auf dem Pferd saß, war fast nicht zu erkennen. Das Bild war unscharf, und sie war zu weit im Hintergrund. Zudem trug sie einen Reithelm.

Wer bist du?

Die Frau, die seinerzeit darauf beharrt hatte, nur von ihm therapiert zu werden, hatte sich ihm als Danner, Sati Danner, vorgestellt. Nach zehn Sitzungen war sie nicht mehr gekommen. Die Reiterin auf dem Foto wies eine gewisse Ähnlichkeit mit ihr auf, aber er hätte nicht mit Bestimmtheit sagen können, ob es ein und dieselbe Frau war.

Hagedorn entsperrte sein Smartphone und wählte Bannerts Nummer.

»Falk hier! Marius, du musst mir einen Gefallen tun. Ich brauche die Personalien einer N. Sander. Die Anschrift habe ich dir als Nachricht geschickt. Rufst du dann gleich zurück?«

»Prima! Danke dir.«

Hagedorn nippte vorsichtig an seinem Tee und rief sich die Sitzungsprotokolle im Fall Danner ins Gedächtnis.

Sati Danner hatte so gut wie nichts über ihre privaten Verhältnisse erzählt. Der Vater ein erfolgreicher Geschäftsmann, die Mutter eine Philippinin. Sie hatte sich beharrlich darüber ausgeschwiegen, in welchem Bereich oder wo sie arbeitete.

Da sie jede Sitzung bar bezahlte, folgerte er, dass sie um jeden Preis verhindern wollte, dass ihr Arbeitgeber von ihren psychischen Problemen erfuhr. Hagedorn war bereits nach der dritten Sitzung klar geworden, dass es schwer sein würde, ihre Persönlichkeit zu durchdringen.

Vage hatte sie in einer der ersten Sitzungen den Missbrauch durch mehrere Männer angedeutet. In den darauffolgenden Sitzungen versuchte er immer wieder, sie in die traumatische Situation zurückzuführen, um das Erlebte aufzuarbeiten. Je tiefer er vorzudringen versuchte, desto massiver wurde ihre Blockadehaltung.

In den wenigen Momenten, in denen er sie zugänglich wähnte, glaubte er, herausgehört zu haben, dass die Demütigung nicht im Missbrauch selbst begründet lag, sondern in der Scham darüber, dass die Männer kompromittierende Aufnahmen von ihr gefertigt hatten. Die Furcht, die Täter könnten ihre Drohung, die Videos öffentlich zu machen, wahr machen, wog so schwer, dass sie es nicht gewagt hatte, die Männer anzuzeigen. Sati Danner schien in einem zutiefst ambivalenten psychischen Zustand zu sein.

Eine Zerrissenheit, die eine beginnende Schizophrenie nahegelegt hatte. Hagedorn konnte sich während all der Sitzungen des Verdachts nicht erwehren, dass sie ihm etwas vorspielte, weshalb sich sein Engagement in Grenzen gehalten hatte. Sollte sie ihn belügen, aber die Therapie brachte nichts, wenn sie sich selbst etwas vormachte.

An die letzte Sitzung konnte Hagedorn sich noch gut erinnern.

»Wollen oder können Sie sich nicht mehr an diese Nacht erinnern?«

Aus therapeutischer Sicht eine verdammt heikle und provokante Frage. Aber Hagedorn musste sie irgendwie aus der Reserve locken, wenn er weiterkommen wollte.

»Wissen Sie, was ich glaube? Sie sind den Männern freiwillig auf das Hotelzimmer gefolgt. Wahrscheinlich haben Sie sogar geahnt, was geschehen würde. Nicht wahr? Sie haben es sogar darauf angelegt, weil Sie es wollten. War es nicht so?«

Er hatte sie bei dieser Frage sehr genau beobachtet. Ihr Gesicht ließ keine Reaktion erkennen. Ihre Körperspannung jedoch sprach Bände. Sie knibbelte mit ihrem Zeigefinger nervös an einem Häutchen ihres Daumennagels, als er fortfuhr.

»Es gefiel Ihnen. Sie fanden es geil, von drei Männern gefickt zu werden. Sie haben nur nicht damit gerechnet, dass man Sie dabei filmen würde. Stimmt's? War es nicht so, Frau Danner? Hm?«

»Aufhören!!!«

Sie hob den Kopf, sah ihn direkt an, und in ihrem Blick lagen blanker tödlicher Hass und Wut. »Sie haben doch keine Ahnung! Lassen Sie mich in Ruhe! Oder kriegen Sie bei der Vorstellung, dass ich es mit drei Männern getrieben haben könnte, einen Ständer? Hm? Macht Sie das geil? Regt sich bei Ihnen überhaupt noch etwas? Na? Sagen Sie es mir!«

Obwohl sich Hagedorn sicher war, dass seine Unterstellungen falsch waren, glaubte er, auf dem richtigen Weg zu sein. Zum ersten Mal zeigte sie eine echte Gefühlsregung. Sie verlor die Beherrschung.

»Ich wurde vergewaltigt«, sagte sie trotzig. »Ob Sie mir nun glauben oder nicht, ist mir herzlich egal.«

»Oh, ich glaube Ihnen, Frau Danner. Aber Sie geben sich an allem, was geschehen ist, die Schuld, quälen sich mit Selbstvorwürfen.«

»Ich war betrunken.« Sie schluchzte.

»Trotzdem liegt es nicht in Ihrer Verantwortung, was Ihnen angetan wurde. Es zu verdrängen ist falsch. Sie sind wütend, und das zu Recht. Diese Wut, die Sie angestaut haben, zehrt sie innerlich auf. Lassen Sie diese Gefühle zu. Stellen Sie sich ihnen. Und hören Sie auf, diese Gefühle gegen sich selbst zu richten«, sagte er auf ihre Unterarme deutend. Da sie auch bei warmen Temperaturen ständig lange Ärmel trug, vermutete er, dass sie sich ritzte.

Sati Danner sank von einer Sekunde auf die andere in sich zusammen und erlag einem so heftigen Weinkrampf, dass Hagedorn schon befürchtete, einen Rettungsdienst kommen lassen zu müssen.

Nach dieser Sitzung war sie nie wieder aufgetaucht. Hagedorn hatte tagelang versucht, sie zu erreichen, weil es wichtig gewesen wäre, in dieser Phase die Therapie fortzuführen.

Alle Recherchen zu dem Namen Sati Danner waren ins Leere gelaufen, sodass er es bald aufgegeben hatte, sie ausfindig machen zu wollen, und schließlich hatte er sie vergessen.

Das Smartphone brummte an seiner Brust und signalisierte den Eingang einer Textnachricht. Hagedorn überflog die Nachricht von Marius Bannert und notierte sich die wichtigsten Eckdaten auf der Rückseite des Pferdefotos.

- Nita Sander
- geboren am 1. Juni 1990 in Manila
- Vater: Schweizer Bauunternehmer / Mutter: Krankenschwester

Erst als er das Ende der Nachricht erreicht hatte, sah er die Bildanlage, die Bannert mitgeschickt hatte. Das Bild öffnete sich nach zwei Sekunden, als er es angetippt hatte.

Hagedorns Augen weiteten sich.

»Heilige Kuhscheiße!«, fluchte er leise. Das ist sie. Kein Zweifel!

Erneut betrachtete er den dahingekritzelten Namen, bis ihm das wenig originelle Anagramm ins Auge stach. Sati hatte wenige Buchstaben ihres Namens vertauscht und aus Nita Sander Sati Danner erschaffen.

Fast bedauerte er, dass er Adler so schnell aus der Wohnung komplimentiert hatte. Hagedorn stopfte die Bilder in Karinas Tablet-Etui, stieß die Rollstuhlreifen an und hielt auf das zweite Schlafzimmer zu.

Das Zimmer war deutlich größer als Karinas.

Dominiert wurde der Raum von einem großen Boxspringbett, das seinem sehr ähnlich war.

Eine auf Plakatgröße ausgedruckte Schwarz-Weiß-Fotografie einer fast nackten Frau hing über dem Bett. Es war eine sehr ästhetische Gegenlichtaufnahme einer jungen Frau in durchsichtiger Bluse, die leicht nach vorn gebeugt aus dem Fenster schaute. Regentropfen perlten über das Glas der Scheibe, und im Hintergrund sah man den Eiffelturm. Hagedorn mutmaßte, dass es sich dabei um Nita selbst handelte.

Sein Blick glitt geübt durch das Zimmer, registrierte alles Wesentliche und auch das Unwesentliche. Dekoriert mit allerlei Tinnef, ließ es jedoch persönliche Dinge vermissen. Keine Familienbilder oder Fotos von Urlauben. Nichts. Irgendetwas störte ihn an diesem Bild.

Für den Bruchteil einer Sekunde hatte er einen Blick in Nitas Seele erhaschen können. Obwohl sie pathologisch schizophrene Verhaltensweisen an den Tag gelegt hatte, schien sie ihre Erkrankung gut unter Kontrolle zu haben.

Zumindest damals hatte sie ihren Zorn und ihre Wut kontrolliert oder sie einfach derart unterdrückt, dass es nur eine Frage der Zeit gewesen war, bis dieser Dampfkessel explodierte. In aller Regel spiegelte die Wohnsituation die Psyche eines Menschen in hohem Maße wider, und dieses Zimmer war in keinster Weise ein Abbild von Nitas Psyche.

An der Stirnwand stand ein fünftüriger weißer Kleiderschrank, auf den er zusteuerte. Vielleicht würde es darin anders aussehen.

Beinahe enttäuscht sah Hagedorn in den geöffneten Schrank. Der Schrank einer jungen Frau, wie er sie in seiner Polizeilaufbahn schon häufiger gesehen hatte, nur dass dieser hier pedantisch sortiert war.

Hagedorn fühlte sich sofort an eine Zwangsneurose erinnert.

Er beugte sich auf der Suche nach einem Schranktresor tief in den Schrank hinein, untersuchte jedes Fach, schob Bettwäsche, Handtücher, Waschlappen und Schuhe beiseite. Im Mittelteil wurde er fündig. Kein Tresor, aber eine teuer aussehende schwarze Geldkassette. Erstaunt über ihr hohes Gewicht hob er sie heraus, stellte sie sich auf den Schoß und begutachtete das Schloss.

»Hm, sollte nicht schwer zu knacken sein.«

Er rollte zurück in die Küche, wo er in einer Krimskrams-Schublade mehrere Büroklammern entdeckt zu haben glaubte, als er lange vor Adlers Auftauchen die Küche durchstöbert hatte.

»Bingo!«, rief er triumphierend und klaubte zwei Büroklammern vom Boden der Schublade. Er bog sie auf und begann sich an dem Schloss zu schaffen zu machen.

Zehn Minuten später gab das Schloss mit einem leisen Klicken schließlich seinen Widerstand auf.

Hagedorn wischte sich eine Schweißperle von der Augenbraue und öffnete erwartungsvoll die Kassette. Was er nach und nach zutage förderte, legte er fein säuberlich vor sich auf die Küchenarbeitsplatte. Zuerst eine samtene rote Schmuckschatulle mit einer hochkarätig aussehenden Halskette darin, mehrere Tausend Euro, gebündelt in Hunderter- und Fünfzigernoten, einen USB-Stick, einen abgelaufenen Reisepass, ein vergilbtes Dokument mit fremdartigen Schriftzeichen – Hagedorn vermutete, dass es eine philippinische Geburtsurkunde war – und zuletzt einen mit allerlei kindlichen Stickern verzierten Ordner, bei dem er unwillkürlich an ein Poesiealbum oder ein Erinnerungsalbum denken musste.

Mit spitzen Fingern schlug er den Einband auf und erstarrte beim Anblick der ersten Seite.

»Scheiße!«

Kapitel 36

21. Mai – LKA Stuttgart

Dank Hagedorns rüdem Rauswurf war Adler bereits lange vor der anberaumten Teambesprechung zurück im Landeskriminalamt.

»So ein Arschloch!«, schimpfte sie und pfefferte wütend ihren Blazer und ihre Tasche auf den Bürosessel.

Claus Dröhmer versuchte sie zu beruhigen: »Hey, Nadine. Komm erst mal runter. Im Prinzip hat er vollkommen recht. Du hättest ohne richterlichen Beschluss gar nicht in der Wohnung sein dürfen. Sei froh, dass er dich hinausgeworfen hat, bevor du etwas tun konntest, was dich am Ende in Schwierigkeiten hätte bringen können.«

»Ja«, brummte sie übellaunig. »Du hast ja recht.«

Auf dem kurzen Weg von der Cafeteria zu ihrem Büro hatte sie ihrem Chef von ihrem Abstecher zu Karinas Wohnung berichtet. Wobei sie den Zwischenfall mit der unbeabsichtigten Fast-Schussabgabe tunlichst verheimlichte. Es war unverzeihlich, und sie wäre vor Scham am liebsten im Erdboden versunken.

Falls das bekannt würde, ginge die Geschichte im LKA wie ein Lauffeuer durch die Gänge, und niemand würde sie mehr ernst nehmen. Sie könnte sich dann genauso gut an irgendeinen gottverlassenen Polizeiposten eines anderen Bundeslandes versetzen lassen und beten, dass ihr klägliches Versagen dort niemals bekannt würde. Aber der polizeiliche Buschfunk funktionierte auch über Ländergrenzen hinweg. Die Polizei war, was das betraf, gnadenlos.

»Was, wenn Hagedorn Beweismittel verschwinden lässt?«

»Dann hast du ihn am Arsch wegen Strafvereitelung«, konstatierte Dröhmer.

»Nein! Das ist nicht einschlägig, wenn er es für seine Tochter tut«, kommentierte sie kopfschüttelnd.

»Dann wird dir etwas anderes einfallen.«

»Ich will's hoffen. Fuck, er hat ihr Tablet«, fiel Adler ein.

»Na ja, wenn sie es nicht mitgenommen hat, wird es ihr nicht so wichtig sein, denkst du nicht? Ich kann mir nicht vorstellen, dass du darauf beweiserhebliches Material findest.«

»Hm«, brummte sie. »Wahrscheinlich nicht.«

»Was macht die Fahndung nach ihr?«, erkundigte sich Dröhmer.

»Gestaltet sich schwieriger als angenommen.«

»Warum?«

»Die Richterin ziert sich noch, einen europäischen Haftbefehl auszustellen.«

»Verstehe ich nicht. Die Beweiskette ist doch schlüssig.«

»Erklär das nicht mir, sondern der Richterin«, sagte sie frustriert und schnaubte. »Wir haben noch nicht alle Passagierlisten, und die beiden DNA-Spuren reichen ihr nicht aus. Könnten sonst irgendwie dorthin gelangt sein, meinte sie.«

Dröhmer ließ sich neben ihr auf der Kante ihres Schreibtisches nieder und sah nachdenklich zum Fenster hinaus. »Gibt es denn schon eine Spur, wo sie sich aufhalten könnte?«

Adler schüttelte genervt den Kopf. »Nein! Ihre Schauspielagentur wollte uns gegenüber keine Angaben machen.«

»Hä? Wieso denn das?«

»Keine Ahnung.« Adler hob überfragt die Schultern. »Der Agenturleiter scheint die Polizei nicht sonderlich zu mögen. Zumindest war das mein Eindruck.«

»Und was hast du jetzt vor?«

»Nichts! Was hast du denn erwartet? Wenn die Richterin sich bei der Haftfrage schon so bescheuert anstellt, brauche ich sie wegen eines Durchsuchungsbeschlusses für die Agentur gar nicht erst anzurufen.« Adler rieb sich über die Stirn. »Eigentlich bleibt mir nur eine Möglichkeit, und die Chancen stehen äußerst schlecht.«

»Und die wäre?«, wunderte sich Dröhmer.

Bevor Adler zu einer Antwort ansetzen konnte, klingelte ihr Büroapparat.

»Adler!«, meldete sie sich.

»Hallo, Frau Adler, Wiese hier vom Empfang. Hier ist ein Herr Hagedorn, der sie dringend zu sprechen wünscht.«

»Ach, das ist ja interessant. Ich komme!«

Dröhmer sah sie erwartungsvoll an, nachdem sie aufgelegt hatte. »Wer war das?«

»Die Pforte. Ein Herr Hagedorn wünscht mich zu sehen.«

»Ich glaube zwar nicht, dass er besonders kooperativ sein wird, nach dem, wie er dich aus der Wohnung komplimentiert hat, aber ich drück dir die Daumen.«

»Danke«, murmelte sie.

Kapitel 37

21. Mai, Nachmittag – Tampere, Finnland

Eino Blixt trat aus dem völlig abgedunkelten Schnittraum hinaus in den Flur. Ein zufriedenes Lächeln lag ihm auf den Lippen, als er seine zerzausten Haare ordnete und den Reißverschluss seiner Jeans schloss. Zum Teufel mit Karina. So gern er sie flachgelegt hätte, so froh war er doch, es nicht schon früher darauf angelegt zu haben.

Der Film war abgedreht, alles Rohmaterial auf mehreren internen wie externen Festplatten gesichert. Nicht auszudenken, was passiert wäre, wenn er Karina früher angegraben und sie womöglich die Dreharbeiten hingeschmissen hätte. Es war gut so, wie es war.

Während einer Einstellung hatte Karina nackt unter der Dusche gestanden. Verdammt, war sie heiß! Er hatte sich die Aufnahmen später immer wieder angesehen und sich dabei einen runtergeholt. Er hatte wahrlich schon viele Frauen gehabt, aber er konnte sich nicht erinnern, je einen schöneren, makelloseren Körper gesehen zu haben als den ihren. Einmal, als sie gerade in der Maske gesessen hatte, war ihm hinter ihrem linken Ohr eine bogenförmige Narbe aufgefallen. Da sie jedoch immer eine Perücke getragen hatte, hatte er diesen kleinen Makel nie bemerkt. Dennoch, sie war nahezu göttlich perfekt.

Bei Weitem nicht so perfekt war seine zweite Regieassistentin, aber dafür war sie ständig geil und trieb es bereitwillig mit ihm, wo und wann immer ihm der Sinn danach stand. Auch im Schneideraum, wenn sich, so wie eben, die Gelegenheit dazu bot.

Er hatte sie allein zurückgelassen, da sie noch das Rohmaterial bearbeiten wollte. Später, so hatten sie ausgemacht, würde sie auf sein Zimmer kommen.

Eino schlenderte den Gang der Halle zurück zum großen Studio, in dem er die letzten Wochen und Monate viel Zeit für die Innenaufnahmen verbracht hatte. Spinnenbeinige Stative, Beleuchtungsschirme, Kamerawagen auf Schienen, Kranarme, Scheinwerfer für alle erdenklichen Lichteffekte und armdicke Kabel, die sich wie hungrige Anakondas über den Hallenboden schlängelten, erzeugten im Halbdunkel des Studios eine gruselige Atmosphäre. Aber Eino hätte sich hier blind zurechtgefunden.

Er schlenderte die Aufbauten entlang und stellte lächelnd fest, dass sein Regiestuhl unverändert zwischen den Kameras stand. Mit der Schuhspitze stieß er den auf dem Boden vor ihm liegenden Stummel einer abgebrannten Zigarette beiseite, ehe er sich auf dem Klappstuhl niederließ. Wie sehr er es hasste, wenn am Set geraucht wurde.

Die Hände im Nacken verschränkt, glitt sein Blick über die Aufbauten einer nachgestellten finnischen Blockhütte, die in dem Krimimehrteiler eine wesentliche Rolle gespielt hatte. Auch die Dusche.

Er war der felsenfesten Überzeugung, dass ihm mit diesem Film der internationale Durchbruch gelingen würde, er vielleicht sogar einen Oscar für den besten ausländischen Film gewinnen könnte.

Ein noch relativ unbekannter Autor hatte ihm vor einem Jahr das Drehbuch zu diesem Krimi geschickt. Nachdem er es in einer Nacht verschlungen hatte, wollte er diesen Film machen. Um jeden Preis.

Alles, was er besaß – sogar das Haus seiner Mutter hatte er beliehen –, war in diese Produktion geflossen. Der Erfolg würde kommen. Musste kommen.

Eino lehnte sich entspannt zurück und fingerte aus der Brusttasche seiner Jacke einen Joint, den er sich gestern schon gedreht hatte. Ausnahmsweise würde er gegen eine seiner ehernen Regeln verstoßen und am Set rauchen.

Er führte die Flamme des Feuerzeugs an die Spitze des Joints und saugte daran, bis er richtig glühte. Tief inhalierte er den ersten Zug und behielt den Rauch lange in der Lunge, damit das Gras seine Wirkung entfalten konnte. Ganz allmählich fühlte er den Rausch, spürte, wie ein leichter Druck in seinem Schädel entstand.

Plötzlich explodierte ein Donnerhall in seinem Kopf. Etwas traf ihn so hart, dass er augenblicklich das Bewusstsein verlor und der glühende Joint in seinem Schoß landete.

Kapitel 38

21. Mai, später Nachmittag – LKA Stuttgart

»Also? Was willst du hier, Hagedorn?« Adler war stinksauer und machte daraus keinen Hehl, wenngleich ihr klar war, dass sie Hagedorn gegenüber zurückhaltender sein sollte, nach dem, was in Karinas Wohnung vorgefallen war.

»Willst du mir keinen Kaffee anbieten?« Er lächelte herausfordernd.

Adler griff zum Telefon und wählte eine dreistellige Nummer. »Frau Kümmerle, würden Sie uns aus der Cafeteria bitte eine Kanne Kaffee bringen? Vielen Dank!«

Hagedorn verzog das Gesicht. Er konnte sich noch an den dünnen Kaffee aus der Cafeteria erinnern, aber er würde sich damit begnügen müssen.

»Sag mal, wie siehst du eigentlich aus?«, fragte sie und deutete auf Hagedorns Gesicht.

Zu den unzähligen kleinen Schnittwunden, die sich über seine Stirn und Wange zogen, hatte sich eine daumenbreite Schürfwunde gesellt, die nässend im Deckenlicht schimmerte.

Hagedorn schielte nach oben, als könnte er die Wunde dadurch begutachten.

»Ach, irgend so ein Idiot hat mich am Fußgängerüberweg vor Karinas Wohnung geschnitten.«

»Aha«, bemerkte Adler wenig interessiert. Wahrscheinlich hatte er bei Rot versucht, die Straße zu überqueren, vermutete sie. Sie rutschte unruhig auf ihrem Bürostuhl hin und her und strich sich öfter als notwendig eine Haarsträhne hinter das Ohr. »Hör mal, Falk …«, fing sie schwerfällig an.

Hagedorn fiel ihr ins Wort: »Entschuldigung angenommen, und nein, von mir wird keiner jemals erfahren, was vorhin geschehen ist.« Er tupfte mit einem Taschentuch über die nässende Schürfwunde.

»Ich danke dir«, sagte sie erleichtert.

»Deswegen bin ich aber nicht gekommen und eigentlich auch nicht wegen der widerwärtigen Plörre aus der LKA-Cafeteria. Die habe ich zu lange ertragen müssen«, knurrte er und reichte ihr über den Schreibtisch hinweg einen Plastikbeutel.

»Was ist da drin?«, fragte sie und griff nach dem Beutel.

»Persönliche Gegenstände deiner Killerin, der Furie. Aber es ist nicht meine Tochter.«

»Ach, komm schon, Falk.« Adler verdrehte die Augen, während sie die Tüte entfaltete. Sie spähte hinein. »Sind das Spurenträger?«

Hagedorn deutete ein gleichgültiges Schulterzucken an. »Eher nicht. Interessanter wird sein, was auf dem USB-Stick gespeichert ist. Aber sieh dir bitte zuerst das Fotoalbum an.«

Adlers Arm tauchte tief in die Plastiktüte und förderte ein verspielt wirkendes Album zutage, dessen erste Seite sie ungeduldig aufschlug. Seite um Seite sah sie sich an, während ihre Augen sich weiteten, bis sie plötzlich innehielt und Hagedorn einen fragenden Blick zuwarf.

Eine zierliche ältere Frau betrat in diesem Augenblick leise Adlers Büro, stellte ein Tablett mit Geschirr und einer kleinen Thermoskanne Kaffee vor ihr ab und entfernte sich geräuschlos wieder.

»Was soll das? Woher hast du die Sachen?«, wollte Adler wissen, als sie wieder allein waren.

»Das, Nadine, ist vermutlich unsere wahre Killerin. Ihr Name ist Nita Sander, und sie arbeitet für eine Fluggesellschaft.«

»Das ist doch ein Trick von dir, ein Manöver, um von deiner Tochter abzulenken.«

Hagedorns Augen verengten sich zu Schlitzen und nahmen einen bedrohlichen Ausdruck an. »Du hast dich so sehr auf Karina eingeschossen, dass du nicht mehr objektiv bist.

Schau dir doch das Album an. Nita ist besessen von Karina. Siehst du das nicht?«

Adler blätterte weiter durch das Album.

Jeder Quadratzentimeter der Albumseiten war beklebt mit Fotos von Karina Hagedorn und Zeitungsartikeln über sie. Einige Artikel behandelten ihre Entführung durch einen kranken Serienmörder, der von den Medien nur der Trophäenjäger genannt worden war.

Vage konnte sie sich an eine Vorlesung an der Hochschule in Münster-Hiltrup erinnern, die sie völlig übermüdet von durchlernten Nächten über sich hatte ergehen lassen. Thema dieser Vorlesung war dieser Fall gewesen. Aber sie hatte keine Ahnung gehabt, dass Karina Hagedorn damit in Verbindung stand.

Adler blätterte weiter und überflog die Schlagzeilen. Die Mehrheit der Zeitungsartikel zeichnete Karinas Schauspielkarriere nach. Boulevardfotos von Preisverleihungen, Karina auf dem roten Teppich bei der Berlinale und in Cannes.

Als sie eine weitere Seite umblätterte, schlug ihr ein blumiger Duft entgegen, der Adler bislang entgangen war.

Neben einer mit Tesafilm fixierten schwarzen Haarsträhne befand sich ein kleines Stück eines Seidentuches, von dem ein intensiver Parfümduft ausging.

»Karinas?«, fragte sie Hagedorn.

»Hm, auch die Haarsträhne.«

»Okay! Angenommen, ich glaube dir, Falk«, sagte sie in sehr ernstem Tonfall und wählte erneut eine dreistellige Nummer, »dann musst du mir helfen, Karina zu finden. Ich muss wissen, wo sie sich gerade aufhält.«

Hagedorn schüttelte den Kopf.

Adler sprach leise einige Worte und legte den Hörer zurück in die Station. »Herrgott, Falk! Karina war nachweislich zu den jeweils tatrelevanten Zeiten an drei Tatorten. Sie war in Hamburg, Stuttgart und Hannover. Du musst mir schon etwas geben.«

Hagedorn rang offenbar mit sich, als erneut die Tür aufging und ein junger Mann eintrat.

Adler erhob sich und überreichte ihm die Tüte.

»Bring das bitte zu den IT-Leuten, Jonas. Ich muss wissen, was auf dem USB-Stick ist. Und zwar so schnell wie möglich.«

Hagedorn griff neben sich und reichte dem jungen Mann über die Schulter hinweg Karinas Tablet.

»Nimm das auch mit.«

Jonas schnappte sich den Plastikbeutel, klemmte sich das Tablet unter den Arm und verschwand.

»Was ist jetzt? Sagst du mir, wo sie ist?«

»Ganz ehrlich? Ich weiß es nicht«, antwortete Hagedorn knapp.

Adler sah ihn durchdringend an. Angesichts des Ausdrucks in seinen Augen und weil er ihrem Blick standhielt, war sie geneigt, ihm zu glauben. »Okay, erzähl mir von dieser Nita«, forderte sie ihn auf.

Hagedorn strich mit der Hand über seine unrasierte Wange, was ein schabendes Geräusch verursachte. »Vor etwas mehr als zwei Jahren kam sie zu mir. Es war während meiner Praxiszeit im Rahmen meiner Therapeutenausbildung. Ich hatte seinerzeit in einer karitativen Einrichtung gearbeitet. Auffällig war, dass sie nur zu mir wollte, zu keinem anderen. Vorgestellt hatte sie sich als Sati Danner, ein Anagramm ihres richtigen Namens.«

»Und du hast sie therapiert?«

Hagedorn lachte kehlig. »Davon kann keine Rede sein. Zehn Sitzungen, in denen sie mir einen Bären aufgebunden hat. Sie gab vor, durch eine Gruppenvergewaltigung traumatisiert zu sein.«

»Was für das Profil spräche, das du erstellt hast.«

»Mag sein, dass es so gewesen ist. Aber ihre wahren Beweggründe sind mir nicht klar. Vielleicht wollte sie über mich an Karina herankommen. Ich weiß es nicht.« Hagedorn hob entschuldigend die Arme. »Möglicherweise habe ich einen fatalen Fehler begangen.«

»Einen Fehler?«, hakte Adler überrascht nach.

»Hm«, brummte er. »Einen gewaltigen Fehler. Möglicherweise habe ich sie erst zur Mörderin gemacht.«

Adler lauschte konzentriert, als Hagedorn fortfuhr.

»Nita Sander alias Sati Danner leidet an einer schweren Psychose. Sehr wahrscheinlich war das erlebte Trauma Auslöser einer bereits latent vorhandenen Schizophrenie. Sie war in hohem Maße autodestruktiv, hat sich geritzt und was weiß ich noch alles. Ich habe die Psychose nicht erkannt und sie in einer Reinkarnationstherapie in einer der letzten Sitzungen ziemlich derbe, muss ich zugeben, in die traumatische Situation zurückzuführen versucht. In Nitas Fall äußerst kontraproduktiv. Ich hatte sie ermutigt, die Wut nicht länger gegen sich zu richten.«

»Das ist doch alles spekulativ, Falk«, unterbrach sie ihn. Adler hatte sich während Hagedorns Ausführung Notizen gemacht.

Sie griff zum Telefon und wechselte wenige Worte.

»Ja, und finden Sie heraus, für welche Fluggesellschaft sie arbeitet.«

»Halt, stopp!«, fiel ihr Hagedorn ins Wort, der das Telefonat aufmerksam verfolgt hatte. »Das weiß ich doch schon längst.«

Adler horchte auf.

»Nita Sander ist leitende Flugbegleiterin bei PinLine Air.«

»Hervorragend! Haben Sie mitgehört? Gleichen Sie die Flugdaten mit den Tatorten und Tatzeiten ab, und bringen Sie mir die Ergebnisse so schnell wie möglich in mein Büro. Danke.« Adler hatte das Gespräch beendet und musterte Hagedorn.

Hagedorn hatte das unrasierte Kinn auf seine Hände gestützt und hielt ihrem Blick stand. »Glaubst du mir jetzt?«

»So weit sind wir noch nicht. Aber ich will mir von dir nicht noch einmal mangelnde Objektivität vorwerfen lassen.«

»Du willst mir immer noch nicht sagen, wo deine Tochter sich aufhält?«, fuhr sie nach einer kurzen Pause fort.

»Ich weiß es wirklich nicht, Nadine. Vor ein paar Tagen hat sie mir erzählt, dass sie irgendwo in Skandinavien für einen Film vor der Kamera steht. Sie hat es mir ganz bestimmt gesagt, aber ich kann mich beim besten Willen nicht daran erinnern, wo.«

»Wolltest du nicht eine Tasse vom leckeren LKA-Kaffee?«, fragte Adler süffisant. »Der ist bestimmt bitter.« Sie beugte sich über den Tisch und schenkte Hagedorn und sich eine Tasse ein. »Warte bitte hier.«

»Wieso, was hast du vor?« Hagedorn kostete von dem Kaffee und verzog angewidert das Gesicht.

»Ich muss zu unserem Interpol-Kontaktbeamten. Ich bin gleich zurück.«

Adler stürmte aus dem Büro.

Kapitel 39

21. Mai, Nachmittag – Tampere, Finnland

Eino kam langsam zu Bewusstsein. Grelles Licht drang stechend durch seine Augenlider. Die Helligkeit war so intensiv, als würde er ungeschützt in die Sonne blicken. Eino getraute sich nicht, die Augen zu öffnen, aus lauter Furcht, das Licht könnte ihm die Netzhäute verbrennen. Seine Zunge war belegt, und er hatte einen schalen Geschmack im Mund. Schmatzend versuchte er, Speichel zu sammeln, was ihm nur leidlich gelang.

Kirottu! Verflucht, was ist hier los?

Seine Arme waren über dem Kopf fixiert. Die Finger begannen allmählich taub zu werden, und das Atmen fiel ihm schwer.

Wie bei einer Sonnenfinsternis schob sich plötzlich ein Schatten vor das Licht, und die tanzenden Irrlichter hinter seinen Augenlidern begannen sich zu beruhigen.

»Wer ist da?«, fragte er mit dünner Stimme.

Der Schatten bewegte sich schwankend hin und her.

Flatternd begann er, die Augenlider zu öffnen, und blinzelte die Tränen weg. Vor ihm stand, die Hände in die Hüfte gestemmt, eine schlanke Gestalt. Umgeben von einer gleißenden Korona schien sie im Raum zu schweben.

Eino hätte nicht zu sagen vermocht, ob es sich um einen Menschen oder eine Lichtgestalt aus einer anderen Welt handelte.

»Wer ist da?«

Seine Arme und Hände schmerzten unerträglich.

Stöhnend legte er den Kopf in den Nacken. Was war mit seinen Armen?

Er hing gefesselt und nackt am Ausleger eines Kameraarmes. Seine Füße baumelten haltlos nur wenige Zentimeter über dem rissigen Betonboden des Studios.

»Sagen Sie mir doch endlich, wer Sie sind und ...«

»Schschsch!«, kam es leise von der Lichtgestalt. »Halt den Mund!«

Eino legte den Kopf schief und blinzelte in die Korona. Die Stimme war definitiv weiblich.

»Martha? Bist du das? Komm schon, was soll das? Wenn du und das Team euch einen Spaß erlaubt habt, dann ist der Spaß jetzt vorbei. Das ist nicht mehr witzig! Mach mich los!«

»Ach ja, Martha!« Die Lichtgestalt kicherte. »Kannst du dich überhaupt noch an die Frauen erinnern, die du benutzt hast, um deine Lust zu befriedigen? Benutzt und weggeworfen?«

»Lennja?«

Ein missbilligendes Schnalzen erklang.

»Karina? Komm schon, hör auf! Mach mich los!«

Die Lichtgestalt bewegte sich abermals, und unvorbereitet stach das Scheinwerferlicht in seine Augen. Es musste einer dieser Hightech-Studioscheinwerfer sein, die unangenehm heiß wurden, wenn man zu lange davor arbeiten musste. Obwohl er die Lider mit aller Kraft zusammenkniff, tränten seine Augen, als hätte jemand Säure hineingeträufelt.

Eino versuchte, den Kopf so weit wie möglich über seine rechte Schulter zu drehen, was zumindest seinem rechten Auge etwas Entspannung verschaffte.

Irgendetwas Metallenes wurde widerlich kreischend über den Boden bewegt.

»Ich kenne Männer wie dich sehr genau«, flüsterte die Frau in sein Ohr.

Eino konnte sich nicht erinnern, die Stimme schon einmal gehört zu haben.

»Typen wie du glauben sich alles nehmen zu können, was sie wollen. Für euch sind Frauen nur zum Ficken gut. Ihr nutzt entweder ihre Gefühle, ihre Abhängigkeit oder ihre Hilflosigkeit aus. Wie viele hast du schon mit einer Filmrolle gelockt, dir einen zu blasen, oder ihnen gedroht, sie rauszuwerfen, wenn sie nicht gefügig wären? Hm. Na los! Kannst es mir ruhig sagen.«

Das ging weit über einen misslungenen Spaß hinaus. Eino fühlte Panik in sich aufsteigen. Seine Finger waren mittlerweile taub, die Muskeln seiner Schultern und Arme krampften schmerzhaft, und das Atmen fiel ihm mit jeder Sekunde schwerer.

»Was willst du von mir?« Sein Schrei hallte von den Studiowänden wider.

Wild strampelnd versuchte er, sich zu winden, in der Hoffnung seine Fesseln würden reißen. Er schielte nach oben und erkannte durch den Tränenschleier, dass seine Handgelenke mit Kabelbindern gefesselt waren. Das Plastik schnitt tief in seine Haut und brannte wie die Hölle. Eines war sicher: Eher würde er sich die Schultern auskugeln, als dass es ihm gelänge, die Plastikfessel zu zerreißen. Tränen rannen über seine Wangen.

»Komm schon! Bitte, mach mich los!«, flehte Eino.

»Warum sollte ich?«

»Ich hab's gecheckt! Okay? Jetzt mach mich los. Bitte!«

Erneut dieses kratzende, schabende Geräusch eines schweren Gegenstandes.

»Du hast es gecheckt?« Die Person lachte hämisch auf. »Du hast Angst! Du bist ein Schisser, nichts weiter. Du würdest mir alles sagen, nur damit ich dich losbinde. Hab ich nicht recht? So wie du alle Frauen belügst, nur um sie flachzulegen. Weißt du, Eino ...« Das war das erste Mal, dass sie ihn mit seinem Vornamen ansprach. »... Männer wie du sind mir zuwider, ich hasse sie. Ihr seid eine Pest!« Die Stimme war nun wieder ganz nah an seinem Ohr, kein Flüstern, nur ein Hauchen. »Selbstverliebt, rücksichtslos, frauenverachtend und geltungssüchtig bist du. Typen wie du haben ihr Recht auf Leben verwirkt.«

Die Frau war doch total irre! Was faselte sie da?

»Du stehst gerne im Rampenlicht, nicht wahr, Eino?«

Was war das denn für eine Frage? Jeder erfolgreiche

Mensch genießt die Augenblicke, in denen er im Rampenlicht steht.

»Genieße deinen letzten Vorhang, Eino. Genieße die letzten Minuten im Rampenlicht!«

Dann wurde es unsäglich hell um ihn herum. Sein Körper schwebte in einem Meer aus Licht. Eino spürte, wie das Licht ihn zu durchfluten schien. Das irre Weib musste die fünf großen Studiostrahler um ihn herum positioniert haben. Jeder einzelne hatte eine Leistung von achtzehntausend Watt und produzierte einen Lichtstrom von eins Komma sechs Millionen Lumen. Würde er seine Lider nur für einen kurzen Moment öffnen, würde er unweigerlich erblinden.

Viel schlimmer war noch, dass jede der Metalldampfglühbirnen in den Strahlern eine Temperatur von über vierhundertfünfzig Grad Celsius entwickelte.

In wilder Panik wand sich Eino, versuchte, sich strampelnd um die eigene Achse zu drehen. Er stieß einen gellenden Schrei aus, als sein rechter Arm knackend aus dem Schultergelenk sprang.

»Aaaah, mach mich los, du verdammtes Dreckstück«, brüllte er wütend. »Hiiiiilfe!«

Die Scheinwerfer erhitzten sich schneller, als er erwartet hatte, und trieben ihm den Schweiß aus allen Poren.

Die Hitze wurde von Sekunde zu Sekunde unerträglicher. Die Haut begann sich schmerzend über seinen Knochen zu spannen. Es war das gleiche brennende Gefühl, das Eino aus seiner Kindheit kannte, wenn er zu lange am Strand gespielt und die Sonne ihm die helle Haut verbrannt hatte. Seine Kehle war trocken und rau.

»Bitte! Ich flehe dich an!« Er weinte leise.

Seine Haut fühlte sich bereits verbrannt an, als sich auf Einos Körper erste wässrige Brandblasen zu bilden begannen.

Gequält stöhnte er auf. »Hilfe! Bitte helft mir doch!«, kam es flüsternd über seine rissig gewordenen Lippen.

Faustgroße Blasen überzogen Oberkörper und Beine, pulsierten wie lebende, eitrige Geschwüre.

Einos Schmerzensschreie, als die Geschwüre aufplatzten, die Gluthitze der Scheinwerfer das darunterliegende Fleisch versengte und sein Haar, seine Haut verkohlte, verstummten erst, als sein Herz aufhörte zu schlagen.

Kapitel 40

21. Mai, Nachmittag – LKA Stuttgart

Adler stellte seine Geduld auf eine harte Probe. Sie sei gleich wieder zurück, hatte sie gesagt.

Hagedorn trommelte nervös mit den Fingern gegen die Reifen seines Rollstuhls, als ihm die blutunterlaufenen Schwielen in seinen Handflächen auffielen. Er war den Greifreifenrollstuhl einfach nicht mehr gewöhnt, und die drei Etagen zu Karinas Wohnung damit zu ersteigen war die reinste Tortur gewesen.

Ihm fiel ein, dass er dringend Bannert anrufen sollte, um zu erfragen, wann er seinen Elektrorollstuhl wiederhaben könnte. Allzu große Hoffnungen, dass man ihn würde reparieren können, machte sich Hagedorn nicht. Elektronik und Wasser vertrugen sich einfach nicht.

Aber wer sollte für den Schaden aufkommen? Woher sollte er dreißigtausend Euro für einen neuen nehmen? Vage erinnerte er sich daran, dass er sich bei der Abholung des Rollstuhls damals eine Diebstahlversicherung hatte aufschwatzen lassen. Vielleicht wäre Vandalismus oder Sabotage, wie in seinem Fall, abgedeckt.

Das musste jedoch warten. Im Augenblick galt seine Sorge ausschließlich Karina.

Hagedorn fuhr erschrocken zusammen, als Adler zur Tür hereinstürmte, sich Jacke und Handtasche schnappte und ihn aufforderte, ihr zu folgen.

»Was ist los?«

»Frag nicht! Komm einfach mit.«

Hagedorn wirbelte den Rolli um die eigene Achse, stieß die Reifen an und versuchte, mit ihr Schritt zu halten.

»Wir haben eben die Mitteilung von Interpol bekommen,

dass am Flughafen Tampere, in Finnland, die Leiche eines Mannes aufgefunden wurde, die in unsere Mordserie zu passen scheint«, erklärte ihm Adler schwer atmend.

Tampere! Finnland! Irgendetwas assoziierte Hagedorn mit diesem Ort. Hatte Karina nicht erwähnt, dass sie in Tampere vor der Kamera stand? Er hoffte beinahe, dass sein Gedächtnis ihn tröge. Sollte er es Adler gegenüber erwähnen? Wahrscheinlich würde sie es ohnehin schon wissen.

Adler eilte ihm mit ausladenden Schritten voraus. Sie steuerte auf eine doppelflügelige Tür zu, die sie ihm aufhielt, damit er hindurchgleiten konnte.

Neugierig wandte sich ihm ein gutes Dutzend Köpfe zu, als er, gefolgt von Adler, in den Raum kam. Sie bedeutete ihm, sich einen freien Platz am Tisch zu suchen.

»Woher dieser Sinneswandel?«, raunte er ihr zu. »War ich nicht von allen Ermittlungen ausgeschlossen?«

»Halt einfach die Klappe, bevor ich es mir anders überlege.«

Adler hielt auf einen Stuhl an der Stirnseite des Besprechungsraums zu, der ihr offenbar vorbehalten war.

Hagedorn musterte die Gesichter der Anwesenden. Lindemann, den er noch aus seiner aktiven Dienstzeit am LKA kannte, war das einzige vertraute Gesicht. Jonas, dem Adler die Plastiktüte mit den Gegenständen aus Nitas Zimmer übergeben hatte, war ebenfalls anwesend.

Angespannte Stille beherrschte den Raum.

An der Decke summte leise der Lüfter eines Video-Beamers, als Adler mit einer Fernbedienung den Raum verdunkelte und ein Bild auf der Leinwand Kontur und Farbe anzunehmen begann.

Hinter einem mit Flatterband abgetrennten Bereich eines Parkhauses erkannte Hagedorn einen Kombi. Ein neueres Modell eines Volvo V70. Die Beifahrertür stand offen. Hagedorn musste die Augen zusammenkneifen, um zu erkennen, dass darin ein lebloser Körper lag.

»Vor wenigen Minuten haben wir von den finnischen Kollegen via Interpol diese Tatortbilder übersandt bekommen«, kommentierte Adler. »Vor etwa zwei Stunden wurde die Leiche eines finnischen Soldaten im Parkhaus des Tamperer Flughafens aufgefunden«, las sie vor.

Offenbar waren die Informationen so frisch, dass sie selbst noch keine Gelegenheit gehabt hatte, den Bericht vollständig zu lesen.

»Sein Name war Mikka Hannonen, achtundzwanzig Jahre alt, Hubschrauberpilot beim finnischen Heer. Vorgesehen für einen Auslandseinsatz in Mali, absolvierte er auf der Militärbasis am Flughafen ein spezielles Trainingsprogramm. Laut ersten Einschätzungen des dortigen Gerichtsmediziners liegt die Todeszeit heute zwischen dreizehn und fünfzehn Uhr.«

Adler spielte das nächste Bild ein, auf dem Hannonen selbst zu sehen war. In halb liegender Position ruhte er, den Oberkörper frei, auf dem Beifahrersitz des Wagens. Die Hände steckten in der halb geöffneten Hose in seinem Schritt, deren Stoff blutdurchtränkt war.

Hagedorn wollte keine voreiligen Schlüsse ziehen, ahnte jedoch die Bedeutung dieses Arrangements.

Auf der Brust, im Bereich des Herzens, zeichnete sich eine punktuelle Einstichstelle ab, die seltsam aufgebläht anmutete.

Hagedorn legte den Kopf schief und konzentrierte sich auf das Gesicht des jungen Mannes, dessen Mund ihm sonderbar verschoben vorkam.

Stirnrunzelnd blätterte Adler in dem vor ihr liegenden Bericht, ehe sie fortfuhr. »Die Tatwaffe war ein gasdruckbetriebener Wine-Opener, dessen Dorn ihm ins Herz getrieben wurde. Dort wurde Gas eingeblasen, bis das Herz geplatzt ist.«

Beim nächsten Bild, das Adler einblendete, wurde Hagedorns Vermutung bestätigt.

Beide Hände lagen im Schritt des Ermordeten. Die Finger beider Hände waren mit einem scharfen Werkzeug abgetrennt worden. Hagedorn maß der Symbolik nicht allzu viel Bedeutung bei, dennoch komplettierte dies die Serie der weisen Affen. Nämlich indem es auf den vierten anspielte, den mit den im Schritt verschränkten Händen, der Tugendhaftigkeit und Sittsamkeit symbolisierte.

Ein Raunen brandete auf, als Adler das nächste Bild präsentierte. Das Foto konnte erst wenige Stunden alt sein und war in der Gerichtsmedizin aufgenommen worden. Im geöffneten Brustkorb deutete ein behandschuhter Finger auf die zerfetzten Überreste des Herzens.

Die Frage nach dem Verbleib der fehlenden Gliedmaßen, die Hagedorn auf der Zunge gelegen hatte, erübrigte sich mit der nächsten Einstellung.

Dieselbe behandschuhte Hand hielt den Mund des Toten offen, aus dessen Rachenraum und Mund die hineingestopften Finger ragten.

Ein bizarrer Anblick, wie Hagedorn fand.

Möglicherweise lag er, was die Symbolik anging, falsch. Vielmehr schienen die Morde und deren Ausführung im Verhalten der jeweiligen Opfer begründet zu sein.

Adler warf Hagedorn einen verstohlenen Blick zu, bevor sie weitersprach. »Die Kollegen von der Polizeidirektion Helsinki sind überaus kooperativ und haben uns die Flugpläne und Passagierlisten der letzten Tage ebenfalls übermittelt. Zumindest für diesen Mord können wir Karina Hagedorn als Täterin nahezu ausschließen, da sie schon vor drei Tagen in Tampere angekommen ist.«

Hagedorn überschlug die Daten in Gedanken. Karina musste demnach schon am Tag nach ihrem gemeinsamen Essen in Konstanz nach Finnland zurückgeflogen sein.

»Heißt das, wir können Karina Hagedorn als Täterin auch für die anderen Morde ausschließen?«, fragte eine junge Kollegin.

Adler nickte Lindemann zu, der daraufhin das Wort ergriff. »Ich habe den ganzen Vormittag die Flugpläne der infrage kommenden Fluglinien und Passagierlisten ausgewertet. Dank des Hinweises unseres ehemaligen Kollegen Hagedorn habe ich die Daten mit dem Namen einer Person erneut abgeglichen, den er uns genannt hatte. Wir konzentrieren unsere

Ermittlungen ab jetzt auf eine Frau namens Nita Sander. Sie ist Flugbegleiterin der Fluggesellschaft PinLine. Die fünf uns bekannten Morde geschahen allesamt unmittelbar nach Ankunft der Maschinen an den jeweiligen Tatort-Flughäfen.«

Hagedorn ergriff an Lindemann gerichtet das Wort: »Du sagtest, der uns bekannten Morde?«

»Richtig!«, bestätigte Lindemann. »Wir haben aktuell via Interpol und Europol eine Anfrage zu ungeklärten Mordfällen mit ähnlich gelagerten Tatorten und Modi Operandi laufen. Und ganz ehrlich, Falk. Ich habe dabei ein ungutes Gefühl.«

Hagedorn nickte und ahnte, worauf Lindemann anspielte.

Adler ergriff wieder das Wort: »Jedenfalls haben wir die Fahndung auf Nita Sander ausgeweitet. Im Moment wissen wir weder Sanders noch Karina Hagedorns augenblicklichen Aufenthaltsort. Die finnischen Behörden sind jedoch sensibilisiert.«

»Ist die Fahndung nach Karina damit nicht gegenstandslos?«, gab Hagedorn zu bedenken.

»Na ja«, druckste Adler herum. »Wir dürfen die Möglichkeit einer Mittäterschaft oder Komplizenschaft deiner Tochter nicht gänzlich aus den Augen lassen. Fakt ist, dass ihre DNA an den Tatorten gefunden wurde. Ob nun zufällig oder beabsichtigt spielt im Augenblick keine Rolle. Aber der Umstand, dass sich Karina und Nita eine Wohnung teilen, lässt auf jeden Fall vermuten, dass die Spurenübertragung zufällig erfolgt sein könnte. Das klären wir, Falk«, schloss sie und nickte ihm aufmunternd zu.

Hagedorn verließ bemüht leise den Besprechungsraum, entsperrte sein Smartphone und wählte Karinas Nummer.

Kapitel 41

21. Mai, 19 Uhr – Flughafen Pirkkala, Tampere, Finnland

Es war nicht ungewöhnlich, dass sich uninformiertes Militärpersonal am Flughafen in Tampere tummelte, da Pirkkala die Basis der finnischen Luftwaffe war. Das erhöhte Aufgebot an Polizisten und Zöllnern war Nita jedoch nicht entgangen, als sie sich umringt von ihren Crewmitgliedern zur Sicherheitskontrolle und anschließend in den Briefingbereich für die Bordcrew begeben hatte.

Das Briefing durch den Piloten fiel heute sehr knapp aus. Sie würden hunderteins Passagiere und einen Hugo an Bord nehmen. Hugo war der intern geläufige, allerdings wenig charmante Code für einen Leichnam, der im Frachtraum überführt wurde. Hugo stand für human gone.

Während Pilot und Co-Pilotin sich durch den Crewbereich zur Maschine aufmachten, war es für die Kabinencrew noch zu früh. Die Flugzeuginnenreinigung war noch immer im Gange.

Nita beschloss, sich noch einen Kaffee zu genehmigen. Der Crewbereich am Flughafen Tampere war klein, bot aber für die wenigen Abfertigungen ausreichend Raum. Am Ende des Bereichs stand ein moderner Kaffeevollautomat, aus dem sich die Besatzungsmitglieder bedienen durften. Nita schlenderte gerade hinüber, als sie durch die verspiegelte Glasscheibe, die ihren Bereich vom Terminal abtrennte, in der Schlange vor der Sicherheitskontrolle ein vertrautes Gesicht entdeckte.

»Hey, Karina«, rief Nita und winkte ihr zu.

Unschlüssig blickte sich Karina um. Die Schlange der Menschen war nicht übermäßig lang, dennoch haderte sie mit sich, ob sie ihre Position für einen kurzen Small Talk mit Nita aufgeben sollte.

Karina schulterte ihre Handtasche, trat aus der Reihe und näherte sich dem gesonderten Securitybereich für das Flugpersonal, an dem Nita breit grinsend wartete.

Nita fiel Karina um den Hals und drückte sie herzlich. Ein dunkelhäutiger Sicherheitsmitarbeiter schenkte ihr ein strahlendes Lächeln und bat sie, ihre Sachen in die Box zu legen. Karina verstand nicht.

»Schon mal ein Pre-Boarding gemacht?«, fragte Nita und knuffte sie liebevoll in die Seite.

»Ein was?«

»Ein Pre-Boarding. Ich bringe dich vor allen anderen Passagieren in die Maschine.«

Karina ahnte, dass es sinnlos wäre, Nita zu widersprechen.

»Ja, warum nicht?«

Nita wandte sich dem Mann zu, der Karina immer noch die Plastikbox hinhielt. »Sie ist eine DCM und gehört zu mir.«

Karina deponierte die wenigen Gegenstände, die sie bei sich trug, in der roten Plastikschale und legte ihre Handtasche auf das Laufband des Scanners.

»Ich bin was?«, flüsterte sie Nita zu, als sie durch den Metalldetektor schritt.

»Eine DCM.« Nita lachte. »Ein Deadhead Crew Member. So bezeichnen wir Flugpersonal, das außer Dienst ist.«

»Aha. Deadhead! Nette Bezeichnung«, konstatierte Karina.

Als das Band Karinas Sachen wieder zutage gefördert hatte, hing sich Nita Karinas Tasche um und zog sie aufgeregt hinter sich her.

»Verstößt das nicht gegen irgendwelche Sicherheitsbestimmungen?«, erkundigte sich Karina, als sie den Briefingraum betraten.

»Ach Quatsch! Kaffee? Latte? Cappuccino?«

Nita war bereits zum Automaten geeilt und hatte die Taste für einen Cappuccino gedrückt.

Schön, dass du mir eine Wahl lässt, dachte Karina säuerlich.

Nita warf einen Blick zur Wand, an der rot illuminierte Digitaluhren die Uhrzeiten mehrerer Zeitzonen anzeigten. »Zehn Minuten, dann kann ich dich zur Maschine bringen.«

»Hör mal, Nita, ich muss dir was sagen«, begann Karina zögerlich, als die Tür sich öffnete und vier uniformierte Flugbegleiterinnen schnatternd eintraten.

»Sag es mir nachher«, schlug Nita vor, als sie Karina den Pappbecher reichte und dabei ihre Hand streichelte.

»Okay! Später!«

Kapitel 42

21. Mai – LKA Stuttgart

Niedergeschlagen ließ Hagedorn das Smartphone in der Brusttasche seines Hemdes verschwinden.

»Und?« Adler gähnte.

»Mailbox«, erwiderte Hagedorn einsilbig.

Appetitlos stocherte er in seinem Gyros mit Pommes in einer Polystyrolschale herum, das sie sich bei einem Lieferservice bestellt hatten. Die wenigen Bissen, die er hinuntergewürgt hatte, lagen ihm nun schwer im Magen.

Die abschätzigen Blicke und auch die Tuscheleien bei der Besprechung waren ihm keineswegs entgangen. Hagedorn war sehr wohl bewusst, welches Risiko Adler eingegangen war, als sie ihm die Teilnahme ermöglicht hatte.

Lediglich Lindemann, der Älteste in Adlers Team, schien Hagedorns Sorge nachvollziehen zu können, wenngleich er eine höfliche Distanz zu ihm wahrte.

Sie waren etwa zur selben Zeit ans Landeskriminalamt gekommen. Nur gelegentlich hatten sie dienstlich miteinander zu tun gehabt, aber er glaubte sich vage zu erinnern, dass Lindemann ebenfalls ein oder zwei Kinder im Erwachsenenalter hatte.

Kurz nachdem Hagedorn den Besprechungsraum vorzeitig verlassen hatte, war er einem hochgeschossenen Kerl in die Arme gerollt. Die Art, wie er ihn gegrüßt hatte, ließ vermuten, dass er wusste, wen er vor sich hatte.

Und er schien wenig begeistert zu sein, ihn hier zu sehen.

Keine Sekunde nachdem Adler aus dem Besprechungsraum getreten war, hatte der Mann sie in sein Büro zitiert.

Erst später hatte Hagedorn erfahren, dass er Claus Dröhmer hieß und Nadines Vorgesetzter und Mentor war.

»Unprofessionell« und »leichtfertig« waren nur einige der Worte, die Dröhmer seinem Protegé lautstark an den Kopf geworfen hatte und die gedämpft, aber deutlich durch die Türe gedrungen waren. Hagedorn hätte an seiner Stelle vermutlich nicht anders reagiert. Es war einfach ein ehernes Gesetz, Betroffene nicht an Ermittlungen teilhaben zu lassen und betroffene Polizeikollegen schon gar nicht. Emotional zu sehr involviert büßte jeder seine Objektivität ein und beäugte mit Argwohn die Vorgehensweise der Kolleginnen und Kollegen.

Hagedorn war nicht zum ersten Mal in dieser Situation und hätte seinerzeit beinahe sein Leben verloren. Nur war Karina damals das Opfer gewesen, und jetzt stand sie als Komplizin in einer Reihe von grausamen Morden unter Tatverdacht.

Adler riss ihn aus seinen Gedanken: »Willst du das nicht mehr essen?«,

»Nein. Keinen Hunger!«

Hagedorn goss sich aus der Thermoskanne eine weitere Tasse der LKA-Plörre, wie er sie nannte, ein und schüttete einen großen Schluck Kaffeesahne dazu, in der Hoffnung, sie dadurch genießbarer zu machen. Vergeblich!

Er stellte das Gesöff zurück auf den Tisch. Die Warterei war ihm zuwider, und das erste Mal seit Jahren gelüstete es ihn nach einer Zigarette. Wie gern hätte er jetzt eine geraucht, wohl wissend, dass der Rauch in seinem Mund einen Geschmack hinterlassen würde, als hätte er einen Aschenbecher ausgeleckt.

Er glaubte sich zu erinnern, dass Lindemann Raucher war. Sobald er ihm über den Weg lief, würde er ihn um eine Zigarette anschnorren.

Adlers Telefon klingelte, als sie sich gerade eine Pommes zwischen die Lippen schob.

»Ja!«, meldete sie sich, nachdem sie den Hörer förmlich von der Gabel gerissen hatte. Das Warten schien ihr ebenso schwerzufallen wie ihm.

»Das ist doch scheiße!«, blaffte sie. »So groß kann der Flughafen ja gar nicht sein, oder?«

Hagedorn folgte gespannt dem Gespräch. Ihm war klar, dass sie Sander verpasst haben mussten.

»Ja, okay, danke dir.« Sie beendete das Gespräch und legte auf.

»Nita und Karina ist es offenbar gelungen, durch die Kontrollen zu schlüpfen. Frag mich nicht, wie!«, sagte sie mit einer abwehrenden Geste.

Hagedorn hatte nicht die Absicht, nach dem »wie« zu fragen. »Und?«

»Nichts, und! Die Maschine hat gerade abgehoben.«

»Sieh es doch mal so. Wenn die Maschine in Stuttgart landet, kannst du Nita festnehmen und sparst dir den ganzen Papierkram, der mit ihrer Auslieferung verbunden wäre.«

»Das hatte ich schon berücksichtigt«, entgegnete sie grinsend. »Nita sollte auch nicht auf Gedeih und Verderb festgenommen werden. Mit den finnischen Kollegen war vereinbart, dass sie, ohne die Kontrollen zu verstärken, Nita beobachten. Nur wenn es die Situation zugelassen hätte, sollte eine Festnahme erfolgen.«

»Gut! Es wäre fatal, wenn Nita das Gefühl hätte, dass man nach ihr fahndet«, brummte Hagedorn.

»Was machst du?«, fragte Adler offensichtlich überrascht, als Hagedorn den Rollstuhl wendete und im Begriff war, ihr Büro zu verlassen.

Hagedorn zögerte mit der Antwort. »Nun, zuerst schnorre ich mir von Lindemann eine Zigarette, und dann versuche ich einen genießbaren Cappuccino aufzutreiben.«

»Warte, ich komme mit.«

Fünf Minuten später hatten sie das LKA-Gebäude verlassen.

Kapitel 43

21. Mai, 19:20 Uhr – Flughafen Pirkkala, Tampere, Finnland

Karina fühlte sich unbehaglich. Sicher, es war das erste Mal, dass sie, dank Nita, in den Genuss eines Pre-Boardings kam. Ein Privileg, dem sie aber nichts abgewinnen konnte. Was hatte sie denn davon, die Erste an Bord der Maschine zu sein, aber dennoch keine Ruhe zu finden? Der Ansturm würde in spätestens zehn Minuten beginnen. Menschen, die sich durch die Gänge quetschen, sie beim Verstauen ihres Handgepäcks anrempeln, laut durcheinanderquasseln würden.

Nita hatte sie gefragt, ob sie Lust auf ein Glas Champagner habe, was sie dankend bejaht hatte.

Nur wenig später kam Nita strahlend, ein kleines Tablett balancierend, den Gang hinunter.

Zwischen zwei entspannenden Saunagängen im Hotel hatte Karina eine Entscheidung getroffen. Ihr wäre lieber gewesen, sie Nita später mitzuteilen. Aber nachdem sie sich im Briefingraum verquatscht hatte, drängte Nita zu erfahren, was Karina ihr mitzuteilen gedachte.

Karina war flau im Magen, da sie Nitas Reaktion nicht einzuschätzen vermochte. Wie würde sie reagieren? Aus dem Gefühl, dass Nita immer dann zufällig Flugdienst hatte, wenn Karina zwischen Deutschland und Finnland oder anderen Destinationen pendelte, war Gewissheit geworden.

Wann immer Karina mit PinLine Air geflogen war und Nita es hatte einrichten können, war sie ihr nachgereist oder zufällig auf demselben Flug gewesen. Es waren einfach zu viele Zufälle, und Nita hatte diesen Vorwurf auch nicht dementiert. Karina hatte es für übersteigerte Anhänglichkeit gehalten, bis ihr klar wurde, dass Nita offenbar ganz andere Gefühle für sie zu hegen schien. Nitas Streicheln ihrer Hand im Briefingraum, was wohl eine zufällige Berührung hätte sein sollen, war nur eines von vielen Anzeichen.

Karina war seit der Pubertät sexuell immer beiden Geschlechtern zugetan gewesen. Aber eine feste, dauerhafte Beziehung konnte sie sich nur mit einem Mann vorstellen. Ein Mann, an dessen Brust sie sich würde anlehnen können, an dessen breite Schultern sie sich würde schmiegen können, um Schutz und Geborgenheit zu genießen. Irgendwann vielleicht, wenn sie körperliche und seelische Nähe wieder würde zulassen können.

Seit drei Jahren war ihr weder das eine noch das andere gelungen. Deshalb war eine wie auch immer geartete Beziehung mit Nita völlig undenkbar, und so war die logische Konsequenz der Auszug aus der gemeinsamen Wohnung in Bernhausen.

Nita hatte sich schon viel zu sehr in ihr Leben gedrängt. Sie würde nie den Ausdruck in Nitas Augen vergessen, nachdem sie Zeugin von Einos plumper Annäherung geworden war. Rasende Eifersucht hatte darin gelegen.

»Bitte schön, einmal Champagner und Erdbeeren.« Nita zwinkerte, als sie das Tablett vor Karina abstellte. »Habe ich aus der Businessklasse stibitzt.«

»Danke«, murmelte Karina.

»Und?«, fragte Nita mit erwartungsvoller Miene. »Was wolltest du mir vorhin sagen?«

Es hatte keinen Sinn, um den heißen Brei herumzureden. »Wenn ich aus Trinidad zurück bin, werde ich ausziehen«, platzte Karina geradewegs heraus.

Nita starrte sie ausdruckslos an. »Was meinst du damit, du wirst ausziehen? Ich meine, warum? Wieso?« Schillernd sammelten sich Tränen in Nitas Augen.

»Es tut mir leid. Wirklich!«

»Ich kann mich doch ändern«, schluchzte sie. »Ich habe verstanden, als du mir gestern Abend sagtest, dass du dich von mir bedrängt fühlst.« Zwei dicke Tränen kullerten über Nitas Wangen und zeichneten eine schwarze Spur zerlaufener

Wimperntusche. »Ich … ich …«, stammelte sie mit belegter Stimme.

»Ich weiß«, sagte Karina. Sie hatte alle Mühe, dem Impuls zu widerstehen, Nitas Hand zu ergreifen. »Aber es ist für uns beide besser, wenn ich gehe. Glaub mir.«

Nita zog die Nase hoch und nickte gleichmütig. »Vielleicht hast du recht.« Sie hob den Kopf und blickte um sich, als müsste sie sich erst orientieren, wo sie sich befand. »Ich muss! Das Boarding geht gleich los.«

»Ja, klar! Und, Nita?«

»Hm?«

»Bring dein Make-up noch in Ordnung, okay?«

Kapitel 44

21. Mai, 20:15 Uhr – LKA Stuttgart

»Hm, ist das gut«, brummte Hagedorn, als er den Rauch des ersten Zuges ausblies.

»Bäh! Ich verstehe nicht, dass du nach so langer Zeit wieder anfängst zu rauchen. Ehrlich!«

»Ich habe ja nicht vor, wieder damit anzufangen«, verteidigte er sich. »Aber es beruhigt meine Nerven.«

Unweit des LKA-Gebäudes hatten sie in einer Seitenstraße eine Pizzeria ausfindig gemacht. Auf dem Gehsteig vor dem Lokal waren drei Tischchen eingedeckt, und Hagedorn hatte darauf bestanden, draußen unter einem Heizpilz Platz zu nehmen. In den vergangenen Stunden hatte es merklich abgekühlt, und tief hängende Wolken, die träge über die Stadt hinwegzogen, kündigten Regen an.

Hagedorn zog ein weiteres Mal an der Zigarette und inhalierte genüsslich den Rauch, als er seines Spiegelbilds in der Terrassentür gewahr wurde. Seine Haare standen wirr in alle Richtungen ab, seine Wangen waren von Bartstoppeln dunkel schattiert, und tiefe Ringe lagen unter den Augen. Damit nicht genug, sah sein Gesicht schrecklich ramponiert aus. Vorsichtig betupfte er die jüngst erlittene Schürfwunde, die quer über seine Stirn verlief.

»Hör auf damit!«, tadelte Adler. »Oder willst du, dass sich das entzündet?«

»Schlimmer als meine Tochter«, brummte Hagedorn und schüttelte den Kopf.

»Erzähl mir von ihr«, bat Adler.

Ungeübt drückte Hagedorn die halb gerauchte Zigarette im Aschenbecher aus. »Da wird es nicht viel geben, was du nicht ohnehin schon über sie herausgefunden hast.«

»Natürlich hab ich ein Dossier über sie erstellen lassen«, gab Adler zu. »Aber wie ist sie so?«

Hagedorn versuchte, mit gespreizten Fingern etwas Ordnung in seine wirren Haare zu bringen. »Karina ist großartig«, fuhr er fort. »Sie ist ein offener, lebenslustiger Mensch, obwohl sie es nie leicht hatte. Wir mussten schon sehr früh lernen, miteinander klarzukommen. Als sie ihre Mutter am dringendsten gebraucht hätte, hat sie uns verlassen.«

Adler erinnerte sich an Lindemanns Dossier über Karina.

»Es muss hart für sie gewesen sein, als achtjähriges Mädchen von der Mutter im Stich gelassen zu werden.«

»Du hast keine Vorstellung.«

»Das tut mir sehr leid«, sagte Adler, als sie den Milchschaum ihres Cappuccino löffelte.

»Wie hat sie das Trauma ihrer Entführung verarbeitet?«

Hagedorn wurde hellhörig. Er lehnte sich zurück und verschränkte trotzig die Arme vor der Brust. »In Sachen Ehrgeiz seid ihr euch auf jeden Fall ebenbürtig.«

Adler hob ergeben die Hände. »Ich hatte gehofft …«

»Hör auf, Nadine! Du weißt genau, dass ich Karina gegenüber das Zeugnisverweigerungsrecht habe. Und solange du nicht bereit bist, die Ermittlungen gegen sie einzustellen, werde ich mit dir garantiert nicht über ihre Entführung oder eine mögliche Traumatisierung sprechen.« Hagedorn funkelte sie böse an. Wieder einmal hatte sie den Bogen überspannt.

»Tut mir leid.« Sie versuchte wohl die Wogen zu glätten.

»Hm. Sag mir lieber, was ihr jetzt geplant habt«, forderte Hagedorn.

»Der Flug wird planmäßig um zweiundzwanzig Uhr fünfundvierzig in Stuttgart landen. Es wurde vereinbart, dass wir die Maschine auf ihre Parkposition rollen lassen, und sobald die Gangway angedockt hat, das SEK heranführen und Nita festnehmen.«

Hagedorn spielte im Geist mögliche andere Optionen durch, befand aber, dass dieser Plan so gut wie jeder andere war. Die Gefahr einer Geiselnahme bestand in jedem Fall. Und

Adlers Plan bot ein nicht zu unterschätzendes Überraschungsmoment. Nita würde vermutlich nicht damit rechnen, dass das SEK unmittelbar nach der Landung das Flugzeug stürmte. Würde Adler die Maschine auf dem Vorfeld halten lassen, wäre Nita unter Umständen gewarnt. Und wer wusste, wozu sie dann fähig wäre?

»Hm«, brummte Hagedorn zustimmend. »Klingt vernünftig.«

Ein E-Klasse-Mercedes kam mit quietschenden Reifen um die Ecke geschossen. Alarmiert hob Hagedorn den Kopf und löste die Bremsen des Rollstuhls.

Er hatte definitiv genug Kamikazefahrer für einen einzigen Tag erlebt. Es hatte nicht viel gefehlt, und der Idiot heute Vormittag hätte ihn breitseits gerammt.

Der Wagen beschleunigte und hielt geradewegs auf sie zu.

»Scheiße!«, stieß Hagedorn aus und riss die Reifen des Rollstuhls nach hinten.

Adler war aufgesprungen und hatte den Plastikstuhl mit sich gerissen, als der Mercedes mit aufheulendem Motor und quietschendem Stakkato zum Stehen kam.

»Herrgott, Claus!«, brüllte sie den Fahrer an, der ihnen wild gestikulierend zu verstehen gab, rasch einzusteigen.

Adler fummelte aus der Hülle ihres Smartphones einen Zehneuroschein, den sie unter den Aschenbecher klemmte.

Dröhmer war ausgestiegen und hatte den Wagen umrundet, um Hagedorn die Fondtür zu öffnen. »Na los! Beeilt Euch!«

Hagedorns Blick wanderte fragend zwischen Adler und ihrem Vorgesetzten hin und her. »Könnte mir mal jemand verraten, was los ist?«

»Gleich!«, blaffte Dröhmer ungeduldig. »Während der Fahrt.«

»Aha! Und wo geht die Fahrt hin?«, erkundigte sich Hagedorn, als er sich auf die Rückbank des Mercedes gewuchtet und den Rollstuhl hinter den Fahrersitz gestellt hatte.

»Ins Innenministerium!«

Kapitel 45

21. Mai, 20:30 Uhr – finnischer Luftraum

Mechanisch hatte sie mit ihren Kolleginnen das Boarding abgewickelt. Alle hunderteins Passagiere hatten geordnet ihre Plätze eingenommen. Der Sarg mit dem Leichnam, den sie heute mit an Bord nahmen, war bereits in den Frachtraum verladen worden.

Das leise, stete Heulen der Turbinen war in ein monotones Summen übergegangen, nachdem sie die Reiseflughöhe erreicht hatten. Ruhig glitt die Maschine dahin, während ihre Kabinencrew damit begonnen hatte, die Passagiere mit Getränken und Snacks zu versorgen.

Gleich nach Beginn des Service hatte sie sich unkontrolliert zitternd entschuldigt und war auf die Toilette verschwunden. Sie müsse sich nur ein wenig frisch machen, hatte sie ausweichend geantwortet, als sich eine Kollegin erkundigt hatte, ob es ihr nicht gut gehe.

»Karina braucht mich doch. Wir brauchen einander. Was? Ja, eben! Sag ich doch immer. Das Schicksal hat uns zusammengeführt. Schließlich haben wir Ähnliches erlebt und durchmachen müssen. Ich beschütze sie, das hab ich die letzten beiden Jahre immer getan, seit ich sie gefunden habe. Wenn sie geht, wer sollte dann auf sie achten? Ich soll ihr das klarmachen? Aber wie? Du hast gut reden! Ihre Entscheidung scheint unumstößlich zu sein.«

Nita stöhnte leise. Fasziniert betrachtete sie das kleine Rinnsal Blut, das ihren Unterarm hinunterkroch.

Ein weiteres Mal setzte sie das scharfkantige Stückchen Weißblech, das sie aus dem Verschluss einer Weinflasche gebogen hatte, auf ihren Arm.

Tief schnitt die provisorische Klinge durch die Haut. Langsam ritzte sie sich damit quer über den Unterarm. Es war seit vielen Monaten das erste Mal, dass sie sich wieder schnitt. Mit geschlossenen Augen genoss sie das sich einstellende schmerzhafte Brennen, welches sich mit jedem Schnitt verstärkte.

»Natürlich sind die Kontrollen meinetwegen verstärkt worden! Wie sollte ich ahnen, dass sie die Leiche so rasch finden würden? Ob sie in Stuttgart wohl schon auf mich warten? Ich weiß, ich weiß. Das ist ein Dilemma. Dabei habe ich ja nicht einmal etwas Falsches getan.

Aber sicher erinnere ich mich an Hagedorns Worte. Genau das habe ich doch getan! Ich hatte gehofft, er könnte mir helfen. Vielleicht hat er das ja auch? Ob er mich befreit hat? Ja, ich glaube schon. Doch! Er hat mich befreit.«

Sie kicherte leise.

»Weißt du noch, als wir ihr begegnet sind?«

»Wie könnte ich das vergessen! Sie war aus der Praxis gekommen und sah aus wie ein Engel. Überirdisch schön. Ich hatte sie für eine Patientin gehalten. Als sie und der olle Hagedorn kurz darauf zum Essen gegangen sind, bin ich ihnen gefolgt. Du weißt das doch noch, oder? So innig und vertraut, wie sie waren, konnte sie unmöglich eine Patientin gewesen sein. Eine Liaison? Aber warum sollte ein Engel wie sie sich mit einem Krüppel im Rollstuhl einlassen.«

»Ich kann mich erinnern. Du warst so wütend und konntest es nicht ertragen, wenn sie sich berührt haben. Sie hatte dich vom ersten Augenblick an in ihren Bann gezogen.«

»Ja! Nein! Doch, du hast recht. Und ich war neidisch, als ich erkannt habe, dass sie Vater und Tochter sind.«

»Ja, dein Vater hat dich nie so liebevoll in den Arm genommen. Wie er sie angesehen hat, ihr Aufmerksamkeit geschenkt hat. Aber warum jammerst du? Du hast es nicht anders verdient! Du bist schwach! Ich hasse es, wenn du so schwach und jämmerlich bist! Natürlich hat Hagedorn dich befreit. Er hat uns alle befreit. Bist du seitdem nicht viel stärker geworden?«

»Ja, ich glaube schon. Aber ich will ...«

»Hör auf! Es ist ganz egal, was du willst. Wir wollen nicht mehr schwach und verletzlich sein. Du musst sie und dich beschützen. Also mach weiter, und tu gefälligst, was wir dir sagen!«

»Hört auf! Seid still! Lasst mich endlich in Ruhe. Ich habe immer getan, was ihr mir aufgetragen habt!«

»Gut so! Denkst du nicht, dass sie verdient haben, was sie bekamen?«

»Natürlich haben sie es verdient. Sie alle haben den Tod verdient.«

»Siehst du!«

Nita riss eines der Papiertücher aus dem Spender und tupfte sich das Blut von den Armen, während ihre Augen unstet hin und her flackerten. Sie konnte sich kaum auf die Stimmen konzentrieren, die unaufhörlich auf sie einredeten.

»Was soll ich denn jetzt tun? Ich habe mich immer nach euch gerichtet.«

»Warum bist du nur immer so unbeholfen? Hast du deine Tabletten dabei?«

»Was? Selbstverständlich, die habe ich immer dabei.«

Die Handflächen vor die Augen gepresst, saß sie da. Ihr Kopf zuckte unkontrolliert hin und her.

»Ich soll was? Seid ihr sicher? Ihr habt recht! Das klingt vernünftig! Nein, das kann ich nicht tun. Was geschieht dann mit Karina? Hm. Ihr habt recht. Wie immer!«

Sie atmete schwer, hämmerte sich mit den Handballen gegen die Schläfen, als sie sich wackelig erhob. Es dauerte einige Sekunden, bis ihr Puls sich beruhigt hatte und das Schwindelgefühl verebbte. Nach einem prüfenden Blick in den Spiegel entriegelte sie die Tür, spähte hinaus in den Gang und ging zur vorderen Galley, froh, dort keine ihrer Kolleginnen anzutreffen.

Nur wenige Minuten später ging sie mit zwei Tassen Kaffee zum Cockpit und meldete sich über das Pin-Pad an.

Kapitel 46

21. Mai, 20:45 Uhr – Innenministerium, Stuttgart

Das war das zweite Mal, dass Hagedorn innerhalb dieser Woche im Innenministerium des Landes Baden-Württemberg war, aber zum ersten Mal in deren Lagezentrum. Während der rasanten Fahrt in die Willy-Brandt-Straße hatte sich sein mieses Gefühl mit jedem Straßenzug, den Dröhmer hinter sich ließ, gesteigert. Etwas musste fürchterlich schiefgelaufen sein, sonst hätte sich das Ministerium niemals in die Festnahme einer mordverdächtigen Person eingemischt.

Sein Gefühl trog ihn nicht.

Etwas mehr als ein Dutzend hochrangiger Uniformträger und Referenten hatten sich in einem mit Monitoren vollgestopften Besprechungsraum eingefunden. Auf der gesplitteten Videoleinwand waren neben dem Innenminister mehrere Personen per Videoleitung zugeschaltet. Auf höfliche Floskeln war weitgehend verzichtet worden.

Der Staatssekretär des Ministeriums ergriff ohne Umschweife das Wort: »Folgende Situation hat die Zusammenkunft des Krisenstabes notwendig gemacht.« Zweifellos war er das freie Reden gewohnt. »Seit etwa dreißig Minuten besteht zu einer deutschen Linienmaschine einer in Stuttgart ansässigen Fluglinie kein Funkkontakt mehr. PinLine Air ist Tochtergesellschaft einer größeren Fluglinie«, erklärte der Staatssekretär. »Nachdem sie die Lizenzen einer pleitegegangenen Airline günstig ersteigert hatte, hat PinLine Air vor sechs Jahren den Flugbetrieb aufgenommen. Fünf Maschinen aus der Airbus-A320-Serie und zwei kleinere eines kanadischen Herstellers, allesamt neuerer Baureihe, fliegen täglich im Kurz- und Mittelstreckenverkehr deutsche und europäische Metropolen an. Da der Hauptsitz in Stuttgart ist, unterliegt sie zunächst der Zuständigkeit des Innenministeriums. Die genauen Umstände, die zu dem ComLoss geführt haben, sind uns bislang nicht bekannt. Flug PinLine 650 von Tampere nach Stuttgart ist zwar auf Kurs, aber als die Deutsche Flugsicherung in Berlin den Flug übernehmen wollte, konnte sie keinen Funkkontakt zur Cockpitcrew herstellen. Das Nationale Lage- und Führungszentrum für Sicherheit im Luftraum in Uedem hat die Koordinierung der weiteren Maßnahmen übernommen und das Renegade-Protokoll in Kraft gesetzt. Ich würde jetzt das Wort an Kriminaldirektor Dröhmer vom Landeskriminalamt übergeben.«

Dröhmer erhob sich räuspernd. Man sah ihm die Nervosität deutlich an. »Guten Abend! Das LKA führt derzeit ein Ermittlungsverfahren in einer Reihe von Morden durch.«

Hagedorn zog überrascht ob seiner Wortwahl eine Augenbraue in die Höhe. Na ja. Eine Reihe von Morden hörte sich ja auch weniger dramatisch an als Serienmörderin.

Adler warf ihm einen fragenden Blick zu. »Was?«, fragte sie flüsternd.

»Nichts!«, log Hagedorn und wandte sich wieder Dröhmer zu.

»Unser Tatverdacht richtet sich konkret gegen eine einunddreißigjährige Frau. Ihr Name ist Nita Sander. Sie arbeitet als Flugbegleiterin für die Fluggesellschaft PinLine Air.«

Ein Raunen ging durch die Runde.

Du Vogel wüsstest ohne mich nicht einmal, dass es eine Nita Sander gibt, dachte Hagedorn.

Adler schien eine hohe Meinung von Dröhmer zu haben. Hagedorn war diesbezüglich etwas zurückhaltender. Für ihn wäre es selbstverständlich gewesen, das Wort an die Soko-Leiterin zu übergeben. Möglich, dass er ihm unrecht tat, aber er konnte sich des Eindrucks nicht erwehren, dass Dröhmer sich hier zu profilieren gedachte.

»Unsere Zielfahndung hatte vage Hinweise, dass sie sich in Tampere, Finnland, aufhalten könnte und mit Flug PL650 nach Stuttgart zurückfliegt. Wie gesagt, waren die Hinweise unbestätigt, weshalb wir die finnischen Kollegen gebeten haben, verdeckte Maßnahmen zu betreiben und uns zu benachrichtigen, falls sie an Bord der Maschine geht. Am späten Nachmittag haben wir aus Helsinki die Nachricht bekommen, dass Nita Sander möglicherweise als Verdächtige für den Mord an einem finnischen Soldaten in Betracht kommt. Seine Leiche wurde am frühen Nachmittag entdeckt. Offenbar hatte die finnische Polizei bereits nach Sander fahnden lassen und dementsprechend ihr Personal am Flughafen verstärkt.«

Dröhmer sah zu Adler hinab, ehe er fortfuhr. »Wir vermuten, dass sie dadurch vorgewarnt wurde. Es scheint ihr gelungen zu sein, durch die Kontrollen zu schlüpfen und an Bord der Maschine zu gehen.«

»Und wieso zum Teufel wurde die Maschine dann nicht am Boden gehalten?«, hakte der Innenminister nach.

»Das weiß ich leider nicht, Herr Minister. Das LKA hat von den Fahndungsmaßnahmen der Finnen erst vor einer halben Stunde erfahren.«

»Sei's drum. Es ist, wie es ist«, drang die Stimme des Ministers dumpf aus den Deckenlautsprechern. »Wir werden das weitere Vorgehen mit dem NLFZ koordinieren. Danke, meine Damen und Herren.«

»Eine Anmerkung, Herr Minister«, sagte Dröhmer zu dem Mann, dessen Gesicht schon fast aus dem Sichtfeld der Webcam entschwunden war. Dröhmer deutete auf Hagedorn und fuhr fort. »Herr Hagedorn ist Psychotherapeut und kennt Nita Sander. Sie war seine Patientin.«

Wenn er dazu in der Lage gewesen wäre, hätte er Dröhmer in diesem Augenblick gegen das Schienbein getreten. Aber er hatte eine vage Vermutung, was Dröhmer beabsichtigte.

Der Minister schien einen Augenblick zu überlegen. »Was konkret schlagen Sie vor, Herr Dröhmer?«

»Ihr Einverständnis vorausgesetzt und natürlich nur in enger Abstimmung mit dem NLFZ und der Verhandlungsgruppe«, schickte Dröhmer voraus, »wäre mein Vorschlag, Herrn Hagedorn zum Tower des Stuttgarter Flughafens zu verbringen. Da wir die genauen Umstände des Kommunikationsverlustes immer noch nicht kennen und wir nicht gänzlich ausschließen können, dass Sander involviert sein könnte, wäre es sinnvoll, Hagedorn als Verhandlungsführer in der Hinterhand zu haben.«

Der Minister knetete seine Nasenwurzel und schien angestrengt zu überlegen.

Die Sekunden verstrichen, und alle im Raum starrten gebannt auf das Gesicht auf der Videoleinwand.

»In Anbetracht der Alternative«, fuhr der Minister leise fort, »meinetwegen. Aber stimmen Sie das mit dem NLFZ ab. Ist das klar?«

»Selbstverständlich, Herr Minister!«

»Und ich möchte auf dem Laufenden gehalten werden.«

Der Staatssekretär, der die Sitzung eröffnet hatte, übernahm das Wort. »Ich werde Sie laufend unterrichten, Herr Minister. Die Presseabteilung ist ebenfalls schon informiert.«

Der Innenminister murmelte seinen Dank, und sofort wurde das Monitorbild schwarz.

Es hatte zu nieseln begonnen. Der Sturm, den die Rotoren des Helikopters verursachten, zerrte an Hagedorns Kleidern und Haaren und peitschte ihm Sprühregen ins Gesicht, als er sich dem Landeplatz näherte.

Dröhmer lief gegen den Rotorenwind gebeugt neben ihm her und hielt ihm die Tür zur Kabine auf. Hagedorn hatte einige Mühe, sich in den Airbus-Hubschrauber der Hubschrauberstaffel zu hieven. Er hob sich zunächst auf die Einstiegskante und danach auf den höhergelegenen Sitz. Schwer atmend legte er sich den Gurt und das Headset an.

»Geht's wieder?«, brüllte Dröhmer gegen den Rotorenlärm an. Er warf Hagedorn einen besorgten Blick zu.

»Ja«, japste er.

Dröhmer reichte ihm den zusammengefalteten Rollstuhl und stieg hinterher.

»Um eines klarzustellen, Hagedorn«, drang es blechern

aus Hagedorns Kopfhörer, nachdem auch Dröhmer das Headset über die Ohren gestülpt hatte. »Ich bin nach wie vor der Ansicht, dass Adler einen Fehler begangen hat.«

»Soll ich jetzt dankbar sein, dass Sie mich dem Innenminister als Unterhändler vorgeschlagen haben?«, knurrte Hagedorn.

»Denken Sie, was Sie wollen, Hagedorn«, antwortete Dröhmer gleichgültig. »Sie sind …«

Hagedorn fiel ihm ins Wort: »Ein Bauernopfer! Wenn es in die Hose geht, können Sie Ihren Vorgesetzten einen Schuldigen präsentieren. Ist es nicht so?!« Er beugte sich, die Ellbogen auf den Schenkeln abgestützt, Dröhmer entgegen. »Sie sind ein manipulativer Mistkerl, Dröhmer. Waren nicht Sie es, der mit den finnischen Behörden in Kontakt gestanden hat? Sie brauchten einen schnellen Fahndungserfolg. Wer weiß, warum die Finnen ihre Fahndungsmaßnahmen derart intensiviert haben, dass Sander Lunte gerochen hat.«

»Seien Sie vorsichtig mit solchen Anschuldigungen, Hagedorn«, warnte Dröhmer mit erhobenem Zeigefinger.

Hagedorn lächelte süffisant und lehnte sich zurück. Er hatte erfahren, was er wissen wollte.

Der Hubschrauber überwand die zehn Kilometer Luftlinie bis zum Tower der Deutschen Flugsicherung am Flughafen Stuttgart in weniger als vier Minuten.

Dröhmer war hinausgesprungen und hielt den Rollstuhl bereit, während Hagedorn sich mühsam auf dessen Sitz niederließ. Wortlos wandte sich Dröhmer ab und schickte sich an, erneut den Hubschrauber zu besteigen.

»Kommen Sie nicht mit?«, erkundigte sich Hagedorn brüllend.

»Nein!«, antwortete Dröhmer. »Ich fliege weiter nach Uedem.«

Hagedorn stieß sich einige Meter zurück und beobachtete, wie der Helikopter mit hochdrehenden Turbinen leicht schwankend abzuheben begann, stetig an Höhe gewann und in den Himmel aufstieg.

Er warf einen Blick auf seine Armbanduhr und überschlug die Flugzeit. Selbst mit Höchstgeschwindigkeit würde der Hubschrauber das NLFZ erst kurz nach der geplanten Landung des Fluges PL650 erreichen. Was Dröhmer dort wollte, entzog sich Hagedorns Verständnis.

Die Reifen gegenläufig drehend, wendete er auf der Stelle und hielt auf den Eingang des Towers zu. Der Pilot hatte ihn direkt auf dem Mitarbeiterparkplatz der Flugsicherung abgesetzt. Einige Male rutschten seine Finger auf den nassen Greifreifen ab, was ihm derbe Flüche entlockte. Er sehnte sich nach seinem Elektrorollstuhl.

»Herr Hagedorn?«, rief ihm ein junger Mann entgegen, der an der Sicherheitstür von einem Nebengebäude rauchend auf ihn zu warten schien.

Mit wenigen Stößen hatte er den Eingang erreicht und rollte durch die offene Tür. Er wischte sich mit der Hand das Regenwasser aus dem Gesicht und musterte den jungen Mann.

Ein hagerer Kerl, vielleicht Ende zwanzig, der trotz der Witterung nur ein T-Shirt trug.

»Mein Name ist Gerber«, stellte er sich vor und hielt ihm eine laminierte Besucherkarte unter die Nase. »Die sollten sie sich anhängen und jederzeit sichtbar tragen«, riet er.

»Sie haben mich erwartet?«, fragte Hagedorn.

»Das Ministerium hat sie vor etwa zehn Minuten angekündigt.«

»Gibt es was Neues zu Flug 650?«

»Immer noch kein Funkkontakt. Aber lassen Sie uns erst in den Tower gehen. Herr Drexler erwartet Sie bereits und wird Sie über die neue Lage in Kenntnis setzen.«

»Wer ist Drexler?«

»Der leitende Fluglotse im Tower«, klärte Gerber ihn auf.

Die feuchten Reifen quietschten leise auf dem Linoleum, als Hagedorn wendete und Gerber auf dem Fuß folgte.

Kapitel 47

21. Mai, 21:15 Uhr – deutscher Luftraum über der Ostsee

Karina schreckte aus einem unruhigen Schlaf hoch. Irritiert zupfte sie die In-Ear-Kopfhörer ihres MP3-Players heraus und sah sich in der Kabine um. Passagiere redeten aufgeregt durcheinander, manche pressten ihre Gesichter an die Fenster, schirmten mit den Händen das Kabinenlicht ab und starrten angestrengt nach draußen.

»Was ist denn los?«, erkundigte sie sich bei ihrer Sitznachbarin, die wie einige andere angestrengt in die dunkle Nacht hinausstarrte.

»Wir werden von Jagdflugzeugen begleitet«, sagte die Frau tonlos, ohne den Blick abzuwenden.

»Da! Sehen Sie?«

Karina beugte sich näher zu ihr, konnte aber rein gar nichts sehen. Der silberhaarige Schopf der älteren Dame füllte den gesamten Fensterraum aus.

»Darf ich mal?«, bat sie.

»Natürlich, Liebes!«, sagte sie entschuldigend und räumte Karina freie Sicht aus dem Fenster ein.

Viel konnte Karina nicht erkennen. In einiger Entfernung waren blinkende Navigationslichter auszumachen. Sie glaubte, zwei oder drei Maschinen gezählt zu haben.

Für Linienmaschinen waren sie definitiv zu klein und zudem zu dicht beieinander, was tatsächlich dafür sprach, dass es sich um einen Verband von in Formation fliegenden Kampfjets handeln könnte. Aber weswegen?

Karina beugte sich leicht in den Mittelgang und spähte nach vorn. Zwei Flugbegleiterinnen standen tuschelnd zusammen, bis sie Karinas neugierigen Blick bemerkten und sich sogleich aus ihrem Sichtfeld bewegten und den Vorhang zur Businessclass schlossen.

»Entschuldigen Sie bitte«, sagte eine Stimme hinter ihr.

Karina richtete sich auf und ließ eine Flugbegleiterin passieren, die sich von der hinteren Bordküche, an mehreren Passagieren vorbei, zügig nach vorn durch den Gang schlängelte.

Wo ist Nita?, ging es Karina durch den Kopf. Sie schaute den Gang zur hinteren Bordküche hinunter, konnte sie aber nirgendwo entdecken.

Vielleicht hält sie sich in der Businessclass auf, oder sie ist vorn im Cockpit.

Karina war niemand, der sich schnell ängstigen ließ, aber allmählich überkam sie ein mulmiges Gefühl.

Einige andere Passagiere schienen ähnlich wie sie zu empfinden. Manche wiederum schliefen oder lauschten mit geschlossenen Augen ihrer Musik oder ihren Hörbüchern über Kopfhörer.

Karina löste ihren Beckengurt und wechselte in eine hinter ihr liegende Sitzreihe, die unbesetzt geblieben war. Sie rückte nah ans Fenster und spähte nach draußen. Die Kampfflugzeuge hatten sich offenbar zurückfallen lassen. Im Augenblick konnte sie lediglich die Blinklichter eines einzelnen Flugzeugs ausmachen.

Plötzlich verringerte sich der Abstand zwischen den beiden Flugzeugen rapide.

Das Kampfflugzeug flog auf Höhe der linken Tragfläche einige Sekunden lang gleichauf und stieg dann über den Airbus A319 hinweg. Zwei Lichtblitze erhellten für den Bruchteil einer Sekunde den nächtlichen Himmel. Karina zuckte erschrocken zusammen. Irgendwo schrie jemand auf. Sie war also nicht die Einzige, die die Blitze gesehen hatte.

»Oh mein Gott, die schießen auf uns«, kreischte eine Frau einige Sitzreihen vor ihr panisch, was augenblicklich zu tumultartigen Reaktionen unter den Passagieren führte.

Immer mehr sprangen von ihren Sitzen auf und drängten

an die Fenster. Selbst diejenigen, die bisher geschlafen hatten, erhoben sich nun verängstigt.

»Fuck! Was ist hier los?«, flüsterte Karina. Unsicher, was sie tun sollte, ging sie zögerlich den Gang Richtung Cockpit hinauf. Nita würde ihr sicher erklären können, was hier vor sich ging. Sie schob und drängelte sich an Passagieren vorbei, die die Gänge blockierten.

»Würden Sie bitte wieder ihren Platz einnehmen!«, sagte eine der Flugbegleiterinnen zu ihr, als Karina die vordere Bordküche erreicht hatte.

Die drei uniformierten Frauen hatten flüsternd beisammengestanden. Karina sah Besorgnis in ihren Gesichtern. Und Unsicherheit.

»Wo ist Nita Sander?«, erkundigte sie sich.

»Ich bitte Sie. Kehren Sie zu Ihrem Platz zurück!«, forderte sie die ältere der drei Stewardessen auf.

Karina schielte auf das Namensschild an ihrem Revers. »Zuerst werden Sie mir sagen, wo Nita ist, Frau Stefanovic.«

»Hören Sie!«, sagte sie beschwichtigend. »Sie ist im Cockpit beim Kapitän. Es besteht kein Grund zur Beunruhigung. Wir haben lediglich kleinere technische Schwierigkeiten. Wir werden uns in wenigen Minuten mit einer Durchsage an die Passagiere wenden. Aber nun nehmen Sie bitte Ihren Platz wieder ein«, fügte sie etwas nachdrücklicher hinzu.

Verunsichert trat Karina den Rückweg an und kehrte zu ihrem Platz zurück.

Die erste Panikwelle schien sich beruhigt zu haben. Dennoch erhoben sich unzählige Stimmen, die verlangten, endlich zu erfahren, was hier los sei. Zwei der Flugbegleiterinnen eilten gezwungen lächelnd durch die Reihen und versuchten die Passagiere zu beruhigen und sie auf ihren Plätzen zu halten.

Ein Bing-Bong aus den Bordlautsprechern kündigte eine Durchsage an.

»Sehr verehrte Fluggäste. Darf ich um Ihre Aufmerksamkeit bitten? Wegen einer technischen Störung kommt es zu Schwierigkeiten in der Bordkommunikation. Sie werden bemerkt haben, dass wir sichernd begleitet werden. Es besteht jedoch kein Grund zur Beunruhigung. Das dient lediglich unserem Schutz. Wenn Sie nun bitte wieder alle Ihre Plätze einnehmen würden. Meine Kolleginnen und ich werden Sie in Kürze mit Kalt- und Heißgetränken versorgen. Ich bitte Sie, die Unannehmlichkeiten zu entschuldigen und bedanke mich für Ihr Verständnis.«

Karina war durch die Ansage keinesfalls beruhigt. Im Gegenteil!

Es schien, dass sie mit ihrem Gefühl nicht allein war. Reihum sah sie in die besorgten Gesichter der Menschen.

Die weißhaarige Dame, neben der sie saß, schüttelte aufgeregt ein Dosieraerosol, aus dem sie mehrere Stöße tief zu inhalieren begann. »Asthma«, keuchte sie entschuldigend.

»Kann ich etwas für Sie tun?«, erkundigte sich Karina.

»Das ist sehr aufmerksam von Ihnen, vielen Dank! Könnten Sie mir ein Glas Wasser besorgen?«, bat sie. »Ich muss dringend meine Medikamente einnehmen.«

Karina betätigte die Ruftaste über sich, und erstaunlicherweise musste sie nicht lange warten, bis die ältere der Flugbegleiterinnen, Frau Stefanovic, herbeieilte und sich nach ihrem Wunsch erkundigte.

»Die Dame hier bräuchte dringend ein Glas Wasser, und würden Sie mir etwas Hochprozentiges bringen?«

»Aber selbstverständlich!«

Karina bedankte sich und sah sie den Gang hinuntereilen.

Die Situation war völlig bizarr. Die Kommunikation war ausgefallen, drei Kampfflugzeuge geleiteten sie, aber die Flugbegleiterinnen versahen ihre Arbeit, als wenn nichts gewesen wäre. Erst jetzt fiel ihr auf, dass nicht, wie in einer solchen Situation zu erwarten wäre, der Kapitän sich mit einer Ansprache an die Passagiere gewandt hatte, sondern eine Flugbegleiterin.

Karina wusste zu wenig über die Arbeit der Kabinencrew, aber sie meinte sich zu erinnern, dass Nita einmal erwähnt hatte, dass sie als Purserin für alle Durchsagen verantwortlich war und bei flugtechnischen Durchsagen in der Regel sich der Kapitän an die Passagiere wandte.

Wo verdammt war Nita? Sie wurde hier gebraucht. Was mochte sie so lange im Cockpit aufhalten?

Schneller als erwartet kehrte Stefanovic mit einem Fläschchen Wasser und zwei Minifläschchen Jack Daniels zurück, die sie zusammen mit zwei Plastikbechern vor ihnen auf dem Klapptischchen abstellte.

»Zum Wo…«

»Ist Frau Sander immer noch im Cockpit?«, unterbrach sie Karina.

»Wenn Sie Nachschub brauchen, sagen Sie mir Bescheid«, antwortete Stefanovic ausweichend.

»Ich bitte Sie, Frau Stefanovic. Nita ist meine Freundin. Ich will doch nur wissen, ob es ihr gut geht!«

Die Flugbegleiterin sah sich verstohlen um, ehe sie flüsternd fortfuhr. »Nita ist immer noch im Cockpit. Wir haben leider keinen Kontakt ins Cockpit. Hängt wohl mit der technischen Störung zusammen«, mutmaßte sie.

»Wie wäre es dann mit Anklopfen?«, entgegnete Karina ungehalten.

»Es tut mir leid«, antwortete Stefanovic. »Ich muss zurück in die Bordküche. Wie gesagt, wenn Sie noch etwas wünschen, lassen Sie es mich wissen.«

Es war zum Verrücktwerden. Karina kochte innerlich vor Wut. Irgendetwas war hier gehörig faul, und sie war fest entschlossen herauszufinden, was.

Sie kramte ihr Smartphone aus der Handtasche, das sie gewohnheitsmäßig schon vor dem Boarding in den Flugmodus versetzt hatte.

Nachdem sie es entsperrt hatte, wählte sie sich in das Bord-WLAN ein und gab ihre Kreditkartendaten ein, um Zugang zu erhalten.

Ungeduldig beobachtete sie das Display, während des Logins. Plötzlich begann das Smartphone nervös zu brummen, als eine eingehende Nachricht die andere jagte. Alle waren von ihrem Vater.

Was ist hier los?

Kapitel 48

21. Mai, 21:15 Uhr – über der Ostsee, 50 Kilometer vor Usedom

»Assign-two-and-three-November-disengage – Go!«

Die beiden Flügelmänner reagierten sofort auf seine Anweisung, nahmen wieder die Formation ein und flogen mit wenigen Metern Abstand neben ihm. Nach ihrem Aufsteigen in Wittmund war seine Rotte sofort auf Abfangkurs gegangen. Die knapp vierhundert Kilometer bis zum Rendezvouspunkt über der Ostsee hatten die Eurofighter mit eineinhalbfacher Schallgeschwindigkeit in weniger als vierzehn Minuten hinter sich gebracht.

Dass das NLFZ Alarmrotten aufsteigen ließ, um abtrünnige Linienmaschinen zu identifizieren und wieder auf Kurs zu bringen, war ihm nicht neu. Major Roman Porsch war seit zwei Jahren Rottenführer in Wittmund. Zwei- bis dreimal pro Woche stiegen Maschinen seiner Staffel auf. Obwohl alle Piloten für solche Szenarien ausgebildet waren, hoffte jeder seiner Kameraden, niemals die Bordwaffen gegen zivile Ziele abfeuern zu müssen.

»Scheißtag!«

»November Two an Leader. Wiederholen Sie?«, knackte es aus dem Headset seines Helms.

»Ach, nichts!«, antwortete Porsch.

»November-two-and-three–change-radio-frequency.«

»Radio-one-two-one-five-five-zero-Go«, sprach Porsch in das Mikrofon der Sprachsteuerung.

Das Funkgerät reagierte und wechselte die Frequenz auf 121.550.

Nach Erreichen des Abfangpunktes hatten sie schnell Sichtkontakt zu Flug PinLine 650 herstellen können.

Major Porsch hatte sich wiederholt neben die Maschine gesetzt, ohne dass die Cockpitcrew reagiert hätte. Nachdem sie auch nicht auf die abgefeuerten Täuschkörper reagiert hatte, vollzog er in einem riskanten Flugmanöver eine langsame Rolle über die Linienmaschine hinweg und erkannte, dass beide Flugoffiziere leblos in den Gurten hingen. In Formation begleiteten er und seine beiden Flügelmänner nun die Maschine und warteten auf weitere Befehle.

Roman Porschs Gedanken rasten. In der Theorie durfte er unmoralische Befehle verweigern. Hunderte Male hatte er in Gedanken durchgespielt, wie er in einer solchen Situation handeln würde. Wenn der Abschuss einer Maschine mit hundert oder noch mehr Menschen an Bord das Leben mehrerer Tausend am Boden rettete, war es für ihn nur eine logische Konsequenz und weniger eine Frage der Moral.

Bis jetzt! Er hatte in die fragenden, angsterfüllten Gesichter jener Menschen geblickt, die sich an die Fenster gedrängt und nach draußen gespäht hatten. Was gab ihm oder irgendeinem Sesselfurzer im NLFZ die Machtbefugnis, über Leben und Tod zu entscheiden?

Porsch musste sauer aufstoßen und schluckte gegen den Brechreiz an, der sich seiner bemächtigt hatte. Er konnte doch unmöglich hundertsieben Menschen in den Tod schicken. Männer, Frauen und Kinder.

Würde er den Befehl verweigern, könnte dies das Ende seiner Karriere bedeuten und die schon greifbare Beförderung zum Staffelführer und damit in den Rang des Oberstleutnants in weite Ferne rücken, wenn man ihm nicht gleich ein Flugverbot erteilen und ihn aus dem Flugdienst entfernen würde.

Porsch überwachte die Flugdaten auf seinem Head-up-Display, als es in seinem Kopfhörer knackte.

»Verstanden, National Control. Stand-by für weitere Anweisungen.«

Kapitel 49

21. Mai, 21:30 Uhr – Tower, Flughafen Stuttgart

Ungläubig überflog Hagedorn wieder und wieder den Computerausdruck, der vor ihm lag. Es handelte sich um die Passagierliste des Fluges PL650, die ihm der leitende Fluglotse wortlos überreicht hatte, kurz nachdem Hagedorn im Tower eingetroffen war.

Der leitende Fluglotse der Deutschen Flugsicherung hatte ihn höflich am Lift empfangen und ihn kurz über den aktuellen Stand ins Bild gesetzt. Er hatte sich ihm als Norman Drexler vorgestellt, bestand aber darauf, mit Vornamen angesprochen zu werden.

Hagedorn hatte die Liste überflogen und war erstarrt, als er auf Position 48 den Namen »Karina Hagedorn« und die Sitzbezeichnung »12B« gefunden hatte.

Trotz des kühlenden Luftstroms, den die Klimaanlage ausstieß, war Hagedorn der Schweiß ausgebrochen, und er war kaum in der Lage gewesen zu atmen.

Drexler hatte ihm einige Minuten gelassen, sich zu fassen.

Nun saß Hagedorn dumpf brütend vor einem Computermonitor, sein Smartphone fest umklammernd. Allein in den vergangenen fünf Minuten hatte er mehrere Sprach- und Textnachrichten an Karina geschickt. Sie waren versendet, aber offenbar noch nicht zugestellt.

Hagedorn war nicht sicher, ob sie die Nachricht überhaupt würde empfangen können in über zehntausend Metern Höhe.

Er fühlte sich furchtbar, und vor ein paar Minuten hatte er sich eingenässt.

Die Jacke über seinem Schoß drapiert, versuchte er den feuchten Fleck, so gut es ging, zu verbergen.

Erneut begann es in seinem Headset zu knacken und zu rauschen.

»PinLine six-five-zero, melden Sie sich! PinLine six-five- zero, hier ist die Flugkontrolle des NLFZ, antworten Sie!«

Nichts! Immer noch keine Antwort.

Hagedorns Nerven waren bis zum Zerreißen gespannt. Was ging in diesem Flugzeug vor sich?

Drexler hatte ihm erklärt, dass es an Bord eines Flugzeugs keinen Handyempfang geben konnte, da die Mobilfunksignale horizontal abgestrahlt würden und in großer Höhe nicht mehr zu empfangen wären. Zudem könne sich ein Handy bei Geschwindigkeiten ab 250 km/h bei keinem Funkmast mehr einloggen.

Der Airbus A319 verfüge aber über ein bordeigenes WLAN, in das sich die Fluggäste gegen Gebühr einbuchen könnten, was aber die wenigsten aufgrund der hohen Kosten taten. Zudem sei das WLAN extrem instabil.

Hagedorn fuhr erschrocken zusammen, als das Smartphone in seiner Hand zu brummen begann. Mit zittrigen Fingern nahm er den unbekannten Anrufer an.

»Karina?«, fragte er nervös.

»Ich bin es, Falk. Marius. Ich muss …«

»Sehr ungünstig, Marius. Ich muss die Leitung frei halten. Ich rufe dich später zurück«, unterbrach ihn Hagedorn.

»Falk, warte!«

Hagedorn hatte das Gespräch beendet, bevor Bannert weitersprechen konnte.

Er hatte jetzt keinen Nerv für Bannert, egal, was er ihm mitzuteilen gedachte. Die Leitung musste für Karina frei bleiben, falls sie auf seine Nachrichten antwortete. Hagedorn wischte alle weiteren Anrufversuche Bannerts beiseite, bis es ihm zu blöd wurde und er das Handy brummen ließ.

Hagedorn massierte sich die Schläfen und sah hinaus in den verregneten Nachthimmel. Eine Sturmbö stob Regen gegen den verglasten achteckigen Turmaufbau des Towers. Selbstvergessen folgte sein Blick einem dicken Tropfen, der in

Schlieren, in chaotischen Zickzacklinien, an der Scheibe hinabrann.

Eine Stimme riss ihn aus seinen Gedanken: »Falk?«

»Hm?«

Adler stand völlig durchnässt hinter ihm und hielt ihm einen dampfenden Pappbecher entgegen. Ihre Haare klebten nass am Schädel.

»Du siehst …«

»Ich weiß! Wo kommst du denn her?«, wollte Hagedorn wissen.

»Vom Amt«, antwortete sie knapp. »Bannert versucht, dich schon die ganze Zeit zu erreichen.«

»Herrgott noch mal! Ich kann jetzt nicht mit ihm sprechen.«

Adler sah auf Hagedorn hinunter. Sie wirkte verwirrt.

»Karina ist an Bord der Maschine.«

»Fuck! Das ist nicht wahr, oder?«

Hagedorn nickte schwerfällig. »Doch! Leider! Ich kann sie aber nicht erreichen.«

»Das tut mir leid, Falk«, sagte sie betreten, zog sich einen der Drehstühle heran und ließ sich darauf nieder.

»Weshalb bist du hier?«

»Ich habe Neuigkeiten.«

»Kann das nicht warten?«

»Doch!«

Hagedorn bedankte sich und wandte seinen Blick Norman Drexler zu, dessen Mimik alles andere als Zuversicht zum Ausdruck brachte. Langsam kam Drexler auf sie zu.

»Uns läuft die Zeit davon«, sagte er leise, als er zu ihnen getreten war.

»Das NLFZ muss eine Entscheidung treffen, bevor es zu spät ist.«

»Was heißt zu spät?«, wollte Hagedorn wissen.

»Bevor die Maschine zu dicht besiedeltes Gebiet überfliegt.«

»Herrgott, die wollen das Flugzeug wirklich abschießen?«,

schrie Hagedorn mit tiefer Stimme. »Wir haben immer noch etwas mehr als eine Stunde Zeit«, gab er zu bedenken.

»Sag das nicht mir, Falk. Die Entscheidung fälle nicht ich«, sagte Drexler erneut. »Gott sei Dank muss ich das nicht«, fügte er kaum vernehmlich hinzu.

Hagedorn stieß einige derbe Flüche aus. »Ihr seid doch alle wahnsinnig«, fauchte er wütend, als er sich zu dem Funktisch umdrehte und sich den Kopfhörer über die Ohren stülpte.

Hagedorns Zeigefinger schwebte über der Sprechtaste des Funkgeräts. Er atmete einige Male tief ein und blies die Luft aus, als beabsichtigte er, Gewichte zu heben. »PinLine 650, hier ist Stuttgart Tower. PinLine 650, hören Sie mich?« Hagedorn lauschte mit geschlossenen Augen dem statischen Rauschen. »PinLine 65 … Sati, kannst du mich hören?«

Einige Sekunden verstrichen, als es plötzlich leise knackte. Er hörte eine nasale Stimme: »Wer ist da?«

Plötzlich kam Bewegung in die Mannschaft des Towers, die über Lautsprecher gebannt seinen Versuchen gelauscht hatte.

»Sati, kannst du mich hören?«

»Sind Sie das, Hagedorn?« Die Stimme klang fest und bestimmt.

Hagedorn hatte ins Blaue geschossen. Er war einer Intuition gefolgt, und sie hatte reagiert. Räuspernd zwang er sich zur Ruhe, ehe er die Sprechtaste betätigte und gedämpft weitersprach: »Ja, hier spricht Falk Hagedorn. Schön, dass Sie mit mir reden, Nita.«

»Sie haben also herausgefunden, wer ich bin«, sagte sie.

Hagedorn gestikulierte wild in die Runde und verlangte nach einem Blatt Papier und etwas zu schreiben.

»Wie fühlen Sie sich, Nita?«

»Das kann Ihnen doch egal sein, wie ich mich fühle.«

»Quälen sie Sie immer noch?«, erkundigte sich Hagedorn.

»Wer?«

»Die Stimmen, Nita. Quälen Sie die Stimmen?« Erneut

schoss er ins Blaue und hoffte einen weiteren Treffer zu landen.

Stille trat ein. Hagedorn kritzelte die Namen Nita und Sati auf das Blatt Papier, das Drexler ihm mit einem Filzstift gereicht hatte.

»Sati?«

Rauschen!

»Nita? Sind Sie da?«

Ihre Stimme drang schluchzend durch den Äther: »Sie konnten mir vor zwei Jahren schon nicht helfen. Ich will, dass Sie mich in Ruhe lassen.«

Hagedorn schloss die Augen. Die Zeit war definitiv zu knapp, um sich auf Spielchen einzulassen.

Seine Vermutung, dass sie eine zutiefst paranoid-schizophrene Störung hatte, schien sich jedenfalls zu bestätigen. Und offenbar durchlebte sie einen akuten psychotischen Schub. Darüber, was die Psychose verstärkt hatte, konnte Hagedorn nur spekulieren, er vermutete aber, die erhöhte Polizeipräsenz am Flughafen in Tampere.

»Sagen Ihnen die Stimmen, dass ich Sie in Ruhe lassen soll? Oder wollen Sie das?«

»Die sagen das!«

»Was sagen sie Ihnen sonst noch?«

Rauschen!

Hagedorn wandte sich Adler zu. »Schnell! Was hast du herausgefunden?«

Adler zog sich einen Stuhl heran, nahm neben Hagedorn Platz und entfaltete ein Blatt Papier, das sie aus der Innentasche ihres Blazers gefischt hatte. »Interpol glaubt, dass Sander für insgesamt sechzehn Morde an europäischen Flughäfen verantwortlich sein könnte.«

»Großer Gott!«, entfuhr es Hagedorn.

»Madrid, Lissabon, Ljubljana, Danzig, Warschau, Grenoble, Malta und einige andere.«

Fassungslos starrte er Adler an. »Warum wurde das nie bekannt?«

»Weil es Einzelfälle waren?«, riet Adler. »Hätte Sander nicht mehrere Morde in Deutschland verübt, wäre es uns vermutlich auch nicht aufgefallen. Es wäre ein lokales Ereignis gewesen, dem man keine besondere Bedeutung beigemessen hätte.«

»Und der Soldat in Finnland?«

»Leider auch kein Einzelfall«, konstatierte Adler.

»Es gab noch eine zweite Leiche in Finnland. Ein junger Regisseur. Wurde in Tampere in einem Filmstudio aufgefunden.«

Hagedorn schwante Übles. »Ein Filmstudio? Wie?«

»Was – wie?«, fragte Adler verwundert.

»Wie wurde er ermordet?«

»Er wurde geröstet.«

»Was soll das denn jetzt bedeuten? Er wurde geröstet!«, knurrte er Adler an.

»So, wie ich es sage«, gab sie achselzuckend zurück. »Er hing gefesselt inmitten einer Phalanx aus Studioscheinwerfern, die mit der Zeit eine Gluthitze entwickelten und ihn allmählich verbrannt haben.«

Hagedorn nickte und wandte sich dem Funkgerät zu. »Nita, was sagen Ihnen die Stimmen?«

Das Rauschen wich wieder diesem leisen Knacken. Außer Atemgeräuschen war jedoch nichts zu vernehmen.

»Erinnern Sie sich, was ich Ihnen bei unserem letzten Treffen geraten habe? Wissen Sie es noch?«

»Ja!«, sagte Sati bestimmt. »Ich solle aufhören, meinen Zorn und meine Wut gegen mich selbst zu richten. Und wissen Sie was, Hagedorn? Ich habe Ihren Rat befolgt.«

»Ich weiß, und ich bin sicher, dass die Männer, die Sie getötet haben, den Tod auch verdient hatten.«

Adler saß mit aufgerissenen Augen neben Hagedorn und machte eine Scheibenwischergeste.

Nitas Stimme erklang nach einer kurzen Pause: »Das hatten sie.«

»Wie viele waren es, Nita?«

»Keine Ahnung, ich habe sie nicht gezählt. Aber jeder einzelne hatte es verdient, glauben Sie mir.«

»Was ist mit Karina? Hat sie den Tod ebenfalls verdient? Hm? Was ist mit all den Menschen, die mit Ihnen an Bord dieser Maschine sind?«

»Karina?«, fragte sie nun mit zerbrechlich klingender Stimme.

»Ja, Nita. Was ist mit Karina? Lieben Sie sie nicht?«

»Doch!«

»Sie wollen ihren Tod doch gar nicht. Nicht wahr, Nita?«

»Lassen Sie sie in Ruhe«, fauchte Satis Stimme.

Stille!

»Hast du noch alle Latten am Zaun?«, echauffierte sich Adler. »Du kannst sie doch nicht darin bestärken, dass ihre Opfer den Tod verdient hatten.«

»Hör auf!«, wies Hagedorn sie zurecht. »Sag mir nicht, wie ich meine Arbeit zu machen habe.« Er sah über seine Schulter und suchte den Blickkontakt zu Drexler. »Norman! Verbinde mich mit dem NLFZ!«

Kapitel 50

21. Mai, 21:40 Uhr – Luftraum über Usedom

Fassungslos hatte Karina die Textnachrichten ihres Vaters überflogen, in denen er flehte, sich umgehend bei ihr zu melden. Nun steckte sie mit zittrigen Fingern den Anschluss ihrer In-Ear-Kopfhörer in das Smartphone und rief die erste Sprachnachricht auf. Mit wachsendem Entsetzen lauschte sie dem sonoren Bass ihres Vaters. Er klang gehetzt, als er ihr in wenigen Sätzen zu erklären versuchte, welch abscheuliche Taten Nita begangen habe.

Viele schienen dieselbe Idee wie sie gehabt zu haben. Ein Großteil der Passagiere saß mit besorgten Gesichtern über ihre Smartphones und Tablets gebeugt, was die Internetverbindung stockend und langsam machte. Ungeduldig wartete Karina darauf, die nächste Sprachnachricht abspielen zu können.

»Ist denn alles in Ordnung, Liebes?«, erkundigte sich die ältere Dame neben ihr, der Karinas blasse Gesichtsfarbe nicht entgangen zu sein schien.

»Es ist alles in Ordnung. Machen Sie sich keine Sorgen.« Karina lächelte gequält.

Sie fühlte sich schäbig, die alte Frau derart schamlos zu belügen. Sie tat ihr leid. Ihr Atem ging rasselnd, sie saß in sich zusammengesunken und blickte ängstlich aus dem Fenster.

»Nun mach schon, verdammt!«, murmelte Karina genervt.

Sie überlegte, ob sie die WLAN-Verbindung trennen und erneut aufbauen sollte, fürchtete aber, dann überhaupt keinen Zugang mehr zu bekommen.

Karina betätigte die Ruftaste über sich, aber niemand kam.

Sie löste den Beckengurt, erhob sich und ging unschlüssig den Gang Richtung Cockpit entlang. Passagiere waren flüsternd in Diskussionen vertieft oder tippten genervt auf ihren

Handys herum. Es verwunderte sie, wie ruhig und diszipliniert die Passagiere sich angesichts der Situation verhielten.

Karina schlüpfte durch den Vorhang, der die Economy- von der Businessclass trennte, und näherte sich der vorderen Galley. Die sechs Reihen der ihrer Meinung nach völlig überteuerten Businessclass waren nur spärlich belegt. Überschlägig zählte Karina zehn Passagiere, die dicht beisammensaßen und miteinander diskutierten. Niemand schien wirklich Notiz von ihr zu nehmen, als sie sich an ihnen vorbeischlängelte und auf die Falttür zuhielt, die die Bordküche vor neugierigen Blicken abschirmte.

Zögerlich zog sie am Griff den Sichtschutz einige Zentimeter zur Seite und spähte durch den Spalt.

Die drei Flugbegleiterinnen standen, ihr den Rücken zugewandt, vor der schmalen Tür, die Cockpit und Kabine trennte. Stefanovic sprach leise gegen das Türblatt.

Erschrocken wirbelte eine der Stewardessen herum und blickte sie wie ein weidwundes Reh an.

Karina legte sich den Finger auf die Lippen, schlüpfte ganz hindurch und schob den Paravent hinter sich zu.

»Ist sie da drin?«, erkundigte sie sich flüsternd, nachdem sie zu den Frauen getreten war.

»Ja, aber sie reagiert nicht«, gab Stefanovic ebenso leise zurück. »Ihr müsst zurück zu den Passagieren«, wies sie ihre beiden jüngeren Kolleginnen an. »Wir dürfen auf keinen Fall eine Panik bekommen. Habt ihr verstanden?«

Die beiden nickten unisono und schlüpften durch den Sichtschutz zurück in die Kabine.

»Könnt ihr die Tür nicht irgendwie öffnen?«

»Nein.« Stefanovic schüttelte den Kopf.

»Sollte das nach dem Selbstmordabsturz eines Piloten von Germanwings nicht geändert werden?«

»Das wurde diskutiert, aber geändert hat sich nichts«, antwortete Stefanovic.

Karina deutete auf ein Tastenfeld. »Sie haben doch sicher einen Notfallcode, um die Tür zu öffnen!«

»Schon richtig«, bestätigte Stefanovic. »Das funktioniert aber nur, wenn im Cockpit niemand ist, der sie manuell verriegelt.«

»Heißt das, sie hat die Tür blockiert?«

»Genau das!«

»So ein Scheiß!« Karina schnaubte. »Lassen Sie es mich mal versuchen«, bat sie. »Wir wohnen zusammen, vielleicht hört sie auf mich.«

»Ja, versuchen Sie es.« Die Flugbegleiterin trat zur Seite und taumelte.

Karina packte sie blitzschnell am Arm. »Hey, machen Sie mir ja nicht schlapp!«

Stefanovic atmete ein paarmal tief ein.

»Geht's wieder?«

Stefanovic nickte verhalten. »Ich arbeite seit fast dreißig Jahren als Flugbegleiterin, aber noch nie war ich in einer solchen Situation.«

Karina presste ihr Ohr an die Tür und klopfte. »Fragen Sie mich mal.« Sie wiederholte das Klopfen.

Kapitel 51

21. Mai, 21:40 Uhr – Luftraum über Usedom

»Nita, ich bin's. Karina. Hörst du mich?« Die Worte drangen gedämpft durch die Tür.

Nita saß zusammengekauert, die Beine angezogen, auf dem Sitz des Piloten, die Handballen gegen die Schläfen gepresst.

Es hatte einige Anstrengungen gekostet, den Piloten aus dem Sitz zu heben. Er war schlank und sehnig, deshalb hatte sie nicht erwartet, dass es so schwer sein könnte, seinen leblosen Körper über die Lehne zu wuchten. Kurzerhand hatte sie ihn auf den Jumpseat hinter dem Pilotensessel verfrachtet und dort festgeschnallt. Im Gegensatz zur Co-Pilotin, die zur Steuerbordseite geneigt in den Gurten hing, atmete er nicht mehr. Nita hatte ihnen je drei zerstoßene Filmtabletten ihres Rohypnols im Kaffee verabreicht. Der ohnehin sehr bittere Bordkaffee hatte den Beigeschmack der Tabletten überdeckt.

»Lasst mich doch einfach alle in Ruhe! Warum verfolgt ihr mich ständig? Was habe ich euch denn getan? Ich will das alles nicht mehr. Warum hört ihr nicht auf, mich zu quälen?«

»Du bist doch selbst schuld! Ohne uns bist du schwach und verletzlich. Sieh es ein!«

»Ich brauche euch nicht! Nicht mehr. Lasst mich endlich in Ruhe!«

»Nita? Hörst du mich? Komm schon! Rede mit mir!«

»Verschwinde, Karina! Lass mich zufrieden!«

»Ich will dir doch nur helfen!«

»Du kannst mir nicht helfen. Niemand kann das. Nicht mal dein Vater«, spie Nita Richtung Tür. »Aber alles wird gut. Bald werden die Qualen vorbei sein. Niemand wird mich dann mehr quälen, du wirst sehen! Und weißt du was, Karina?«

»Was?«
»Wir werden zusammen sein. Für immer!«

Kapitel 52

21. Mai, 21.50 Uhr – Tower, Flughafen Stuttgart

»Ich weiß, dass uns die Zeit davonläuft«, brüllte Hagedorn zornig in den Telefonhörer. »Nein! Bitte, hören Sie!«, fuhr er in etwas ruhigerem Ton fort. »Mir ist bewusst, dass Sie eine Entscheidung treffen müssen. Was wäre das Äußerste, was Sie noch zu warten bereit wären?«

Hagedorn lauschte konzentriert und nickte gelegentlich brummend.

Adler kaute nervös auf ihrer Unterlippe, während sie Hagedorn beobachtete.

»Gut. Ich danke Ihnen.« Grußlos beendete Hagedorn das Gespräch und reichte Drexler das Mobilteil.

»Und?«, drängte Adler. »Was ist jetzt?«

»Das NLFZ sagt, dass sie auf keinen Fall vom Renegade-Protokoll abweichen werden. Sie hatten beabsichtigt, die Maschine bereits über der Ostsee abzuschießen, haben aber zu lange gezögert. Nun wäre das Flugzeug über zu dicht bebautem Gebiet.«

»Hm«, brummte Drexler zustimmend. »Außerdem ist die Maschine noch zu hoch, der Radius der niedergehenden Trümmerteile wäre unheimlich groß.«

Adler war mit Tränen in den Augen aufgesprungen. »Hört Ihr euch eigentlich beim Reden zu?«, herrschte sie Hagedorn und Drexler an. »Das ist doch Irrsinn! Es weiß doch gar niemand, was passieren wird. Wie kann man überhaupt in Betracht ziehen, ein Flugzeug mit einhundertsieben Menschen abzuschießen? Außerdem dachte ich, das Bundesverfassungsgericht hätte das Renegade-Protokoll für rechtswidrig erklärt?« Adler kullerten Tränen über die Wangen, und sie stand kurz davor zu hyperventilieren.

»Nadine. So weit ist es noch nicht«, versuchte Hagedorn, sie zu beruhigen. »Wenn der Kurs beibehalten wird, überfliegt die Maschine in knapp fünfundzwanzig Minuten, etwa vierzig Kilometer westlich von Schweinfurt, ein größeres Waldgebiet.«

»Das heißt, uns bleiben weniger als fünfundzwanzig Minuten«, fasste Adler schluchzend zusammen.

»Richtig«, bestätigte Hagedorn und sah Hilfe suchend zu Drexler auf.

»Wir wissen ja immer noch nicht, was mit der Cockpitcrew ist. Nehmen wir einmal an, die Crew ist handlungsunfähig, aus welchen Gründen auch immer, dann arbeitet der Autopilot den in Tampere eingegebenen Flugplan gemäß den programmierten Parametern ab«, erklärte Drexler.

»Was bedeutet das im Klartext?«, wollte Hagedorn wissen.

»Nun ja! Stuttgart ist einer von sechzehn Flughäfen in Deutschland, die ein Instrumentenlandeflugsystem besitzen, also vollautomatisierte Landungen ermöglichen.«

»Hm«, brummte Hagedorn. »Wenn ich dich richtig verstehe, könnte der Autopilot der Maschine die Landung völlig selbstständig durchführen?«

Drexler vollzog eine flatternde Handbewegung. »Theoretisch ja! Vorausgesetzt, sie hat nicht vor, den Autopiloten zu deaktivieren und die Maschine manuell zu crashen.«

»Wenn es uns oder jemandem im Flugzeug gelänge, sie auszuschalten, könnte die Maschine komplett allein landen. Richtig?«

»Richtig!«, bestätigte Drexler. »Nur, wenn keiner das Fahrwerk und die Landeklappen ausfährt, gäbe es eine üble Bruchlandung. Aber die Maschine käme runter, ja.«

»Bloß hilft uns das nicht weiter, wenn das Flugzeug in einer halben Stunde in tausend Fetzen gesprengt wird, oder?«, ereiferte sich Adler und trat wütend gegen den Drehstuhl, auf dem sie vor einer Minute noch gesessen hatte.

Hagedorns Kopf wirbelte herum, als plötzlich sein Smartphone brummte.

Seine Hände zitterten beim Aufnehmen des Geräts, das erneut brummte, als er den Bildschirm entsperrte.

Er ließ die Sprachnachricht abspielen.

Kapitel 53

21. Mai, 21:55 Uhr – über Sachsen-Anhalt

»Verstanden, National Flight Control! One November out!«

Rottenführer Major Porsch wäre im Augenblick lieber bei seiner Frau und seiner zweijährigen Tochter gewesen als im Cockpit seines Eurofighters. In den letzten zwölf Jahren hatte es nicht eine Sekunde gegeben, in der er seine Entscheidung, sich bei der Luftwaffe zu verpflichten, bereut hatte. Bis zum heutigen Tag.

Ein Kampfpilot verteidigt sein Land, unterstützt und sichert Bodeneinsätze aus der Luft, führt Aufklärungsflüge durch, fängt feindliche Flugzeuge ab. Darin sah er seine vornehmste Aufgabe, aber doch nicht im Abschuss einer zivilen Linienmaschine.

Am liebsten hätte er den Einsatz abgebrochen und wäre zum Stützpunkt nach Wittmund zurückgekehrt. Kurz vor Usedom hatte seine Rotte die Waffensysteme aktiviert, und die Daumen schwebten bereits über dem Feuerknopf für die Luft-Luft-Raketen.

Dreimal hatte er beim NLFZ um Bestätigung nachgesucht. Offenbar hatten die Entscheidungsträger mit der Abschussfreigabe zu lange gehadert. Ihr Befehl, die Waffensysteme wieder zu sichern, hatte ihm vor Erleichterung einen Freudenschrei entlockt.

Seinen Kameraden war es ebenso ergangen, wenngleich ihnen bewusst war, dass die Gefahr noch nicht gebannt war.

Er, seine beiden Flügelmänner und die Menschen in dem Flugzeug hatten eine halbe Stunde mehr Zeit geschenkt bekommen.

Porsch war nie ein gläubiger Mensch gewesen, obwohl er katholisch getauft und erzogen worden war. Dennoch schickte er in diesem Moment ein Stoßgebet zum Himmel und hoffte, Gehör zu finden. Wie sollte er mit der Schuld, einhundertsieben Menschen getötet zu haben, weiterleben? Er würde sich das niemals verzeihen können. Egal, wer die Entscheidung über den Einsatz der Raketen treffen würde, er war es, der den Auslöser betätigte. Niemand anders!

Major Porsch hatte der National Flight Control nach dem zweiten Überflug über die Maschine mitgeteilt, dass auf dem Pilotensitz mutmaßlich eine Flugbegleiterin saß. Zumindest glaubte er eine uniformierte Frau gesehen zu haben. Und dabei hatte es sich nicht um die Uniform einer Flugoffizierin gehandelt.

Möglicherweise hatte dies sogar den Aufschub bewirkt. Auch das NLFZ schien nicht zu wissen, was genau an Bord der Airbus-Maschine vor sich ging. Zumindest schien es sich nicht um eine Flugzeugentführung zu handeln. Forderungen waren keine gestellt, und auch der Kurs war unverändert beibehalten worden.

Die Flugsicherheitsrichtlinien untersagten Piloten und Co-Piloten während des Fluges das gleiche Essen zu sich zu nehmen. Mit dieser Richtlinie sollte das Risiko, dass beide schlechtes oder vergiftetes Essen erwischten, minimiert werden. Letztlich konnte es aber viele Ursachen geben, weshalb beide Crewmitglieder im Cockpit ausgefallen waren. Am wahrscheinlichsten war ein plötzlicher Druckabfall oder ein Kabelbrand im Cockpit, der zu einer Ohnmacht führen konnte.

Aber was hatte dann die Frau auf dem Pilotensitz zu suchen? Weshalb war sie bei Bewusstsein? Und die entscheidende Frage war, wann und wie war sie ins Cockpit gelangt?

Denkbare Szenarien gab es natürlich unzählige.

Kapitel 54

21. Mai, 22:10 Uhr – Tower, Flughafen Stuttgart

»Du machst mir Angst, Paps! Ich kann es nicht fassen, dass Nita eine Serienmörderin sein soll. Papa, ich glaube, es ist alles meine Schuld. Nita scheint total auf mich fixiert zu sein. Sie liebt mich. Zumindest glaubt sie das. Ich habe ihr kurz vor dem Abflug gesagt, dass ich ausziehen werde. Wahrscheinlich läuft sie deswegen jetzt Amok. Ach ja! Nita hat sich im Cockpit eingesperrt. Wir kommen nicht an sie ran! Paps, ich hab solche Angst! Sag mir, was ich tun soll!«

Laut dem Zeitstempel hatte Karina die Nachricht bereits fünfzehn Minuten zuvor versendet. Hagedorn wischte sich unauffällig eine Träne aus dem Augenwinkel, nachdem die Sprachnachricht geendet hatte.

Adler hatte ihre Hand tröstend auf seinem Unterarm liegen.

Als er flüsternd zu sprechen begann, klang seine tiefe Stimme brüchig. »Das ist das zweite Mal, dass ich meine Tochter in Lebensgefahr bringe.«

»Das ist Unsinn, Falk, und das weißt du! Woher hättest du denn wissen sollen, dass Karina an Bord dieses Fluges sein würde?«

Er war froh, dass sie auf ein phrasenhaftes »Alles wird gut« verzichtete.

Hagedorn schob Adlers Hand entschlossen beiseite, schnappte sich das Smartphone und stieß den Rollstuhl in den hinteren Bereich des Towers, in dem er ungestörter war.

Er sammelte sich einige Sekunden, rief den Messenger auf und begann eine Nachricht aufzusprechen. Hagedorn vermutete, dass Karina sich ins Bord-WLAN eingeloggt hatte und die Nachricht aufgrund der Überlastung so lange für die Zustellung gebraucht hatte. Inständig hoffte er, dass seine Sprachnachricht sie schneller erreichen möge. Ein Häkchen signalisierte, dass die Nachricht verschickt, aber eben noch nicht zugestellt war.

Mit zwei kräftigen Hüben kehrte er an den Lotsenplatz zurück.

»Nita? Bist du noch da?«

Er war sich sicher, dass sie den Funkruf hörte. Nur ob sie auch mit ihm reden würde?

»Ich habe eben mit Karina gesprochen. Offenbar hegt sie tiefe Gefühle für dich. Wusstest du das?«

Rauschen

»Sie scheint aber etwas zerrissen zu sein bei dem, was sie für dich empfindet.«

»Netter Versuch, Hagedorn.« Unzweifelhaft sprach Sati die Worte.

»Sati! Schön, dass du wieder online bist.«

»Halten Sie Ihr Maul, Hagedorn«, blaffte Sati. »Nita ist ein schwaches, weinerliches Mädchen.«

»Ich will mit Nita reden«, insistierte Hagedorn. »Ehrlich gesagt gehst du mir auf die Nerven, Sati. Das bist du schon, als du damals in der Therapieeinrichtung aufgetaucht bist.«

Sati stieß ein kehliges Lachen aus. »Aber es war eine gute Gelegenheit, Sie kennenzulernen. Und nicht zuletzt bin ich Karina bei Ihnen zum ersten Mal begegnet.«

Hagedorn versuchte sich zu entsinnen, wann und bei welcher Gelegenheit das der Fall gewesen war. Er meinte sich zu erinnern, dass Karina ihn dort einmal besucht und spontan zum Essen eingeladen hatte. Möglich, dass sie sich dort über den Weg gelaufen waren.

»Wissen Sie, Hagedorn. Karina und ich teilen dasselbe Schicksal. Wir sind beide Opfer grausamer Taten, die von Männern begangen wurden. Wir brauchen und stützen einander.«

»Karina braucht dich nicht, Sati. Keineswegs! Sie ist stark. Stärker, als du es je sein könntest.«

Adler saß neben Hagedorn und sog scharf die Luft ein.

»Lass mich mit Nita reden«, forderte er erneut.

»Fick dich, Hagedorn!«

»Fick dich selbst, Sati!«

Rauschen.

Adler fuhr sich mit den Händen durch die Haare und starrte Hagedorn entgeistert an. »Was hast du getan?«, fragte sie vorwurfsvoll.

Irgendwo im Raum schrillte ein Telefon.

»Das ist das NLFZ, wollen wir wetten?«, meinte Hagedorn.

Drexler hob ab, nickte ein paarmal unterwürfig und reichte den Hörer an Hagedorn weiter.

Reflexartig brachte er den Hörer auf Distanz, als jemand wie ein Berserker zu brüllen begann.

Geduldig ließ Hagedorn den Mann am anderen Ende toben.

»Nein, ich weiß nicht, wer Sie sind, und es ist mir ehrlich gesagt auch scheißegal!«, warf Hagedorn in einer kurzen Sprechpause ein. »Sie haben anscheinend noch nicht begriffen, dass Nita Sander eine gespaltene Persönlichkeit ist. Hochgradig paranoid-schizophren. Ich kann mit Sati nicht verhand…«

»Ja, das ist mir bewusst. Ja, Herr äh, wie auch immer, wenn Sie glauben, Ihr Verhandlungsführer könnte es besser, soll er sein Glück versuchen. Aber weder Sati noch Nita werden mit ihm reden, das versichere ich Ihnen.« Ohne den Typen am anderen Ende noch einmal zu Wort kommen zu lassen, beendete er das Gespräch. Hagedorn blies die Luft aus und raufte sich die Haare. Vielleicht hatte er am Ende doch einen Fehler begangen.

»Es macht keinen Sinn, mit Sati zu verhandeln«, erklärte er an Adler und Drexler gewandt. »Offensichtlich wird Nita von ihr dominiert. Was Sati verlangt, ist Nita gezwungen zu tun. Sati zur Aufgabe zu bewegen ist ein hoffnungsloses Unterfangen. Ich muss an Nita herankommen. Nur bei ihr könnte es uns gelingen, sie dazu zu bewegen, diese scheiß Cockpittür zu öffnen.«

Drexler schien Hagedorns Ausführungen nachvollziehen zu können. »Was, wenn sie nicht mehr mit dir spricht?«, fragte er.

Hagedorn schielte auf die Digitaluhr in der Konsole vor ihm. Er hob die Schultern. »Ich weiß es nicht. Aber es ist die einzige Chance, die wir haben.«

Lediglich acht Minuten blieben ihm, um das Unausweichliche noch abzuwenden.

»Ist hier jemand Raucher?«, rief Hagedorn durch den Tower.

Der junge Lotse meldete sich zu Wort, der Hagedorn in den Tower gebracht hatte: »Ich! Aber hier gilt ein striktes Rauchverbot.«

»Das ist mir scheißegal!«, knurrte er, schob sich die Zigarette zwischen die Lippen, die der Mann ihm reichte, und entzündete sie.

Mit geschlossenen Augen genoss er den ersten Zug und betete: Großer Gott! Bewahre mich davor, dass ich meine Tochter verliere. Ich flehe dich an!

Kapitel 55

21. Mai, 21:20 Uhr – über Coburg, Bayern

»Verdammt, Nita! Mach die Tür auf! Komm schon! Rede mit mir!«, sprach Karina leise gegen das Türblatt, bekam aber keine Antwort.

Durch die Tür konnte sie Nita schluchzen hören. Sie war sich sicher, dass Nita sie ebenfalls hören konnte. Ab und zu glaubte sie, Nita sprechen zu hören.

Mit wem redet sie denn da?, fragte sie sich.

Die Stirn gegen die kalte Aluminiumverkleidung der Tür gepresst, überdachte sie ihre nächsten Worte.

»Es war nicht richtig, was ich vorhin gesagt habe. Du weißt schon. Das mit dem Auszug. Ich will ja gar nicht gehen.«

Karina meinte, das Schluchzen verstummen zu hören.

»Was ich für dich empfinde, ist für mich völlig neu. Ich war … ich bin verwirrt, Nita.«

Karina lauschte angestrengt. Für einen Moment glaubte sie, die seltsam verzerrte Stimme ihres Vaters aus dem Cockpit dringen zu hören.

Aber deutlich hörte sie, wenn auch gedämpft, Nitas Stimme: »Fick dich, Hagedorn!«

Sie tippte mit den Fingernägeln gegen das Aluminium. »Nita! Hörst du mich, Süße? Ich brauche vielleicht einfach nur Zeit, um mich daran zu gewöhnen. Aber du musst uns Zeit geben. Komm schon, Nita. Komm raus, oder lass mich wenigstens zu dir rein!«

Mit den Handballen massierte Karina ihre Augen.

Sie fühlte sich mit einem Mal ausgelaugt, obwohl das Adrenalin durch ihre Venen floss. Hämmernde Kopfschmerzen hatten sich eingestellt, die ihr das Denken zusätzlich erschwerten.

Sie verspürte unbändigen Zorn und Wut in sich. Wie konnte Nita sie und all die Menschen hier an Bord nur in eine solche Situation bringen? Was stimmte nicht mit ihr? Hatte sie völlig den Verstand verloren?

»Ich weiß nicht, was du geplant hast, Nita. Ich nehme an, du hast nicht vor, das Flugzeug zu landen. Hab ich recht? Gut, okay! Aber lass uns wenigstens zusammen sein. Süße, hörst du mich?«

Karinas Stimme war zu einem Flüstern geworden, und Tränen kullerten über ihre Wangen. Sie fixierte das Kameraauge über der Tür, unsicher, ob Nita sie überhaupt sehen konnte. Plötzlich wurde klickend die Tür entriegelt.

Karina zögerte keine Sekunde.

»Jetzt!«, schrie sie, als sie ins Cockpit stürmte und sich im Bruchteil einer Sekunde auf Nita stürzte, die zusammengekauert auf dem Pilotensitz saß.

Karina hatte sich mit einer leeren Weinflasche bewaffnet, die sie in der Bordküche entdeckt hatte. Nita reagierte pfeilschnell. Sie richtete sich halb auf, ließ sich etwas nach hinten fallen und wich Karinas Hieb mit der Flasche geschickt aus. Die Flasche sauste wenige Millimeter an Nitas Schädel vorbei und streifte sie stattdessen an der linken Schulter. Polternd verschwand die Flasche im Fußraum vor dem Sitz.

»Ich wusste es, du verlogenes Miststück«, schrie Nita und rammte ihr wuchtig den Ellbogen gegen die Nase.

Die augenblicklich einschießenden Tränen trübten Karinas Sicht. Blut und Rotz schossen aus der Nase.

Ungelenk wich Karina einem neuerlichen Schlag aus, den sie mehr erahnen denn sehen konnte. Die Enge des Cockpits machte es Karina unmöglich, angemessen zu reagieren. Halb stehend, halb auf der Instrumentenkonsole kniend, versuchte sie immer wieder, nach Nita zu greifen, die wild boxend um sich schlug. Ein Tritt traf sie hart gegen die Brust. Karina verlor das Gleichgewicht und kippte rückwärts.

Wie oft hatte Tanju sie während des Kampftrainings ermahnt, besonnen und kontrolliert anzugreifen? Stattdessen war sie blindwütig auf Nita losgegangen und lief nun Gefahr, durch ihre Unbesonnenheit zu unterliegen. Diesen Kampf würde sie verlieren.

Nita schnellte aus dem Sitz und warf sich kreischend auf Karina. Verkeilt zwischen der Kabinenwand und dem Co-Piloten-Sitz schlug Karina hart auf dem Boden auf. Ihr Hinterkopf knallte schmerzhaft gegen die Bordwand. Nitas Gewicht presste ihr die Luft aus der Lunge. Sofort war sie über ihr gewesen, hatte ihre Hände um Karinas Kehle gelegt und drückte mit mörderischer Kraft zu.

Kapitel 56

Zur selben Zeit – über Coburg, Bayern

»National Flight Control an November Leader! Wir erteilen Freigabe für Renegade.«

»Leader one November verstanden!«

Major Porschs Hoffnung, der Abschussbefehl würde niemals kommen, zerbarst im Bruchteil einer Sekunde. Sich diesem Befehl zu verweigern würde nichts ändern. Selbst wenn die beiden Flügelmänner seine Ansicht teilten und den Befehl ebenfalls verweigerten, würde die Maschine letztlich abgeschossen. Eine zweite Staffel würde aufsteigen, auf Abfangkurs gehen und den Befehl ausführen. Dessen war er sich sicher.

Die drei Eurofighter ließen sich in Formation hinter den Airbus fallen und aktivierten die Waffensysteme. Obwohl alle Jagdmaschinen mit Luft-Luft-Raketen bestückt waren, obläge es ihm als Rottenführer, die Raketen seines Eurofighters abzufeuern.

Die Kontrollanzeige in der Konsole signalisierte, dass die Waffensysteme aktiviert und die zwölf Sidewinder-Raketen, die jede der drei Jagdmaschinen unter den Tragflächen barg, scharf waren. Die Zielerfassung des Head-up-Displays arbeitete einwandfrei. Das Ziel war erfasst.

Großer Gott, was mache ich nur? Porschs Daumen schwebte unentschlossen über dem Feuerknopf.

Da sie dem Airbus dicht folgten, waren aufgrund ihrer Triebwerke Luftverwirbelungen und leichte Turbulenzen nicht zu vermeiden. Er glich Kurs und Höhe minimal aus, lockte das Ziel im Head-up-Display ein und …

Die Stimme eines seiner Flügelmänner knackte im Helmkopfhörer: »Stand-by, Roman!«

»Two November, hast du das auch gesehen?«, erkundigte Porsch sich unsicher.

»Definitiv, One November.«

»Two and three November. Stand-by and hold Position!«

Porsch glaubte ein minimales Taumeln des Airbusses gesehen zu haben, hatte es aber für eine Turbulenz gehalten.

Er brach aus der Formation aus, erhöhte die Triebwerksleistung, schloss zum Cockpit des Airbusses auf und setzte sich leicht über ihn, sodass er einen Blick ins diffus beleuchtete Cockpit erhaschen konnte.

»Leader November an National Flight Control.«

»Flight Control!«

»Renegade nicht ausgeführt! Wiederhole! Renegade nicht ausgeführt.«

»November Leader führen sie, verdammt noch mal, den Befehl aus!«

»Negative, Flight Control! Das Cockpit scheint zugänglich zu sein. Ich wiederhole, das Cockpit ist offen.«

»Verstanden, November Leader. Warten und Position halten.«

Kapitel 57

Zur selben Zeit – Tower, Flughafen Stuttgart

Der Blick aus ihren Augen war viele Wochen lang stumpf gewesen, das Leuchten verschwunden, ihr unbeschwertes Lachen für Monate einfach verklungen.

»Warum ist Mama gegangen, Papa? Hat sie uns nicht mehr lieb?« Nicht nur einmal hatte ihn Karina mit solchen oder ähnlichen Fragen gelöchert, nachdem ihre Mutter sang- und klanglos gegangen war.

Es hatte ihm das Herz gebrochen, sie so zu sehen.

Während Karina in der Schule und er im Dienst gewesen waren, hatte sie ihre Sachen in zwei Koffern zusammengerafft und war zu ihrer neuen Liebe gezogen. Ein reicher Schnösel, der seine Millionen mit windigen Internetgeschäften gemacht hatte, wie er später herausfand.

Weder in den Tagen danach noch in den Jahren, die folgten, hatte sie sich nach ihm oder Karina erkundigt. Irgendwann war er es müde gewesen, Karina zu vertrösten und zu belügen.

»Nein, mein Schatz. Mama hat uns beide nicht mehr lieb.«

»Aber wieso?«, hatte sie herzzerreißend geschluchzt.

»Ich weiß es nicht, Prinzessin. Aber wir werden uns immer liebhaben!«

»Ja, Papsi. Wir werden uns immer, immer liebhaben.«

Sein Chef im Amt hatte damals großartig reagiert.

Die ersten Wochen hatte er Hagedorn komplett freigestellt. Später hatte er es ihm ermöglicht, von zu Hause aus zu arbeiten.

Sogar ein Kurierdienst war eingerichtet worden, der ihm vertrauliche oder besonders sensible Akten, die er nicht per E-Mail versenden wollte, nach Hause gebracht hatte.

Er hatte viel Zeit mit seiner Tochter verbracht und sich alle Mühe gegeben, sie auf andere Gedanken zu bringen.

Bei einem dreitägigen Aufenthalt im Europa-Park Rust hatte er erstmals wieder seit Monaten ihr glockenklares Lachen vernommen. Sie hatte sich köstlich über einen Charlie-Chaplin-Clown amüsiert, der durch den Park gegangen war und seinen Schabernack mit den Besuchern getrieben hatte.

Von da an war es jeden Tag aufwärtsgegangen. Irgendwann hatte sie nicht mehr nach ihrer Mutter gefragt. Aber er wusste wohl, dass dies eine Wunde war, die zeitlebens in Karina schwären und nässen würde. Sie würde niemals verheilen oder vernarben.

Das war etwas, was er ihrer Mutter niemals verzeihen würde. Nicht einmal bei der Scheidung hatte er es ertragen können, sie zu sehen. Die Scheidung war in seiner Abwesenheit, vertreten durch seinen Anwalt, vollzogen worden. Es war eine reine Präventivmaßnahme gewesen, da er keine Gewähr dafür übernommen hätte, ihr nicht in einem Tobsuchtsanfall den Schädel einzuschlagen.

Hagedorn wusste nicht, warum er gerade jetzt daran erinnert wurde. Rauchend saß er vor dem Monitor, auf dem die hüpfenden und blinkenden Symbole deutlich weniger geworden waren. Der Flugverkehr über Stuttgart war großräumig umgeleitet und anderen Flughäfen zugewiesen worden.

Hagedorn hatte immer und immer wieder versucht, Nita zu erreichen.

Weder Nita noch Sati waren offenbar bereit, mit ihm zu sprechen.

Nita befand sich im Ausnahmezustand einer schweren Psychose und wurde vollends von Sati dominiert.

Zischend gesellte sich die Zigarette zu den anderen Kippen in Hagedorns Kaffeebecher.

Seine Nerven lagen blank. Deshalb hatte er dem jungen Fluglotsen kurzerhand die Schachtel Zigaretten abgekauft.

Gerade als er sich eine weitere davon ansteckte, trat Adler neben ihn.

»Geht's dir gut?«

»Nein, verdammt! Es geht mir nicht gut! Was willst du?«

»Bannert hat wieder angerufen.«

»Richte ihm aus, er soll mir nicht auf die Nerven gehen.«

»Er wollte dir nur …«

»Nadine!«, beschwor er sie eindringlich. »Mir ist absolut gleichgültig, was Bannert gerade will. Ist das jetzt klar?«

»National Flight Control an November Leader! Wir erteilen Freigabe für Renegade.«

»Leader One November verstanden!«

»Neiiiin!«, brüllte Hagedorn und hieb auf die Sprechtaste des Funkgeräts vor ihm.

»Ihr verdammten Dreckskerle. Ihr könnt das Flugzeug nicht abschießen. Meine Tochter ist an Bord dieser scheiß Maschine!« Tränen perlten aus Hagedorns Augen und tropften auf die polierte Platte vor ihm.

»Hört ihr mich? Ich flehe euch an! Bitte, tut das nicht!«

Die wenigen verbliebenen Menschen im Tower waren erstarrt. Fassungslosigkeit und schiere Angst lagen in ihren Blicken.

Alle Blicke waren auf Hagedorn gerichtet. Eine junge Fluglotsin weinte leise.

»Ich liebe dich, Karina.«

Kapitel 58

21. Mai, 22:30 Uhr – im Cockpit

Nitas Griff war erbarmungslos. Ihre Hände, eng um Karinas Gurgel gelegt, machten jeglichen Atemzug unmöglich, und ihre Fingernägel gruben sich schmerzhaft in Karinas Haut. Sie kniete auf ihr und hielt Karinas Arme mit den Beinen, wie in einen Schraubstock eingespannt, gefangen.

Woher nimmt sie nur diese mörderische Kraft?

Der Besinnungslosigkeit nahe, strampelte und wand sich Karina, zog die Beine immer wieder ruckartig an. Obschon sie glaubte, sie mehrfach im Rücken erwischt zu haben, lockerte sich Nitas Griff um keinen Millimeter.

Gnadenlos presste Nita das Leben aus ihr heraus. Ihr wurde schwarz vor Augen, und sie spürte, wie sie allmählich in eine allumfassende Dunkelheit zu driften begann, davon eingehüllt wurde. Dennoch nahm sie alles um sich herum mit geschärften Sinnen wahr. War das möglich?

Karina vernahm Nitas Keuchen, roch ihr Parfüm, den Hauch von Körperlotion, der sich mit ihrem Schweiß zu vermischen begann, hörte das Rauschen und Knacken eines Lautsprechers, Atmen und dann eine Stimme. Die Stimme ihres Vaters.

»Ich liebe dich, Karina!«

In einem letzten verzweifelten Versuch bäumte sie sich unter Nita auf, bog ihr Rückgrat ruckartig durch und brachte Nita für den Bruchteil einer Sekunde aus dem Gleichgewicht.

Blitzschnell zog sie ihr rechtes Bein an und schlang es um Nitas Hals. Eine zweite Chance würde sie nicht bekommen.

Mit all der ihr verbliebenen Kraft spannte sie die Beinmuskulatur und zog sie nach hinten. Nitas Fingernägel hinterließen tiefe Kratzspuren, als ihr Griff sich langsam zu lockern begann und ihre Finger von ihrem Hals rutschten.

Mit dem ersten Atemzug stieß Karina einen wütenden Schrei aus und riss Nita vollends von sich. Mehrere Stimmen redeten aufgeregt durcheinander. Aus dem Augenwinkel nahm sie schemenhaft die Umrisse einer Person wahr, die einen schwer aussehenden Gegenstand auf Nitas Kopf niedersausen ließ. Ein dumpfes, ersticktes Aufstöhnen folgte.

Mühsam und unter Schmerzen versuchte Karina, sich aufzusetzen. Kräftige Hände griffen unter ihre Achseln und halfen ihr, sich aufzurichten.

»Danke«, kam es krächzend aus ihrem Mund.

Die Finger in die Rückenlehne des Co-Piloten-Sitzes gekrallt, kämpfte sie den Schwindel und die Übelkeit nieder. Für einen Augenblick glaubte sie, sich übergeben zu müssen. Räuspernd wandte sie ihren Kopf und erkannte Stefanovic und einen Passagier aus der Businessclass, der Stefanovic um einen Kopf überragte.

»Hi, mein Name ist Marco«, stellte er sich ihr vor.

Die Art, wie er den Namen aussprach, ließ vermuten, dass er Finne war.

»Geht es dir gut?«, erkundigte sich Marco.

Karina griff sich an den Hals und nickte bestätigend.

»Ich danke dir, Marco«, sagte Karina flüsternd.

In Marcos Hand sah sie einen kleinen Feuerlöscher, von dem Blut tropfte.

Erst jetzt warf sie einen Blick auf Nita, die verkrümmt und regungslos hinter dem Pilotensitz lag. Blut sickerte unaufhörlich aus einer faustgroßen Platzwunde an ihrem Hinterkopf.

»Ich glaube, du hast sie erschlagen«, stellte Karina nüchtern fest.

Sie ging in die Hocke und tastete nach ihrem Puls. Er war flach, schlug aber regelmäßig.

»Wir sollten sie fesseln«, schlug Stefanovic vor.

»Ja!«, krächzte Karina. »Sucht was Geeignetes«, verlangte sie.

Karina stieg vorsichtig in den Pilotensitz, um zu vermeiden, dass sie versehentlich irgendeinen der unzähligen Schalter oder Knöpfe auf der Mittelkonsole betätigte. Hektisch sah sie sich um und erkannte backbord, auf Höhe des Cockpits, die blinkenden Lichter eines einzelnen Flugzeugs. Grünlich brach sich Licht im Visier des Piloten. Unsicher, was sie tun sollte, winkte sie ihm zu. Offensichtlich schien der Pilot sie gesehen zu haben, da er sofort reagierte und mit den Tragflächen wackelte.

Karina hob ihren Daumen und hoffte, dass er die Geste sah.

»Stefanovic!«, versuchte Karina zu rufen, mehr als ein heißeres Krächzen brachte sie jedoch nicht heraus.

Atemlos kehrte Stefanovic in Begleitung einer Kollegin zurück. In ihrer Hand baumelten zwei Gurtattrappen, wie sie die Flugbegleiterinnen bei der Präsentation der Sicherheitsanweisungen benutzten.

»Wird das gehen?«, erkundigte sich Stefanovic bei Marco, der Nita bewacht hatte.

»Auf jeden Fall!« Er nahm die Gurtstücke entgegen, wickelte sie um Nitas Hand- und Fußgelenke, verriegelte Schnalle und Schloss und zog, so weit, wie es ging, zu.

»Schnell, Stefanovic! Wie kann ich hier mit jemandem reden?«, drängte Karina.

»Nenn mich Andrijana«, bat Stefanovic und deutete mit ihrem Zeigefinger auf eine Taste, die mit R/T bezeichnet war. »Du musst das Headset dort benutzen. Wenn du sprechen möchtest, drück die Taste, und wenn du geendet hast, wieder loslassen. Sonst kannst du nicht empfangen.«

Karina nickte und stülpte sich das Headset über, das vor ihr auf einer Konsole gelegen hatte.

Sie betätigte die Sprechtaste, ohne genau zu wissen, was sie sagen sollte. »Äh, hallo! Hier spricht Karina Hagedorn. Kann mich jemand hören?«

Nach einem kurzen Rauschen vernahm sie eine vertraute Stimme: »Karina? Gott sei Dank!«

Kapitel 59

Zur selben Zeit – im Tower, Flughafen Stuttgart

Jubelrufe hallten durch den Tower, und man sah allen die Erleichterung an.

»Gott sei Dank!«, stieß Hagedorn erleichtert aus. Karina war noch am Leben. Wie es ihr gelungen war, ins Cockpit zu gelangen und Nita zu überwinden, war zweitrangig. Nita, das hieß Sati, hatte keine Gewalt mehr über das Flugzeug, und das war entscheidend.

Adler war ihm erleichtert um den Hals gefallen. Auch sie konnte ihre Tränen nicht zurückhalten. Sie wischte sie sich weg und schnäuzte sich lautstark in ein Stofftaschentuch.

»Ich muss telefonieren«, sagte sie entschuldigend und verließ den Tower.

»Hier ist die nationale Flugsicherung. Hören Sie uns, Frau Hagedorn?«, dröhnte es aus den Lautsprechern.

»Ja, ich höre Sie!«

»Geht es dir gut, Prinzessin?« Hagedorn konnte nicht an sich halten und unterbrach den Funkverkehr.

»Ja, Paps. Mir geht es gut. Wir reden später, aber jetzt haben wir andere Probleme.«

Widerwillig, aber erleichtert fügte er sich.

»Flugsicherung, hören Sie mich?«

»Wir hören!«

»Der Pilot ist tot und die Co-Pilotin in einem kritischen Zustand. Wer soll das Flugzeug denn landen?« Karinas Stimme klang verzweifelt.

»Bleiben Sie ruhig, Frau Hagedorn. Wir bringen Sie heil runter. Versprochen! Geben Sie uns ein paar Minuten.«

Hagedorn warf Drexler einen fragenden Blick zu. Dieser

stand mit zwischen Wange und Schulter geklemmtem Hörer hinter einer jungen Lotsin und nickte ihm zuversichtlich zu.

»Verstanden! Danke!«, hörte Hagedorn Drexler sagen.

»Also«, sagte Drexler an Hagedorn gewandt, als er das Gespräch beendet hatte.

»Das war das NLFZ. In weniger als fünf Minuten ist ein Fluglehrer hier, der Karina genauestens anleiten wird. Das NLFZ ist damit einverstanden, dass wir PinLine 650 lotsen. Sie haben uns die Kontrolle übergeben.«

»Und die Kampfjets?«, erkundigte sich Hagedorn.

»Werden den Flug zunächst weiter begleiten. Das NLFZ will kein Risiko eingehen.«

Hagedorn verstand. »Deine ehrliche Meinung, Norman! Wie stehen die Chancen, dass Karina das Flugzeug heil runterbringt?«

Drexler ließ sich mit der Antwort Zeit, während er sich die Nasenspitze rieb. »Gut!«, brummte er. »Nein, sehr gut! Ray Stanton ist auf dem Weg hierher. Er ist ehemaliger Air-Force-Pilot und seit vielen Jahren Fluglehrer für Berufspiloten. Einer der besten, die ich kenne. Und er ist mein Freund.«

Hagedorn nickte schweigend.

»Hey! Seid ihr noch da?«, drang Karinas Stimme schnarrend aus dem Lautsprecher des Funkgeräts.

Drexler nickte der jungen Lotsin zu, die ihren Blick sogleich auf den Radarmonitor vor ihr richtete.

»Bestätige! Wir sind da. Hier ist Tower Stuttgart«, sprach die Lotsin in das Mikrofon ihres Headsets.

»Irgendetwas passiert hier. Das Flugzeug verliert an Höhe.«

»Alles gut, Karina. Der Autopilot hat mit dem Sinkflug begonnen. Du musst dir keine Sorgen machen.«

»Dein Wort in Gottes Ohr«, sagte Karina. »Darf ich deinen Namen wissen?«

»Jessica. Mein Name ist Jessica«, sagte die Lotsin.

Drexler gab Gerber, dem Hagedorn die Zigaretten abgekauft hatte, einen Wink, als ein amerikanischer Sportwagen rasant um die Ecke kam und auf den Parkplatz des Towers schoss.

Wortlos eilte dieser zum Lift.

Hagedorn vermutete, dass der Fluglehrer eintraf.

»Karina, gleich ist der Fluglehrer da«, sprach Jessica leise in ihr Mikrofon. »Der übernimmt dann meinen Part. Mach dir keine Sorgen. Alles wird gut!«

Hagedorn vermochte die Zuversicht der Fluglotsin nicht zu teilen. Es gab zu vieles, was noch schiefgehen konnte.

Karina war nie eine überragende Schülerin gewesen, wenngleich Hagedorn sie für überdurchschnittlich intelligent hielt. Wirklich Sorge bereitete ihm, dass Karina nie ein besonderes Faible für technische Dinge an den Tag gelegt hatte.

»Norman, auf ein Wort.«

Drexler trat zu ihm und beugte sich zu ihm hinunter. »Hm?«

»Wäre es nicht vernünftiger, jemanden ins Cockpit zu holen, der vielleicht schon Flugerfahrung hat. Meinetwegen einen Techniker oder einen Ingenieur?«

Drexler verneinte kopfschüttelnd. »Dafür reicht die Zeit jetzt nicht mehr. Außerdem, was meinst du, wie die Passagiere reagieren? ›Ähm. Entschuldigung! Wir haben beide Piloten verloren. Ist zufällig jemand an Bord, der sich mit einem Airbus A319 auskennt?‹«

Hagedorn musste ihm schmunzelnd beipflichten, auch wenn es der Situation eigentlich unangemessen war.

»Vertrauen Sie uns«, sagte jemand, der unvermittelt hinter Hagedorn zu sprechen begann.

Hagedorns Kopf fuhr herum, und er erblickte einen schlanken silberhaarigen Mann. Sein Alter war schwer zu schätzen. Er mochte sechzig oder fünfundsechzig sein.

Freundlich reichte er den beiden Männern die Hand. »Mein Name ist Ray Stanton«, stellte er sich mit einem leicht durchschlagenden Akzent vor. »Wir bringen die Maschine runter. Vertrauen Sie mir.«

Kapitel 60

21. Mai, 22:35 Uhr – im Cockpit

Karina kaute nervös auf ihrer Unterlippe, während sie wartete. Sie hatte Angst vor dem, was vor ihr lag. Vergeblich hatte sie die Co-Pilotin zu wecken versucht. Ihr Zustand war nicht gut. Ihr Atem ging flach, unregelmäßig und rasselnd. Karina vermutete, dass sie sich übergeben hatte. Weiße, schaumige Spuren am Kinn und ihrer Bluse deuteten darauf hin.

Karina warf Andrijana Stefanovic einen bangen Blick zu. Diese nickte ihr aufmunternd zu.

»Du schaffst das, Karina.«

»Woher willst du das wissen, hm?«

»Ich durfte mal eine Landung in einem Flugsimulator machen. Natürlich unter Anleitung.«

»Und ist es gut gegangen?«

»Hm«, bestätigte Stefanovic.

Karina glaubte ihr nicht, war aber dankbar, dass sie ihr Mut zu machen versuchte.

»Wieso landest du das Flugzeug nicht?«, flehte Karina, wurde jedoch vom Funk unterbrochen.

»Karina? Hörst du mich? Darf ich dich bei deinem Vornamen nennen?«

»Äh, klar. Wer spricht da?«

»Mein Name ist Ray. Ich bin Fluglehrer, und wir werden jetzt das Flugzeug zusammen landen.«

Karina lachte bitter auf. »Bei dir hört sich das wie ein spaßiger Ausflug an.«

»Wir schaffen das! Du wirst sehen. Zuerst möchte ich, dass du für einen Moment die Augen schließt und tief durchatmest.«

Karina folgte seinem Rat. Rays ruhige und selbstsichere

Stimme verfehlte seine Wirkung nicht. Das Zittern ihrer Hände verebbte, und sie fühlte sich zuversichtlicher als noch vor wenigen Minuten.

Wenn nicht, dann suche ich dich in deinen Albträumen heim.

Sie straffte den Rücken, band sich die Haare zu einem Zopf zusammen, schnallte sich an, schloss die Augen und blies noch einmal geräuschvoll die Luft aus.

Okay! Du schaffst das!, beschwor sie sich.

»Karina?«

»Ja, Ray?«

»Ich werde dir jetzt erklären, wie wir vorgehen. Du konzentrierst dich auf meine Stimme. Damit du nicht zu viel reden musst, möchte ich, dass du meine Anweisungen mit einem zweimaligen, schnellen Drücken der Sprechtaste quittierst. Okay?«

Karina drückte zweimal die Sprechtaste.

»Sehr gut! Zuallererst, Karina, die Maschine ist mit einem hochmodernen Computersystem und Autoland-System ausgestattet. Der Computer fliegt die Maschine. Sie landet auch völlig selbstständig. Was der Autopilot nicht zu leisten vermag, machen wir zusammen. Ich werde dich Schritt für Schritt anleiten. Klar?«

Karina bestätigte, dass sie verstanden hatte.

»In der Mittelkonsole befindet sich, gleich rechts neben deinem Knie, das Flight Management System. Dort siehst du zwei Computermonitore.

Lass dich davon nicht verwirren, das System ist einfach nur gedoppelt. Unterhalb des Bildschirms sind mehrere Tasten. Links ist eine Taste, die mit FPLAN bezeichnet ist. Drück sie einmal! Die Anzeige ändert sich, und du solltest in der unteren Hälfte die Daten für die Anflugroute sehen. Steht dort irgendein Kürzel, das mit STR beginnt?«

Karina musste sich über die Konsole beugen, um die Beschriftungen darauf entziffern zu können.

»Richtig! Da steht STR07.«

»Perfekt!«, sagte Ray freudig. »Die Anflugsvektoren sind im System hinterlegt.«

»Und was jetzt?«, wollte Karina wissen.

»Geduld, Mädchen! Vor dir befindet sich eine Instrumententafel, direkt über den ganzen Monitoren. Siehst du sie?«

»Ja!«

»Über einer Reihe von Drehknöpfen sind Digitalanzeigen, die Auskunft über Geschwindigkeit und Flughöhe geben.«

»Ja, sehe ich.«

»Sehr gut! Du kommst in wenigen Minuten in die Zehnmeilenzone. Du wirst gemerkt haben, dass ihr bereits im Sinkflug seid. Wir haben keinen Stress, Karina. Wir checken jetzt alles zusammen.«

Karina tippte zweimal die Sprechtaste an.

»In derselben Instrumententafel suchst du bitte die Taste ILS und aktivierst sie.«

»Aktiviert!«, bestätigte sie nach einigen Sekunden.

»Ein wenig weiter rechts ist die Approach-Taste APPR. Die auch aktivieren.«

»Ist an.«

»Sehr gut. Jetzt such zwei nebeneinanderliegende Tasten, auf denen AP1 und AP2 stehen. Ich muss wissen, ob beide grün leuchten.«

»Hab sie gefunden. Es leuchtet aber nur die AP1.«

»Dann aktiviere jetzt den zweiten Autopiloten mit der Taste AP2.«

»Aktiv.«

»Wir haben es gleich, Karina. Such bitte einen Drehknopf, auf dem unter anderem VOR, NAV und ARC stehen. Siehst du ihn?«

»Nein. Warte, doch, ich hab ihn gefunden.«

»Dreh ihn bis auf ILS.«

»Bestätige.«

»Das machst du großartig, Karina. Und jetzt fliegen wir.«

Ray schien das richtig Spaß zu machen, während ihr der Schweiß den Rücken hinunterrann. Sie nahm sich vor, ihn dafür ordentlich in den Hintern zu treten, wenn sie denn dazu Gelegenheit bekäme. Sie wischte sich die feuchten Hände an ihrer Jeans ab und lauschte gebannt, als es erneut im Headset knackte.

»So, du bist jetzt im direkten Anflug auf Stuttgart. Die Maschine wird gleich in eine lang gezogene Kurve eindrehen, nicht erschrecken. Oben bei den Drehknöpfen reduzierst du jetzt mit dem Drehregler die Geschwindigkeit auf zweihundert Knoten. Mach das jetzt.«

Karina drehte den Regler langsam nach links, bis die Digitalanzeige die Zahl zweihundert anzeigte. Sofort änderten sich die Triebwerksgeräusche.

»Next Step! Rechts, auf Höhe deines Schenkels, ist der Schubregler. Dahinter sind zwei Hebel. Mit dem rechten steuert man die Landeklappen. Zieh die Arretierung nach oben, und zieh den Hebel nach hinten auf FLAPS2.«

»Bestätige.«

Sie hörte deutlich, wie die Klappen ausgefahren wurden. Im Monitor vor ihr konnte sie in einer grafischen Darstellung erkennen, wie die Klappen ausfuhren.

»Sind draußen.«

»Du bist großartig«, lobte Ray. »Ich checke hier permanent deine Flughöhe, Sinkrate und Anfluggeschwindigkeit. Auf dem linken Monitor direkt vor dir, da, wo der Horizont abgebildet ist, siehst du am linken Bildschirmrand in einer Balkendarstellung deine aktuelle Geschwindigkeit und rechts die momentane Flughöhe.«

»Sehe ich. Links steht zweihundert. Flughöhe viertausend.«

»Sehr, sehr gut.«

Die Maschine neigte sich nach links und beschrieb eine lang gezogene Linkskurve.

Karina fühlte sich mulmig. »Ich kann schon die Landebahn sehen.«

»Wir haben es bald geschafft. Du machst das toll. Jetzt reduzierst du die Geschwindigkeit weiter auf hundertsechzig Knoten und stellst die Landeklappen auf drei.«

Karina drehte am Regler und zog den Hebel für die Klappen nach hinten.

»Erledigt!«

»Gut! Mittig vor dir ist ein Hebel, der sich hoch- und runterschieben lässt. Er sieht aus wie ein Reifen und ist bezeichnet mit GEAR. Zieh den Hebel zuerst zu dir hin und nach unten auf Down.«

Das Flugzeug wurde von einem Vibrieren erfasst. Karina fürchtete, etwas falsch gemacht zu haben.

»Das Flugzeug zittert, Ray.«

»Alles gut, Karina. Wenn das Fahrwerk ausfährt, kommt es zu kurzen Turbulenzen. In der Konsole vor dir sollten drei Kontrollleuchten grün aufflammen.«

»Ja, da ist was. LDG GEAR, sind sie das?«

»Genau. Das heißt, dass das Fahrwerk draußen und arretiert ist. Direkt unter den drei Kontrolllichtern sind drei Tasten. Sie sind bezeichnet mit Auto BRK. Drück die linke Taste.«

»Dort wo LO darauf steht?«

»Richtig. Drück sie.«

Karina spürte, wie sich die Geschwindigkeit weiter deutlich verringerte und das Flugzeug an Höhe verlor. Die Landebahn kam schnell näher.

»Anflug und Höhe sehen perfekt aus, Karina. Geh jetzt mit der Geschwindigkeit runter auf hundertvierzig Knoten, und fahr die Landeklappen voll aus. Zieh den Klappenhebel auf Full.«

»Erledigt!«

»Halt still!«, hörte sie Marco hinter sich sagen.

Nita schien ihr Bewusstsein wiedererlangt zu haben. Sie strampelte und trat in die Rückenlehne.

»Hör auf damit, sonst verpasse ich dir noch eine«, drohte Marco, und die Tritte hörten auf.

Nita fluchte unflätig und beschimpfte Karina als verlogenes Miststück.

Karina konnte nicht an sich halten und wandte sich im Sitz zu ihr um.

»Wer ist hier das Miststück, du krankes Stück Sch…«

»Karina, hörst du mich?«

»Bin da!«

»Dein Anflug sieht sehr gut aus. Gleich wird das Bordsystem die Höhen ansagen. Kurz vor dem Aufsetzen wird die Warnmeldung Retard kommen. Also nicht erschrecken.«

»Ist gut.«

Wie von Ray beschrieben, erklang aus verborgenen Lautsprechern eine blecherne Stimme, die »One thousand« ansagte. Das Flugzeug näherte sich rasant, dreihundert Meter über Grund, der Piste. Es war gespenstisch, dass das Flugzeug ohne fremdes Zutun landen sollte. Karina wusste nicht, wohin mit ihren Händen. Deshalb legte sie sie auf ihre Oberschenkel, und ihre Finger verkrallten sich in ihnen.

One thousand, eight hundred, six hundred …

Karina hatte die Augen geschlossen und atmete schwer.

Forty, thirty, twenty … Retard, Retard, Retard …

Sanfter, als Karina erwartet hätte, setzten die Räder des Fahrwerks quietschend auf dem Asphalt auf.

»Karina«, meldete sich Ray. »Du greifst jetzt den Schubregler für den Gegenschub in der Mitte und ziehst ihn zusammen mit den zwei vorderen Reglern im Griff ganz nach hinten.«

Karina folgte seiner Anweisung, und augenblicklich heulten die Triebwerke auf. Die Geschwindigkeit verringerte sich rasant. Ängstlich behielt sie den Monitor vor sich im Auge.

120 Knoten, 100, 80, 50, 40 …

»Du kannst den Gegenschubregler wieder zurückschieben. Die Bremsen machen den Rest. Willkommen in Stuttgart!«

Ray, du Idiot, dachte Karina mit Tränen in den Augen, als die Maschine mit einem Ruck zum Stillstand kam.

Kapitel 61

22:40 Uhr – über Stuttgart

Major Roman Porsch hatte die Maschine sauber aufsetzen sehen. Nun rollte sie aus und kam im Zentrum der Piste zum Stillstand. Seine Rotte hatte den Flug ununterbrochen begleitet. Porsch konnte seine Erleichterung, das Flugzeug nicht abschießen zu müssen, nicht in Worte fassen. Dass es seinen Kameraden ebenso erging, konnte er sich sehr gut vorstellen.

Ihm war durchaus bewusst, dass dieser Flugzeugtyp technisch in der Lage war, automatisch zu landen. Ohne Assistenz wäre die Maschine jedoch fürchterlich gecrasht. Ohne Fahrwerk, Landeklappen und Gegenschub wäre die Hülle bei einer Landegeschwindigkeit von annähernd dreihundert Kilometern pro Stunde zerborsten, die Tragflächen zerfetzt. Mehrere Tausend Liter Reservekerosin hätten sich im Bruchteil einer Sekunde explosionsartig entzündet und jeden bis zur Unkenntlichkeit verbrannt, der in der Maschine saß.

Der jungen Frau, die im Cockpit gesessen hatte, zollte er allergrößten Respekt, wenngleich er sie nie persönlich treffen und sich für ihren Mut und ihr beherztes Handeln würde bedanken können. Letztendlich hatte sie nicht nur das Leben von einhundertsieben Passagieren gerettet, sondern seines ebenso.

Kurz nachdem Flug 650 die zehn Meilen Grenze überschritten hatte, war seine Rotte vom NLFZ zu ihrem Stützpunkt Wittmund zurückbeordert worden. Porsch ignorierte den Befehl.

Er wollte es sich nicht nehmen lassen, zu sehen, wie dieser Albtraum sein Ende fand. Auch er hatte mit Überschreiten der Zehn-Meilen-Zone einen imaginären Grenzstein überflogen.

Porsch hatte eine Entscheidung getroffen, von der er niemals gedacht hatte, sie in naher Zukunft zu fällen. Niemals wieder würde er gezwungen sein, über das Leben unschuldiger Menschen zu entscheiden, oder für deren Tod zur Verantwortung gezogen werden können. Mit der Schuld, ein Leben beendet zu haben, hätte er nicht weiterleben können.

Gleich nach seiner Rückkehr zum Stützpunkt würde er um Entlassung bitten, um sich bei der zivilen Luftfahrt zu bewerben.

Vielleicht, so hoffte er, würde er doch irgendwann die Gelegenheit haben, dieser mutigen jungen Frau zu begegnen.

Die drei Tornados flogen mit fauchenden Triebwerken eine letzte, weit gezogene Schleife über den Stuttgarter Flughafen, stiegen danach steil auf und durchbrachen die Schallmauer.

Kapitel 62

22:45 Uhr – Flughafen Stuttgart

Sehr zum Missfallen aller Anwesenden rauchte Hagedorn wie ein Schlot.

Ray warf ihm einen vernichtenden Blick zu, als er gerade eine Zigarette entzündete, sie aber sogleich in seinem Kaffeebecher versenkte, in dem eine stattliche Anzahl gerauchter Stummel schwamm.

Adler hatte er nicht mehr gesehen, seit sie mit dem Telefon in der Hand aus dem Tower gestürmt war.

Im Augenblick war er zur Untätigkeit verdammt. Er beobachtete Ray Stanton, den Fluglehrer, der ruhig und routiniert via Funk die Anweisungen ans Cockpit von Flug 650 übermittelte. Dem Kerl schien das richtig Spaß zu machen. Als hätte er nur auf eine solche Herausforderung gewartet.

Stanton hatte ihm schwören müssen, die Maschine und damit seine Tochter heil und unversehrt runterzubringen.

Hagedorn reckte den Hals. Auf dem Vorfeld schien sich etwas zu bewegen. Er lieh sich einen der Feldstecher, die an jedem Lotsenplatz standen. Mehrere Löschfahrzeuge der Flughafenfeuerwehr, Rettungsfahrzeuge und Einsatzwagen der Polizei hielten sich mit wild flackernden Blaulichtern auf dem Vorfeld bereit.

An einem der drei zivilen Einsatzfahrzeuge glaubte Hagedorn Adler entdeckt zu haben.

Sie schien sich mit einem Mann zu unterhalten, den er aus der Distanz nicht identifizieren konnte.

Er vermutete, dass es sich um den Einsatzleiter des SEK handelte, mit dem sie die Festnahme Nita Sanders besprach.

Er hörte Stantons ruhige Stimme: »Gut! Mittig vor dir ist ein Hebel, der sich hoch- und runterschieben lässt. Er sieht aus wie ein Reifen und ist bezeichnet mit GEAR. Zieh den Hebel zuerst zu dir hin und nach unten auf Down.«

Ich muss hier raus.

»Norman?«

Drexler war so auf den Monitor vor sich konzentriert, dass er erschrocken zusammenzuckte, als Hagedorn ihn ansprach.

»Ich muss aufs Rollfeld. Ich will da unten sein, wenn die Maschine landet.«

Drexler legte zögernd die Stirn kraus. Er rief Gerber, den jungen Lotsen, zu sich: »Manuel! Bring Hagedorn hinüber zu den Einsatzkräften.«

Der junge Mann nickte wenig begeistert und bedeutete Hagedorn, ihm zu folgen.

Der Tower Stuttgart war der einzige seiner Art, der außerhalb des Flughafengeländes lag. Sie bestiegen einen VW-Caddy der Flugsicherung, mit dem der junge Lotse ihn kaugummikauend über die Rollbahnen zum Vorfeld fuhr.

»Unter normalen Umständen wäre das völlig unmöglich«, erklärte ihm der junge Mann. »Während des Flugbetriebs ist das Befahren und Überqueren der Pisten strengstens untersagt. Aber heute läuft nichts normal«, fügte er seufzend hinzu.

Hagedorn bestieg den Rollstuhl und bedankte sich bei dem Lotsen, der es kaum erwarten konnte, wieder in den Tower zurückzukommen.

Die wenigen Meter bis zu den geparkten Einsatzfahrzeugen hatte Hagedorn schnell zurückgelegt.

»Marius? Was machst du denn hier?«, fragte er verwundert. Hagedorn hatte ihn fast nicht erkannt. Bannert trug einen Einsatzoverall, eine taktische Schutzweste und ein Schenkelholster. So hatte ihn Hagedorn noch nie gesehen.

Marius Bannert stand neben Adler und warf ihr mit hochgezogener Augenbraue einen Hilfe suchenden Blick zu.

»Warum bist du nicht im Tower?«, fragte Adler vorwurfsvoll.

»Ich wusste nicht, dass es mir verboten ist hierherzukommen«, blaffte Hagedorn. »Was machst du hier, Marius?«

Bannert trat auf ihn zu und reichte ihm die Hand. »Ich halte das für keine gute Idee, dass du hier bist. Du solltest wieder in den Tower zurückkehren.«

Hagedorn neigte den Kopf zur Seite und musterte seinen Freund eindringlich. »Was ist hier los, Marius?«, verlangte er zu erfahren.

»Nichts ist los. Es ist einfach nicht gut, dass du hergekommen bist. Du bist …«

»Im Weg? Wolltest du das sagen? Nutzlos?«

»Nein«, druckste Bannert herum. »So wollte ich es nicht ausdrücken. Aber ja! Es kann sich im Augenblick niemand um dich kümmern.«

Hagedorn maß ihn mit einem abfälligen Blick.

»Falk, hör doch …«

»Lass es, Marius!«, fiel er Bannert trotzig ins Wort.

Er stieß die Reifen an und rollte, vor dem Regen Schutz suchend, unter eine Gangway. Mit den Handrücken wischte er sich über die Stirn und suchte den Himmel nach beiden Richtungen ab.

Der Regen trübte die Sicht, dennoch glaubte er die Positionslichter eines Flugzeugs auszumachen, das sich im Anflug auf den Flughafen befand.

Jetzt konnte er deutlich die Triebwerke hören. Unbewusst faltete er die Hände im Schoß. Stanton schien genau zu wissen, was er tat, und Hagedorn setzte größte Hoffnungen in ihn. Bald schon, so hoffte er, würde er Karina wieder in seine Arme schließen können.

Reifen quietschten, Triebwerke fauchten – die Maschine hatte aufgesetzt. Umgeben von einer Gischtwolke schoss das Flugzeug heran, stetig an Geschwindigkeit verlierend.

Die ersten Löschfahrzeuge hatten die Motoren gestartet und rollten langsam auf die Landebahn zu, um im Ernstfall schnell an der Maschine sein zu können. Zwei mobile Gangways standen bereit, die mit laufenden Motoren auf ihren Einsatz warteten. Jemand kauerte auf den Stufen. Hagedorn kniff die Augen zusammen. Je zwei schwer bewaffnete und maskierte Beamte des Spezialeinsatzkommandos saßen geduckt auf den Aufgängen der Gangways.

Nach Hagedorns Einschätzung sollte der Airbus nicht weit von ihnen zum Stillstand kommen. Das Heulen der Triebwerke wurde leiser, und das über sechzig Tonnen schwere Flugzeug kam ruckelnd zum Stillstand. Schon schossen die ersten Lösch- und Rettungsfahrzeuge der Maschine entgegen. Die Gangways folgten dichtauf.

Hagedorn konnte einen Freudenschrei nicht unterdrücken. Er stieß die Reifen an und hielt auf die Maschine zu. Ganz gleich, wie Bannert darüber denken mochte, er musste zu Karina.

Die zweihundert Meter bis zum Flugzeug hatte er in wenigen Minuten zurückgelegt.

Schwer atmend starrte er auf die vordere Tür, an der bereits eine Gangway geparkt stand. Feuerwehrleute, Rettungskräfte und Bundespolizisten hasteten um die Maschine und darunter umher. Er vermutete, dass Adler und Bannert zusammen mit dem SEK die Maschine gestürmt hatten, da er sie nirgends ausmachen konnte.

Geduld war eine Tugend, die Hagedorn gänzlich fehlte. Einmal mehr verfluchte er das Schicksal, das aus seinen Beinen nutzlose Anhängsel gemacht hatte. Andernfalls hätte es kein Halten gegeben. Er wäre die Stufen hinaufgestürmt und hätte jeden beiseitegeschoben, der sich zwischen ihn und Karina gestellt hätte.

Eine gefühlte Ewigkeit geschah nichts, dann plötzlich zeichneten sich die Umrisse eines breitschultrigen Mannes in der Luke ab. Ihm folgten zwei vermummte Einsatzbeamte, die zwischen sich eine Frau auf die Gangway führten. Nita Sander. Ihr Haar war blutverschmiert und klebte feucht am Schädel. Unsicher trat sie von einem Bein auf das andere.

Ihre Hände waren vor dem Körper mit Handschellen gefesselt. Auf ein Kommando hin setzte sich der Tross in Bewegung und begann die Treppen der Gangway hinabzusteigen. Als sie unten anlangten, geriet Nita Sander ins Taumeln und musste von einem der Beamten gestützt werden. Ihr Kopf war auf die Brust gesunken, und Hagedorn erwartete, sie jeden Augenblick besinnungslos zu Boden sinken zu sehen.

Der zweite Beamte ihrer Eskorte war einige Schritte vorausgegangen, um die Schiebetür des Vans zu öffnen, in den sie zweifelsohne verbracht werden sollte.

Nita schwankte erneut.

Hagedorn empfand weder Mitleid noch Wut.

Sonderbarerweise empfand er gar nichts bei ihrem Anblick. Er war einfach nur froh, gleich seine Tochter in die Arme schließen zu können. Könnte jemand mal die scheiß Triebwerke abstellen!, ging es ihm durch den Kopf.

Nitas Bewacher schien seinem Kollegen etwas zuzurufen. Für den Bruchteil einer Sekunde abgelenkt, lockerte er seinen Griff.

Plötzlich und unerwartet flink verlagerte Nita das Gewicht, vollzog eine halbe Drehung um die eigene Achse und rammte das rechte Knie in den Unterleib des Polizisten, der gekrümmt zu Boden sank. Dann begann sie zu laufen. Direkt in Hagedorns Richtung.

Ihre Blicke trafen sich. Für einen kurzen Augenblick hielt sie inne und sah ihm tief in die Augen. Beinahe unmerklich nickte sie ihm zu. Tränen liefen über ihre Wangen, und ein trauriges Lächeln umspielte ihre Lippen, als sie unvermittelt Anlauf nahm und Kopf voraus in das Backbord-Triebwerk des Airbus sprang.

Hagedorns Aufschrei ging im mahlenden Heulen der Triebwerke unter. Fassungslos musste er mit ansehen, wie das Triebwerk an seinem Ende einen blutigen Sprühnebel zerhäckselter Knochen, Eingeweide und Gewebe ausspie.

Rufe und panische Schreie hallten durch die Nacht. Polizisten, Feuerwehrleute und Sanitätskräfte, die sich hinter der Tragfläche aufgehalten und die Menschen aus der Maschine evakuiert hatten, erwachten nach und nach aus ihrer Schockstarre, rannten wild durcheinander, brachen blutverschmiert zusammen oder erbrachen sich.

Verwirrt sah er sich um und sah Karina in der Bugöffnung stehen, die Augen aufgerissen, die Hände auf den Mund gepresst.

»Karina!«, schrie er gegen das abnehmende Turbinengeheul an. Irgendjemand schien endlich die Motoren abgestellt zu haben.

Er stieß die Reifen an und hielt auf die Gangway zu, als er von Adler aufgehalten wurde, die sich ihm breitbeinig in den Weg stellte.

»Hey, was soll das?«, bellte er Adler entrüstet entgegen.

»Warte hier, Falk«, schrie sie. »Ich bringe sie zu dir.«

Adler eilte die Gangway hinauf und legte schützend ihren Arm um Karina und redete auf sie ein.

Bebend und zitternd sah Hagedorn nach rechts zu dem Triebwerk, als könnte er in den nun träge rotierenden verbogenen Schaufeln Nitas Überreste ausmachen.

Die Frage war nicht gewesen, ob sie sich irgendwann das Leben nehmen würde, sondern wann. Im Grunde war sie eine zutiefst gequälte Seele gewesen, die früher oder später an den Dämonen, die sie ohne Unterlass peinigten, zugrunde gegangen wäre. Niemand hätte ihr zu helfen vermocht. Ihre Krankheit hätte nicht geheilt werden können.

Juristisch gänzlich schuldunfähig hätte man sie wegen ihrer Taten niemals anklagen und zur Rechenschaft ziehen können. Letzten Endes wäre sie bis an ihr Lebensende, durch Psychopharmaka stark sediert, in einer geschlossenen Psychiatrie gelandet.

Die Stimmen wären niemals verklungen, vielleicht leiser geworden, aber verstummt wären sie niemals.

Nita schien sich dessen bewusst gewesen zu sein. Wer konnte ihr diesen letzten Sprung verübeln? Ob sie den Tod verdient hatte? Hagedorn hätte darauf keine Antwort gewusst.

Die Triebwerke waren endlich verstummt, und der Regen trommelte unaufhörlich auf den Asphalt, auf dem jeder Tropfen eine winzige explodierende Kaskade hinterließ.

Nadine Adler hatte sich bei Karina untergehakt und führte sie vorsichtig die Stufen der Gangway hinab.

Hagedorn konnte das Entsetzen in Karinas Augen sehen. Sie musste mit angesehen haben, wie Nita ihrem Leben ein Ende gesetzt hatte. Gleichgültig, was sie für Nita empfunden hatte, sie würde dieses Bild ihr Leben lang verfolgen.

Karina war seine kleine Prinzessin. Als kleines Mädchen und später als Teenagerin hatte er sie vor allem und jedem zu beschützen versucht. Manches Mal zu eifrig. Zumindest hatte sie ihm das öfters vorgehalten.

Warum nur musste sie bereits zum zweiten Mal solch schreckliche Dinge erleben? Er hoffte inständig, dass sie sich davon würde erholen können.

»Hey, Prinzessin!«, sagte er leise, als sie die letzte Stufe überwunden hatte.

»Hey, Paps!« Sie wirkte apathisch, und ihre Stimme klang brüchig.

Adler nickte ihm zu und deutete zu dem Krankenwagen, der etwas abseits stand. »Komm, Karina, ich bringe dich dort hinüber, damit sich ein Arzt um dich kümmern kann.«

Hagedorn wendete und rollte neben seiner Tochter her.

Vorsichtig griff er nach ihrer Hand, unschlüssig, ob sie sie ergreifen würde. Ihre Finger schlüpften in seine Hand. Kaltschweißig, aber fest, umschlossen sie die seinen.

Drei Rettungssanitäter kamen ihnen bereits entgegen. Man legte ihnen Decken um die Schultern, und Karina wurde zum geöffneten Heck des Rettungswagens geleitet, wo sie von einer Frau in Empfang genommen wurde, deren reflektierende Applikationen sie als Notärztin auswiesen.

Verstört ließ sich Karina auf einem Transportstuhl nieder, zu dem sie die Ärztin mit sanfter Gewalt bugsiert hatte. Willig ließ sie es über sich ergehen, als man den Ärmel ihrer Bluse hochschob und ihr eine Blutdruckmanschette überstülpte.

Hagedorn wickelte sich die raue Schurwolldecke enger um die Schultern und ließ den Blick über das Rollfeld schweifen.

Zum Glück ist der Albtraum nun vorbei, dachte er.

Flughafenmitarbeiter kümmerten sich um die Passagiere, die nach und nach weiter dem Flugzeug entstiegen und zu den bereitstehenden Bussen gebracht wurden. Einige Feuerwehrleute bemühten sich, um das Triebwerk, in das Nita gesprungen war, einen Sichtschutz zu installieren.

Es entzog sich Hagedorns Verständnis, dass die SEK-Kräfte nach wie vor sichernd um das Flugzeug herumstanden. Vielleicht war es ein Standardprozedere, das er nicht kannte.

Offenbar waren alle Passagiere evakuiert worden. Mehrere Sanitäter trugen nun auf Bahren zwei Menschen in Pilotenuniform die Gangway hinunter. Für Hagedorn war sichtlich, dass für den Mann jede Hilfe zu spät kam, da man sein Gesicht mit einem weißen Tuch bedeckt hatte.

Die Frau war an mehrere Infusionsflaschen angeschlossen und wurde über einen Tubus beatmet. Hagedorn beobachtete, wie sie in einen Rettungswagen geschoben wurde, der mit aufheulendem Motor und Martinshorn davonschoss.

Umständlich fingerte er die letzte Zigarette aus der Schachtel und entzündete sie, als sein Blick an einem SEK-Beamten hängen blieb, der in seine Richtung zu schlendern schien, als wüsste er nicht so recht, was sein Auftrag war. Wie die anderen Beamten seiner Einheit steckte auch er in einem schwarzen Overall, über der linken Brust das Schwingenemblem.

In Bauchhöhe der taktischen Weste trug er eine geholsterte Pistole und eine am Riemen umgehängte Maschinenpistole. Wie seine Kollegen war er maskiert, sein ballistischer Helm war aber am Gürtel befestigt. Immer wieder blieb er stehen und schien die Umgebung zu sondieren.

Hagedorns Erfahrungen mit dem SEK waren in der letzten Zeit nicht die besten gewesen, weshalb er sich nicht weiter für den Mann interessierte. Er nahm einen weiteren tiefen Zug von der Zigarette und schnippte sie angewidert davon, fest entschlossen, das Rauchen künftig wieder sein zu lassen. Die glühende Kippe segelte davon und erlosch zischend in einer Pfütze.

Sein Kopf wirbelte herum, als er Karina lautstark aus dem

Inneren des Krankenwagens maulen hörte: »Meine Güte, lassen Sie mich endlich in Ruhe! Mir fehlt nichts. Es geht mir gut, glauben Sie mir! Ich will jetzt sofort zu meinem Vater.«

Karina schob sich an der Ärztin vorbei, sprang aus dem Rettungsfahrzeug und fiel ihm schluchzend um den Hals.

»Schschsch, jetzt ist alles gut, Prinzessin.« Er wiegte sie beruhigend in seinen Armen.

Es gab so vieles, was er ihr sagen wollte. Er zog es jedoch vor, sie schweigend im Arm zu halten. Seine Prinzessin. Sie war am Leben. Das war alles, was zählte.

»Stehen bleiben! Die Waffe runter!«

Hagedorn wirbelte erschrocken herum und zog dabei automatisch Karina mit sich.

»Bannert?«, stammelte er verdutzt.

Dann brach die Hölle los.

Der SEK-Mann, der ihm vor wenigen Minuten aufgefallen war, lief ruhig auf ihn zu, brachte seine Maschinenpistole in Anschlag und feuerte. Sirrend pfiffen Projektile an Hagedorns Schädel vorbei, verfehlten ihn nur um wenige Millimeter, stanzten Löcher in die Karosserie, zerrissen das Plastik im Inneren des Krankenwagens hinter ihm.

Er schlang die Arme schützend um Karina und presste ihren Kopf gegen seine Brust. Etwas riss heftig an seinem Unterarm. Karina zuckte und schrie erschrocken auf.

Panisch fuhr Hagedorns Kopf zu dem Angreifer herum, der weiter auf sie zuhielt. Routiniert ließ dieser das Magazin aus der Maschinenpistole gleiten und rammte blitzschnell ein frisches Magazin in die Halterung.

Es gab nichts, was Karina und ihm ausreichend Deckung hätte bieten können. Weniger als zehn Meter trennten den Angreifer von seinem Ziel.

Hagedorn war nie ein überragender Schütze gewesen, aber selbst er hätte auf diese Entfernung sein Ziel nicht verfehlt.

Er verstärkte den Griff um Karinas Schultern und stellte sich, die Augenlider geschlossen, auf eine letzte, tödliche Salve aus der Schnellfeuerwaffe ein.

Schreie hallten durch die Nacht. Eine Reihe von Schüssen zerrissen die Luft, verhallten wie Donnerschläge. Dann – Stille!

Zitternd versuchte sich Hagedorn zu orientieren. Woher, verdammt, waren die Schüsse gekommen?

Adler kniete wenige Meter entfernt von ihm auf dem Asphalt und hatte die Pistole im Anschlag, Bannert nur drei Meter daneben. Pulverdampf kräuselte sich aus ihren Läufen und zerstob im Wind.

Bannert erwachte als Erster aus seiner Starre, stürmte mit angeschlagener Pistole auf den am Boden liegenden Körper zu, trat die Maschinenpistole zur Seite und kniete sich auf dessen Brust. Der Mann konnte unmöglich überlebt haben. Mehrere Projektile hatten ihm Gesicht und Schädel zerfetzt.

»Es ist vorbei, Karina!«, flüsterte Hagedorn sanft. »Karina?«

Hagedorns Blick ging hinunter zu seiner Brust. Er lockerte seinen Griff und schob sie ein wenig von sich. Auf ihrer Brust zeichnete sich ein roter Fleck ab, der stetig zu wachsen begann, ihre Bluse durchtränkte.

»Nein! Nein! Nein! Nein! Karina, nein!«

Kapitel 63

Ende November – Konstanz

»Du bist dir sicher, dass du nicht den Dienstort wechseln möchtest? Wir könnten jemanden wie dich in Konstanz wirklich gut brauchen, Nadine.«

»Nein, wirklich nicht! Dein Angebot ist nett gemeint, aber ich werde noch einige Zeit beim Amt bleiben. Zumal Dröhmer mich nicht ziehen lassen würde.«

Bannert gab der Kellnerin ein Zeichen. »Du hast gewählt?«

Als die Bedienung an ihren Tisch trat, bestellten sie jeder ein einfaches Frühstück.

»Was macht Dröhmer denn jetzt?«, erkundigte sich Bannert.

»Ist mit einem blauen Auge davongekommen, nachdem er einen Megarüffel bekommen hat. Im Prinzip kann man ihm eigentlich auch keinen Vorwurf machen. Er stand extrem unter Druck, brauchte in unserem Fall einen Fahndungserfolg, weshalb er die Finnen gebeten hatte, Nita festzunehmen. Dass Nita am Flughafen durch das Fahndungsnetz schlüpfen konnte, ist letztlich niemandem vorzuwerfen. Im Moment ist er als Dozent zur Fachhochschule abgeordnet.«

»Na ja, trotzdem hätte man die Maschine nicht starten lassen dürfen. Nicht ohne sich zu vergewissern, ob Sander an Bord ist oder nicht. Ich möchte gar nicht daran denken, wie es hätte ausgehen können.«

Adler nahm ihre Arme vom Tisch, als die Bedienung ihre Bestellung brachte und auftischte.

Bannert teilte ein Brötchen und begann Butter darauf zu verschmieren. Nachdenklich schüttelte er dabei den Kopf. »Ich kann es immer noch nicht fassen.«

»Was meinst du?«

»All die Menschen, die Nita getötet hat.«

»Hm«, brummte Adler. »Nita war krank. Extrem krank.«

»Allerdings! Die war total durchgeknallt. Seid ihr eigentlich dahintergekommen, wie sie ihre Opfer ausgewählt hat?«

»Nicht mit endgültiger Sicherheit, da wir sie ja leider nicht mehr befragen können. Aber Hagedorn hat mir unbewusst einen entscheidenden Hinweis geliefert.«

Bannert sah sie überrascht an. »Falk? Inwiefern?«

»Du weißt ja, wie er ist. Als er mir damals, genau hier im Café Konzil, Nitas Profil präsentierte, schwadronierte er über Urinstinkte. Wie stark wir Menschen auf geruchliche Reize reagieren und programmiert sind.«

»Ach ja?«

»Ja. Erst war mir nicht klar, was genau Hagedorn damit meinte, oder wie mir dieser Hinweis weiterhelfen könnte. Mir war an der Leiche, die wir am Flughafen Stuttgart aufgefunden hatten, ein markanter Parfümduft aufgefallen. Wo es noch möglich war, haben wir ihre Opfer exhumieren und untersuchen lassen. An ihren jüngeren Opfern haben wir tatsächlich noch Parfümreste feststellen können. Über aufwendige Analysen haben wir herausgefunden, dass es sich dabei um ein sehr exklusives Herrenparfüm handelt. Wir konnten es kaum glauben, aber allen Toten gemeinsam war …«

»… dass sie das gleiche Parfüm benutzten?«, beendete Bannert den Satz.

»Genau. Fast alle hatten das gleiche Parfüm zu Hause.«

»Und die Frau? Wo war sie noch gleich getötet worden?«

»In Friedrichshafen. Ja, auch die Frau.«

»Wieso hat sie einen Männerduft benutzt?«

»Du bist ganz schön voreingenommen«, bemerkte Adler. »Warum sollte ein gutes Parfüm nur einem Geschlecht vorbehalten sein.«

»Hm! Auch wieder wahr. Aber Jule würde mir was husten, wenn ich mir einen ihrer Düfte auflegen würde«, sagte Bannert grinsend. Akkurat verteilte er Marmelade auf der gebutterten Brötchenhälfte und biss herzhaft davon ab. »Was war mit dem Regisseur?«, fragte er kauend.

»Den hat Nita vermutlich aus reinen Rachegelüsten getötet.«

»Warum?«

»Weil er Karina an die Wäsche wollte?«, riet Adler.

Bannert warf ihr einen fragenden Blick zu.

»Ist nicht bestätigt. Zeugen aus der Filmcrew haben ausgesagt, dass am letzten Drehtag vermutlich irgendetwas vorgefallen ist. Karina hat das Filmset angeblich sehr aufgebracht verlassen, ohne sich von den anderen zu verabschieden.«

Adler schaufelte Zucker in ihren Latte macchiato und beobachtete gedankenverloren, wie er die Milchschaumkrone durchbrach, nach unten sank und die Schichten im Glas verwirbelte.

»Übrigens, der Duft ist wirklich umwerfend.«

Bannert schob den letzten Bissen Brötchen in den Mund und schien zu überlegen.

»Aber allein der Duft kann es ja nicht gewesen sein«, vermutete Bannert.

»Nein, sicher nicht ausschließlich. Der Duft schien so stark mit ihrem eigenen traumatischen Erlebnis verknüpft gewesen zu sein, dass dies das auslösende Moment war. Aber du kennst doch den Ermittlungsbericht, oder nicht?«

Bannert druckste kauend herum: »Ich gebe zu, ich habe ihn nie ganz gelesen. Ich bin einfach noch nicht dazu gekommen«, log er.

Adler sah ihn direkt an und nickte verständnisvoll. »Ich verstehe. Marius, du musst aufhören, dich deswegen zu quälen. Du hast dir nichts vorzuwerfen. Du weißt das?«

»Ich schon. Zumindest rede ich mir ein, dass es nicht meine Schuld war. Aber jemand anders sieht das nicht so.«

»Ich weiß!«, sagte Adler mitfühlend.

Das Unbehagen stand Bannert ins Gesicht geschrieben. »Würdest du mich nachher begleiten?«

»Natürlich, Marius.«

Kapitel 64

Ende November – Musikerviertel, Konstanz

Raureif hatte sich über die Vegetation gelegt. Der herbstliche Frühnebel, der am Bodensee zu dieser Zeit das vorherrschende Wetterphänomen war, würde sich zäh halten und die Landschaft in eine trübsinnige Melancholie tauchen, die vielen zu schaffen machte.

Hagedorn registrierte all das mit einer Taubheit, die sich, wie Säure, alles zersetzend durch seine Eingeweide fraß.

Sam hatte ausgestreckt auf dem Läufer gelegen, als er aus dem Schlaf auffuhr und ein kehliges Knurren ertönen ließ.

Teilnahmslos registrierte Hagedorn, dass die Haustür aufging. Schwanzwedelnd stürmte Sam in den Hausflur.

»Du bist ja ein toller Wachhund«, murrte Hagedorn. »Was willst du, Marius?«

Bannert ließ den Hausschlüssel in die Tasche seiner Jacke gleiten, streifte sie von den Schultern und warf sie über die Lehne eines Sessels.

»Erinnere mich daran, das verdammte Türschloss austauschen zu lassen.«

Bannert räumte ausgelesene Zeitungen beiseite und ließ sich auf dem Sessel nieder.

Das Wohnzimmer glich einer Müllhalde. Leere Pizzaschachteln, halb geleerte Kaffeetassen, benutzte Einwegtaschentücher, ein überquellender Aschenbecher – es sah verheerend aus. Ein modriger Gestank durchdrang das gesamte Erdgeschoss. Hagedorn war das alles wohl bewusst.

Bannerts Blick fiel unverkennbar auf die Jointreste im Aschenbecher.

»Verdammt, was willst du hier?«, stöhnte Hagedorn genervt.

»Reden, Falk!«

»Ich wüsste nicht, was wir zu besprechen hätten. Verschwinde! Und lass den Schlüssel da!«

»Falk, bitte!«

»Ich sagte, du sollst verschwinden«, brüllte Hagedorn.

»Nein!«, hielt Bannert lautstark dagegen. »Du wirst dich jetzt mit mir auseinandersetzen. Seit einem halben Jahr gehst du mir aus dem Weg, gehst nicht ans Telefon, beantwortest keine meiner Nachrichten.«

Hagedorn verdrehte stöhnend die Augen.

Bannert strich sich über die Stirn, ehe er fortfuhr. »Du bist ein verdammt sturer Bock. Glaubst du, du wärst der Einzige, den das alles fertigmacht?« Er bemühte sich offensichtlich, seinen Tonfall zu mäßigen.

Hagedorn wandte sich ihm zu. »Meine Tochter ist tot! Und du bist daran nicht ganz unschuldig.« Hagedorns Zeigefinger stach drohend in Bannerts Richtung.

Er wusste, dass seine Worte Bannert hart getroffen haben mussten, da sein Gesicht schmerzerfüllt war, als wenn er ihm ein rostiges Armierungseisen durch die Brust getrieben hätte.

»Glaubst du, ich könnte das jemals vergessen, geschweige denn mir verzeihen?«, flüsterte er mit tränenerfüllten Augen. »Es tut mir so unendlich leid, Falk. Ich hätte es gerne verhindert, aber es ist mir einfach nicht gelungen, und du weißt das.«

Hagedorn starrte ins Leere und zuckte ostentativ mit den Achseln. »Ich weiß ja selbst nicht, wie ich mit meiner Schuld leben soll«, flüsterte er nach einer gefühlten Ewigkeit. »Wir tragen beide Schuld«, fügte er hinzu.

Lange saßen sie einander schweigend gegenüber.

»Darf ich?«, fragte Bannert und deutete auf die halb geleerte kristallene Whiskeykaraffe.

»Hm, nur zu«, brummte Hagedorn.

Bannert griff nach zwei benutzten Tumbler-Gläsern auf dem Couchtisch und füllte sie je zur Hälfte.

Nur zögerlich ergriff Hagedorn eines der Gläser, das Bannert ihm reichte.

Bannert nahm einen großen Schluck und musste offensichtlich ein Husten unterdrücken.

Bannert brach das minutenlange Schweigen: »Du bist wieder Pensionär, habe ich gehört?«

»Hm, richtig. Ich habe die Praxis abgegeben.«

Bannert nickte verständig. »War sicher schwer?«

»Was? Die Praxis aufzugeben?«

»Nein, weiterzumachen.«

»Unmöglich«, sagte Hagedorn knapp.

Bannert füllte nach, und sie tranken und schwiegen.

»Wie geht es deinem Arm?«

Hagedorn hob seinen rechten Arm und bewegte ihn demonstrativ im Kreis. »Wird schon!«

Hagedorn steckte sich eine Zigarette an und blies den Rauch zur Decke. Ihm war Bannerts kritische Musterung nicht entgangen. Er wusste, er bot ein Bild des Jammers. Das Haar hing in fettigen Strähnen über seiner Schulter, das Gesicht war seit mehreren Wochen unrasiert, zudem verströmte er einen penetranten Schweiß- und Uringeruch.

»Was?«, knurrte er bärbeißig.

»Denkst du nicht, dass du eine Dusche vertragen könntest – eine Rasur und vielleicht einen Haarschnitt?«

Hagedorn grinste ihn schief an. »Ja, vielleicht hast du recht. Ich sehe bestimmt furchtbar aus.«

»Furchtbar ist gar kein Ausdruck. Ich bin Pennern begegnet, die halb so schlimm aussahen und vor allem besser gerochen haben.«

»Ist gut, Marius! Ich hab's verstanden«, grollte Hagedorn warnend.

»Ich sehe, du hast deinen Rollstuhl wieder?«, stellte Bannert beiläufig fest und tätschelte eine Armlehne.

»Ist neu.«

»Hör mal, Falk!«, druckste Bannert herum. »Ich weiß nicht, ob du mir jemals verzeihen kannst, aber … na ja … mir fehlt deine Gesellschaft, unsere Gespräche bei einem guten Essen, deine Ratschläge …«

»Wann hast du je meine Ratschläge befolgt?«, schnaubte Hagedorn. »Ich kann mich nicht er…«

»Jule hat vor zwei Wochen entbunden«, fiel Bannert ihm ins Wort.

Hagedorn sah ihm zum ersten Mal in die Augen, seit er da war.

»Meinen Glückwunsch! Junge oder Mädchen?«

»Ein Mädchen. Sie ist bezaubernd. Falk … Jule und ich würden sie gerne auf den Namen Karina taufen lassen. Natürlich nur, wenn du damit einverstanden bist.«

Hagedorn sah Bannert entgeistert an.

»Pathetisch, ich weiß!«

Hagedorn fing prustend an zu lachen.

Bannert rutschte im Sessel hin und her.

Tränen kullerten über Hagedorns Wangen. Er fühlte so viel schmerzliche Trauer und doch zugleich eine Erheiterung, die beinahe fehl am Platz wirkte. Hagedorn rieb sich mit dem Handrücken die Tränen weg.

»Allerdings, Marius. Das ist scheiß pathetisch!« Er sah Bannert durchdringend an, als er mit einem Zug seinen Whiskey leerte.

»Du hast recht. Ist vielleicht 'ne Scheißidee«, räumte Bannert kleinlaut ein.

»Das hab ich doch gar nicht gesagt«, knurrte Hagedorn. »Scheiß pathetisch, ja! Aber die Idee finde ich schön. Ehrlich gesagt, rührt mich das sehr.«

Bannert sah Hagedorn lauernd an. »Ernsthaft?«

»Ja, ehrlich!«

Vorsichtig legte Bannert seine Hand auf Hagedorns Unterarm und nickte dankbar. Räuspernd erhob er sich und griff in die Innentasche seiner Jacke, aus der er einen Umschlag fischte, den er Hagedorn auf den Couchtisch legte.

»Dachte, es könnte dich interessieren.«

Hagedorn beäugte argwöhnisch das DIN-A5-Kuvert, dachte aber nicht daran, es gleich zu öffnen.

»Bevor ich es vergesse«, hob Bannert an, als er in seine Jacke schlüpfte. »Die Regionalpräsidien bauen derzeit eigene Abteilungen für die Operative Fallanalyse auf. Das Präsidium könnte dich gut brauchen.«

»So!? Und wer soll die künftige Abteilung leiten?«

»Man hat mir die Leitung angeboten.«

»Großer Gott!«, kommentierte Hagedorn gespielt übertrieben und schlug die Hände über dem Kopf zusammen. »Wir beide in einem Team, mit dir als meinem Vorgesetzten? Du machst wohl Witze.«

»Ja, warum denn nicht? Könnte doch funktionieren.« Bannert grinste.

»Raus jetzt, bevor ich mich bemüßigt fühle, das Angebot anzunehmen.«

»Falk?«

»Hm?«

»Du versprichst mir, dir darüber Gedanken zu machen?«

Hagedorn wedelte ungeduldig mit den Händen herum, als verscheuchte er ein lästiges Insekt. »Ja, ja, versprochen!«

»Und geh duschen!«, rief Bannert im Hinausgehen.

»Ja, du mich auch!«, brüllte Hagedorn ihm nach.

Kapitel 65

Ende November – Musikerviertel, Konstanz

»Wie ist es gelaufen?«, erkundigte sich Adler, als Bannert in ihren Wagen eingestiegen war und sich angeschnallt hatte.

»Besser, als ich erwartet hätte«, antwortete er nachdenklich.

»Wie geht's ihm?«

»Na, was denkst du wohl? Er leidet wie ein Hund.«

»Wie hat er auf dein Angebot reagiert?«

Bannert hob die Schultern. »Schwer zu sagen. Ich denke, er wird es sich überlegen. Nach seinem Unfall vor sechs Jahren hing Hagedorns Leben an einem seidenen Faden. Allen Prognosen zum Trotz hat er sich ins Leben zurückgekämpft. Selbst durch seine Querschnittslähmung hat er sich nicht unterkriegen lassen. Aber die eigene Tochter zu verlieren, sprengt alles, was ich mir vorzustellen vermag. Ich bin mir nicht sicher, ob er es jemals überwinden wird.«

Bannert sah gedankenverloren zum Seitenfenster hinaus, als Adler den Wagen startete.

»Glaubst du, dass er sich aufgegeben hat?«, unterbrach Adler die Stille.

»Hm«, brummte Bannert. »Nein, das glaube ich nicht. Sein und auch Karinas Leitspruch war immer ›Aufgeben ist niemals eine Option‹. Hagedorn ist ein Kämpfer, ist es immer gewesen. Gib ihm etwas Zeit, und er wird sich ins Leben zurückkämpfen, wie er es schon einmal getan hat.«

»Ich hoffe sehr, dass du recht behältst«, sagte Adler, legte den Gang ein und fuhr los.

Epilog

Stuttgart, 28. November

Am Rande eines Rettungseinsatzes bei einem auf dem Flughafen Stuttgart notgelandeten Airbus A319 der Fluggesellschaft PinLine Air ereignete sich am 21. Mai dieses Jahres ein dramatischer Zwischenfall (wir berichteten). Eine eigens dafür eingesetzte Untersuchungskommission des Innenministeriums schloss am vergangenen Donnerstag ihre Ermittlungen ab und ließ nun verlautbaren, dass der Vorfall so dramatisch wie schockierend war.

Ein bei einem Einsatz am 2. Mai dieses Jahres eigenmächtig handelnder Beamter des Spezialeinsatzkommandos war suspendiert worden, nachdem seine Eigenmächtigkeit zum bedauerlichen Tod Mike Englers, eines jungen Mannes aus Konstanz, geführt hatte. Offenbar konnte sich der psychisch kranke Beamte nicht mit seiner Suspendierung abfinden.

Es war ihm gelungen, sich am Abend des 21. Mai unerkannt unter die Einsatzkräfte am Flughafen zu mischen. Hierbei eröffnete er das Feuer auf einen 56-jährigen Psychotherapeuten, der mit seiner belastenden Aussage vor dem Untersuchungsausschuss zur Entlassung des Beamten aus dem Polizeidienst beigetragen hatte.

Aus anderer Quelle war zu erfahren, dass der 28-jährige Tatverdächtige bereits vor dem 21. Mai zwei Mordanschläge auf den Psychotherapeuten unternommen haben soll, um dessen Aussage vor dem Ausschuss zu verhindern. Der Täter habe, so das Innenministerium, aus einer Schnellfeuerwaffe mehrere Schüsse abgegeben. In seinem Kugelhagel starben ein Rettungssanitäter, eine Notärztin und die bekannte, mehrfach ausgezeichnete 28-jährige Schauspielerin Karina Hagedorn.

Der Psychotherapeut wurde schwer verletzt.

Der getötete Beamte habe mit seinem schändlichen Verhalten, so der Innenminister, der Polizei, im Besonderen dem Spezialeinsatzkommando Baden-Württembergs, schweren Schaden zugefügt. Seine Gedanken und aufrichtige Anteilnahme gelten den Hinterbliebenen.

Hagedorn ließ den Zeitungsartikel aus seinen Fingern gleiten. Raschelnd segelte das tränenfeuchte Stück Papier zu Boden.

Sam war aufgesprungen und beschnupperte es, verlor aber schnell das Interesse daran und trottete zurück auf den Läufer. Knurrend ließ er sich nieder, schlug die Augen auf und blickte sein Herrchen an.

Hagedorn erwiderte liebevoll seinen Blick. »Na komm her, du Lump!«

Sam sprang auf, trottete zu Hagedorn. Er legte seinen Kopf in Hagedorns Schoß. Fordernd stieß er mit seiner Schnauze dessen Hand an.

»Du bist das Einzige, was mir von ihr geblieben ist.« Hagedorn kraulte Sams Nacken und lächelte dankbar. »Du bist auch eine Kämpfernatur, nicht wahr? Wie Karina!«

Sechs Monate waren seit Karinas Tod vergangen. Und noch immer weigerte er sich, zu akzeptieren, dass Karina nie wiederkommen würde. Dass ihr herzliches Lachen für immer verstummt war.

Morgen wäre seine Prinzessin neunundzwanzig Jahre alt geworden. Mein Gott, sie hätte ihr ganzes Leben noch vor sich gehabt.

Wie sehr sie sich darüber hatte ärgern können, wenn er sie im Beisein von Freundinnen Prinzessin genannt hatte, ging es ihm durch den Kopf.

Aus seiner dienstlichen Erfahrung wusste er nur zu gut, wie schwer trauernde Eltern zu ertragen waren. Unzählige Male hatte er einer Mutter, einem Vater, erklären müssen, dass ihr Kind tot war. Gewaltsam aus dem Leben gerissen worden war. Zum ersten Mal im Leben konnte er ihren Schmerz nachempfinden. Und dieser Schmerz war mit nichts vergleichbar, was er je erlebt hatte.

Das Herz war ihm aus der Brust gerissen worden. Hagedorn war geneigt, es mit Phantomschmerzen zu vergleichen. Etwas war amputiert worden. Und obwohl es nicht mehr vorhanden war, spürte man das entfernte Glied immer noch. In jeder verdammten Minute des Tages. An manchen Tagen wiederum waren seine Empfindungen genauso taub wie seine Beine.

»Die Zeit heilt alle Wunden«, besagte eine alte Volksweisheit. Einen Scheiß tat die Zeit! Man lernte damit zu leben. Zumindest redete man sich das ein. Und auch er redete sich ein, dass er lernen würde, damit zu leben. Irgendwie. Aber es fühlte sich falsch an. Es war falsch, dass ausgerechnet er überlebt hatte, während sie ihr Leben auf dem Rollfeld des Stuttgarter Flughafens hatte lassen müssen. Es war einfach nicht richtig!

Hagedorns Blick wanderte über die Unordnung, die im Wohnzimmer herrschte.

»Hm, was denkst du, Sam? Soll ich Marius‹ Angebot annehmen?«

Sam hatte den Kopf geneigt und sah ihn hechelnd an.

»Na toll! Du bist mir wirklich eine große Hilfe.«

Hagedorn strich dem Hund mit dem Daumen über die Stirn. »Komm, du Lump! Es wird endlich Zeit, hier etwas Ordnung zu schaffen.«

ENDE

Anmerkungen und Danksagung

Geschätzte Leserinnen und Leser,

obwohl reale Behörden und realistische Abläufe thematisiert werden, die es so oder so ähnlich geben könnte, erhebt mein Roman keinen Anspruch auf Faktizität. Beschriebene Personen, Begebenheiten, Gedanken und Dialoge sind rein fiktiv. Ähnlichkeiten mit lebenden Personen wären rein zufällig und nicht beabsichtigt.

Den Fachkundigen unter Ihnen wird nicht entgangen sein, dass manche der beschriebenen Abläufe, Handlungen oder Handlungsorte verzerrt oder vermeintlich unrealistisch dargestellt wurden. Aus nachvollziehbaren Gründen der Sicherheit im Flugverkehr und der Geheimhaltung, der ich mich verpflichten musste, sind diese meiner schöpferischen Kreativität zum Opfer gefallen.

An dieser Stelle gilt mein besonderer Dank dem Linienpiloten Volker Maier, der es mir ermöglichte, auf einem Pilotensessel einer Linienmaschine Platz zu nehmen, der sich die Zeit genommen hat, mir die Instrumente und Abläufe im Cockpit näherzubringen, und mit unermüdlicher Geduld meine Fragen ertrug. Ohne die fachkundige Expertise und Beratung der Herren Dipl. Psych. Michael Nerad und Mark Bottke (Andragoge) hätte ich »Schrei nach Rache« nicht zu Papier bringen können. Vielen Dank, Herr Nerad, vielen Dank, Mark!

Ohne meine Familie könnte ich nicht schreiben. Danke, Bernadette! Ich liebe Dich!

Last but not least gilt mein Dank meiner Lektorin Rebecca Schaarschmidt, Anne Pias für ihre großartige redaktionelle Überarbeitung und dem Verlag Bastei Lübbe, für das in mich gesetzte Vertrauen und für die tolle Zusammenarbeit.

Lesejury